读客三个圈经典文库

经典就读三个圈　导读解读样样全

骆玉明
古诗词课

骆玉明　著

读客三个圈经典文库

经典就读三个圈　导读解读样样全

江苏凤凰文艺出版社
JIANGSU PHOENIX LITERATURE AND ART PUBLISHING

图书在版编目（CIP）数据

古诗词课 / 骆玉明著 . -- 南京：江苏凤凰文艺出版社，2023.3

ISBN 978-7-5594-7440-7

Ⅰ . ①古… Ⅱ . ①骆… Ⅲ . ①古典诗歌－诗歌评论－中国 Ⅳ . ① I207.22

中国版本图书馆 CIP 数据核字 (2023) 第 000183 号

古诗词课

骆玉明　著

责任编辑　丁小卉

特约编辑　李颖荷　　李亚茹　　鲍　畅

封面设计　汪　芳

内文装帧　白益凡

责任印制　刘　巍

出版发行　江苏凤凰文艺出版社

　　　　　南京市中央路 165 号，邮编：210009

网　　址　http://www.jswenyi.com

印　　刷　河北鹏润印刷有限公司

开　　本　890 毫米 × 1270 毫米　1/32

印　　张　11

字　　数　258 千字

版　　次　2023 年 3 月第 1 版

印　　次　2023 年 3 月第 1 次印刷

标准书号　ISBN 978-7-5594-7440-7

定　　价　59.90 元

写在前面

我在复旦大学开了一门全校性的通识课，名称是《古典诗词导读》。整个课程用简要的诗歌史的脉络贯穿，但并不以诗歌史的方式来讲述，主要还是讲具体的作品。每篇作品关注的侧重点常常是不一样的。各个部分的详略，也没有很明确的规律。总之，讲得比较自由轻松。

选讲的作品，大多是同学们比较熟悉的。原因是熟悉的东西在字面上不需要做太多解释，可以省出时间来，更多关注我以为比较有趣和有意思的问题。这些问题在诗中常用隐喻和象征的方法来表现，常常是多歧义的。我讲我的心得、我的见解，但并不要求听课的人以此为准。

这个课程后来按照学校的要求，录制了比较完整的视频资料。这些视频资料，若干高校也用于教学，而后又被放在各大互联网平台播出。粗略地统计，看过完整视频或片段的人有二三百万吧。许多朋友喜欢我对古诗词的讲解，我当然为此感到高兴。

一直有人建议把这门课的内容编成一本书，我总是拖延着。因为悦悦图书公司负责人、老朋友罗红的鼓励和积极筹措，才得以完成。现在大家看到的，就是对课堂录音加以整理的成果，当然也有少量的修补。讲课内容转成文字，有较多口语成分，有些地方旁逸斜出，有些地方有点儿啰唆。但有一种现场的气氛，也算是优点。

帮我做文字整理工作的，是我的学生向雅菲、李佳怿和杨帆，还有一位是老朋友——《瞭望东方周刊》的资深编辑黄琳。她们都很忙，却愿意为这本书花费许多时间，十分感激。

要说缺陷的话，那就是这本书讲到宋词就结束了，让人感觉不满足。这主要是因为课时的关系。每个学期讲到宋词，就没有时间了。不过，本来这也不是作为诗歌史来讲的，似乎也无须强求完整。况且，中国古典诗歌的主要变化，这里也大略涉及了。倘若读者诸君希望更完整一些，以后看看能不能弥补吧。

我尚在少年时，没读完初中就下乡种地。从没有人教我，我却莫名其妙地喜欢古诗词。我和一群朋友曾经把能找到的古诗词选本凑合起来，用刻蜡纸油印的方法编过四厚册的一套书，很堂皇地命名为《中国古代诗歌选》。我也曾在劳苦耕作之余，做过王力《汉语诗律学》完整的笔记。那些美好的语言和意境，伴随着我辛苦的生活。所以后来在大学课堂上讲古诗词，看满课堂年轻的学生，有时连地上也几乎坐满，对我而言，有一种特别的意味。

所以我讲诗的时候，真不觉得自己是在授课，是在为人传道解惑，而是在跟朋友一起读诗，做一种兴味盎然的交流。我写在个人公众号“美丽古典”题头上的四句话，也是说这种心情。辞曰：

流连云水，遥望古今。
叩问生死，把酒言欢。

目　录

第五讲　唐代诗歌

第六讲　词的演化

绪　言

在讲读具体作品之前，我们先说几个远一点儿的话题。我为什么要开这门课，我们为什么去读这些诗？我们在解读这些古典诗词的过程中，会去了解什么？获得什么？我们和这些作品之间会建立起什么样的关系？

读古典诗词，我想在这三点上我们可以有所收获：一是能够更好地建立我们跟我们的民族文化的一种血脉关联，理解中国人的情感表达方式和人生趣味；二是能够给我们带来一种情趣上的熏陶；三是能够培养我们对语言的敏感性。

先来说第一点，读古典诗词，能够更好地建立我们跟我们的民族文化的一种血脉关联，理解中国人的情感表达方式和人生趣味。

人是个体性的存在，同时也是一个群体性的存在。每个人总是从属于一个文化系统。所谓“我是中国人”，这个判断的依据并不是来自血缘，而是来自文化关联。举一个简单的例子，曾任美国驻中国大使的骆家辉，从血缘上来说是一个华人后裔，但他是一个彻头彻尾的美国人。为什么说骆家辉不是一个中国人呢？因为他不仅如他自己明确宣布的那样，在政治上代表美国利益，而且他不使用汉语，他的整个知识系统、价值系统，都来源于西方文化。虽然他祖上是中国人，但是他已经不是中国人了。

回到我一开始说的话，我们是个体性的存在，我们每个人都有自己独特的价值，都有自己的立场、判断和认识，但我们同时也是一个群体性的存在。每个人产生对世界的认识，构成和这个世界的关系的时候，某些条件是先天的。我们总是生活在一个民族文化系统中，无论你是自觉的还是不自觉的，它都是存在的。我以前学日语的时候，觉得日语里的敬语特别难学。日语表示尊敬的方式是形式化的，无关具体内容。表示尊敬的程度越高，敬语的语尾就越长，所以有时一句意思很简单的话会说得很长。后来，我在日本看到那些身份和文化层次较高的老太太说敬语的时候会鞠躬，她对你越恭敬，鞠躬越深，所需要的时间就越长。从她鞠躬开始到她直起腰来，她正好把那个敬语的语尾说完。我讲这个例子是想说明，你在使用一种语言的时候，其实已经处于一个文化系统之中了，只不过你未必能够正确、清楚地去理解它。

当然，也许作为个体，你不愿意被限制在一种群体文化之中，但这也不是个人靠主观选择就能够决定的事情，因为你已经生活在这个文化系统中了。即便你很豪迈地认为自己是一个世界人，但是你的基本立足点，总是首先在一个民族文化的系统里面，然后你再从这个系统里向外延展，接触很多不同的文化。作为中国人，我们都是跟这种民族文化系统联系在一起的，我们需要更清晰地去理解它、认识它，因为它是我们生命的母体。当你很好地理解它的时候，会发觉这是一件很有趣的事情。理解我们的社会、理解我们的历史，这对我们来说是必要的。也只有这样，你才能够理解自己。

我们从《诗经》找一个例子。我们平时说“上帝”这个词时，很容易认为这就是一个基督教的概念，是翻译用的词。其实“上帝”本来是个古老的汉语词语，《诗经》里就有，其他中国早期典籍中也有。可以跟“上帝”替换的概念是“天”。这和基督教的上帝是近似的概念，它是一种至高无上的力量，也是人间权力的来源。但两者又有一个很大的不同点。在基督教文化里面，“上帝”最大的两个特点是全德和全能。“全能”容易理解，他是无所不能的、超越性的最高力量；但是“全德”是不容易理解的。既然上帝全能又全德，人世的一切不公、痛苦、罪恶，怎么会产生呢？然而所谓信仰，一个根本性的基点就是坚信上帝的全德。这需要用复杂的方法来解释。

回到中国环境里面，我们到《诗经》里面去看，就会发现我们的“上帝”可能是全能的，但并不是全德的。“上帝”或者“天”有时候会昏聩糊涂，在这个世界上降下不应该有的灾难，使无辜的人获罪、遭受不幸，有罪的人反而逍遥自在。这种认识的依据是生活经验。现实世界就是那么不公平不完美的，不幸会无缘无故地降临在好人身上。

那么，这个世界的合理秩序何以建立呢？连“天”都不是全德的，连“上帝”都不是全德的，那么这个世界还能够建立一个合理秩序吗？能。凭什么能够呢？凭人的德性。在中国的这个文化系统里面，世界的合理性不是由神来保证的，而是由人来保证的。是由人对德性和正义的追求来表现的，而这种追求，完美地体现在圣王或者圣人的身上，圣王或者圣人是具有一种完美的德性的人。所以在《诗经》里面，我们可以看到这样的描写：对周文化来说，周文王不仅仅是王朝的开创者，而且是完美德性的化身。周的统治的合理性，既来自神圣的“天命”，同时也正是建立在德性的基础上。所以文王去世以后，他的灵魂到天上去了，跟“上帝”在一起。这意味着文王的德性弥补了“上帝”的德性的不足。

所谓上帝的全德，是人对美好世界的一种设想，希望生命是有意义的，希望历史是有意义的，希望人的世界是符合正义性的。在一个宗教系统里面，这个正义性是由神的全德来保障的；而在中国文化里面，它是由人德来保障的。

从《诗经》这个点继续往下传递的话，我们就可以从儒家那里看到一个更清晰的结果。

我们读《论语》，可以看到“仁”是孔子思想的一个核心概念。一方面，孔子经常对“仁”给予不同的解释，如果说你不仔细想的话，会觉得孔子好像是在各种条件下随意解释的，比如说“克己复礼为仁”“仁者爱人”，等等。最特别的一次解释是，司马牛问“仁”是什么？孔子说：“仁者其言也讱。”意思是一个具有“仁”的修养的人，说话很慢。司马牛这个学生呢，说话很快，常常急不择词。他觉得孔子在讽刺他，就很不满意，“其言也讱”，难道说话说得慢就是“仁”吗？孔子的回答非常妙，“为之难，言之得无讱乎？”做一件事情很难，那么说话难道不应该谨慎一点儿吗？“仁者其言也讱”，深层意思是仁者是有理性和负责任的，这也体现在说话上。

但是从这些解答中，我们仍然找不到为什么“仁”那么重要的原因，只有在把孔子所有的言行结合起来，才可以很清楚地得到一个结论：“仁”就是人的德性的完成。

现在回到刚才讨论的那个问题上。人类在各个历史条件和现实条件下建立的所谓生命的意义，都可能在另一种条件下被怀疑、被推翻，人需要有一种绝对的东西、绝对的力量来保证生命的意义。所以罗素说，如果不设定上帝的存在，那就无从讨论生命的意义。也就是说，生命的意义的问题，跟神的力量是联系在一起的。但是这放在中国文化里面是不成立的，因为中国人就没有很认真地设定上帝的存在。上帝在中国文化里面是一个若有若无的东西，是一个虚化的、不确定的力量。但是，中国文化用另外一种方法给出了生命的意义——人在德性上可以得到一种完成，而这种德性的完成就是我们生命的最高意义。

这样去理解我们的历史文化传统的时候，我们会知道这样一种文化的内在结构是什么样子的，而且它可以跟我们对西方文化的理解达成一种兼容性。所谓兼容性，就是说我们能够站在一个宗教文化的立场上来理解宗教的意义和宗教的价值。我们会理解这个神义论的问题为什么重要，为什么宗教会强调一个人无论经受多么大的灾难，都没有权利去怀疑神的正义性，因为这是全部信仰的基础。我们能够理解我们自身文化的系统，也能够理解一个西方文化的系统。如果对自己的文化系统不理解的话，你何以去理解其他的文化系统？这是我在讲《古典诗词导读》这门课的时候所关联到的第一个层面，就是更好地建立我们跟我们的民族文化的一种血脉关联。

当然，我们讲一个民族文化的时候，它的内涵很多。我们也可以讲《老子》，讲《论语》，而我们选择讲古典诗词，是选择了一个不同的层面。因为在古典诗词这个领域里面，虽然也会牵涉到一些哲理性宗教性的、体现出文化本质性的问题，比如说刚刚所讲的“天”和“上帝”的问题，但它更多地体现出一种情感生活。我们能够从中国古典诗歌中，理解中国人的情感方式和人生趣味。中国一些很古老的诗歌，你会觉得跟自己隔得很远，其实主要是因为有语言障碍，如果语言障碍解决了，它跟你是非常亲切的。民族文化是一个有生命的东西，是一个活的东西，它就活在你身上。有时候我读一首诗，忽然感觉到这首诗是读过的，可能是我上千年以前就读过的，在遥远的往日，我曾经坐在一棵大树下唱过这首诗。我不知道你们理解这句话的意思吗？实际上我们的生命、我们的灵魂和这个文化的生命是一体的，所以很多古老的东西其实就是我们自身的生命回忆。

第二点，读古典诗词能够给我们带来一种情趣上的熏陶。

用我自己的一种表达：读诗多的人会更喜欢自己。虽然这话听起来可能有点儿莫名其妙。我们的生活是多层面的，一个层面是现实关系、现实利益中的生活。在这种生活中我们常常不得不委屈自己、屈从别人，甚至有时候不得不有一点儿猥琐，不得不忍受肮脏、忍受屈辱。大丈夫能屈能伸，为了能伸，我们也不得不屈一下。

但是人还有另外一个层面的生活，一种想象的生活。它使我们的情感和精神得以在一个更美好的世界中存在。我经常讲屈原《离骚》的例子。以前我们读到的文学史里面，往往把《离骚》看成楚国的历史和政治的一种真实反映，把屈原和他人的冲突，看成一个具有正确政治态度和正义立场的高贵人物和那些卑鄙下流人物的一种冲突。但是其实我们是无法这样来认识的，为什么呢？我们读《离骚》的时候，其实只有屈原在说话，他的对立面是没有说话的。这是文学家的特权。如同法庭上只有原告在说话，被告是个死人，或者不能说话，这种情况下，法官是无法做判决的。

那么，我们还可以从什么样的角度去理解《离骚》呢？很简单，换一个角度，它其实是另外一个东西。不管屈原和他的政治敌人之间是一种怎样的冲突和对立，屈原描述给我们的，是他所感受到的这样的事实：他被他所从属的那个世界完全否定了。他是一个失败者，不仅仅是政治上的失败，而且也是道义上的失败。所谓道义上的失败，就是说他的人格被否定。人面对这种巨大的否定力量的时候，可能选择屈从，承认自己政治上的错误和道德上的卑鄙，试图洗心革面，完全屈从于这种压迫性的力量。

但我们可以看到，在屈原的作品里，他勇敢地站在世界对立面。如果这个世界否定了他，他做出的反应是否定这个世界。众人皆醉我独醒，一切错误、一切混乱，都是由那些黑暗的力量所导致的——在这里我们不做政治性的判断，不是说屈原在政治上可能是错误的，或者可能是正确的，这个问题需要站在历史研究的立场上去考虑。如果站在文学的立场上，我们所讨论的是一个怎样的问题呢？在一个文学的世界，在一个想象的空间里，屈原维持了自己所不可缺少的骄傲和尊严，所以《离骚》从头到尾就是一个自我赞美。

这和卢梭的《忏悔录》在本质上有非常大的相似性。大家可能会上当，以为卢梭的《忏悔录》就是“忏悔”；《忏悔录》不是“忏悔录”，《忏悔录》所做的全部工作是自我辩护，是他面对压迫力量的一种反抗和自我辩护。《忏悔录》真正的力量和真正的意义也就在这个地方，它跟《离骚》在性质上非常相似。

稍作小结，语言提供给我们一个虚拟的空间，在这个虚拟的空间中，我们获得另外一种存在。当然，《离骚》是所谓自叙传的类型，更多的文学作品不是这样。比如说李白。有人说李白也有庸俗的一面，但李白是否有很多地方跟我们一样庸俗，这个不重要，重要的是李白如何歌颂他的那种不庸俗的人生追求和人生规划。李白的诗歌里面给我们提供许多美好的人生想法，它使我们的生命得到一种滋养，得到美和快乐。还有陶渊明。也有很多人在讨论陶渊明，最有代表性的就是日本的冈村繁，说陶渊明并不像他所想的那么潇洒，陶渊明也很庸俗。但是陶渊明之所以有意义，并不在于他有跟我们一样庸俗的地方，而是陶渊明创造了那些不庸俗的东西。它是我们对生命的期待和要求。

我说话有时候会有自相矛盾的地方，自相矛盾是因为我采取的立场不同。我们经常生活在一种诗的世界里。我有时候嘲笑诗人，诗人是很无用的。讲阮籍的时候我就讲到，阮籍的父亲死得很早，他是跟母亲一起长大的。一个男孩，如果从小是跟他母亲一起长大的，这个男孩非常容易成为诗人，也就容易成为“废物”，诗人和“废物”之间的距离很近。这是站在一个立场上说。但是站在另一个立场上来说，诗是一个美好的世界。在这个诗的世界里面，我们有一种更期待的、更向往的精神生活方式。在诗的世界里，我们获得一种不同的生存方式。人生没有那么美好，世界也没有那么美好，我们在这个世界上会遇到很多困难，有很多外力的作用，使我们的心理产生各种各样的扭曲，也许我们会在这个世界上变得有些油腻，有些鄙琐，变得不如所愿。这大概很难免，人在屋檐下哪能不低头。你就真的觉得自己充满正义的力量，跟这个世界永远处在对抗之中，这恐怕也是做不到的。我们更多的时候是在顺应环境，何况我们在这个世界上也有自己的各种各样的利益追求。你读李白的诗，有时候会感到李白的那种飞扬跋扈，就是杜甫说他的“飞扬跋扈为谁雄”那种豪气干云，觉得这人真是活得痛快。其实你再仔细读的话，有时候会看到李白的那种委曲求全、低声下气，很有名的就是“生不用封万户侯，但愿一识韩荆州”，这句是拍马屁的话。

这个话题引发的缘由是我们说这个世界没有那么美好，但是在诗的世界里面则不然。人实际上总是生活在两种精神世界里面，一种是由各种利害关系构成的现实世界，另一种是语言所构建的虚构世界。生活在这个虚构世界里面，我们其实在认知我们的可能，体验我们的可能。阅读绝不仅是读别人，你在读别人的时候，也是在读自己。所以说，文学作品实际上是这样的一种状态：一个文学作品，一首诗，或者一部小说，它包含着作者的情感和经验，作者寻求到一种最好的语言形式，把情感和经验封闭在这种语言形式中。当你进入这个文学作品的时候，是以自身的情感和经验进入的。你在这个小说的世界里面，用自己的情感和经验经历了小说作者所提供的那个情感与经验的事件。你在这个虚构的世界中，经历各种各样的人生的悲欢、人生的苦恼、人生的伤感、人生的愉悦，这时候你实际上是展开了自己的生命，认识到自己的各种各样的可能性。在这个过程中，我们会更多地、更清楚地体会到我是什么样的人，我需要什么，或者说我所向往的生命状态、我所向往的生活是什么样子。在这个过程中，我们会对自己有更多的期待。这就是我说的“读诗多的人会更喜欢自己”，道理就在这个地方。因为在这个语言的虚构空间里面，我们已经有过很多经历，有过很多自我验证，对自己有可能存在的生命的缺陷也有很清楚的认识。

第三点，读古典诗词，我们可以更多地培养对语言的敏感性。

我无法懂得，也没有办法讲清楚，人类的智慧是从哪里来的。人类的智慧非常神秘，而它最大的体现就是语言。语言是一个充满神秘的东西。但是语言对我们而言又是不神秘的，因为我们日常都在使用它，我们习惯于按照一种程式、一种套路、一种习惯的方式来使用它。我们总是认为我们自己在说话，其实根本上是话在说我们。“话在说我们”这句话，你如果觉得它的意义很含糊，逻辑不清楚，那么我可以把它改换成逻辑很清楚的话，就是——话语系统先于我们而存在，话语系统远远比我们强大。当我们认为我们在说话的时候，其实不过是话语系统借助我们把自身重复了一次。

这里面有一个很大的问题，就是我们如何获得语言。所谓获得语言，就是重新体会到语言的这种神秘性，也就是语言中所包含的无限可能和无限生机，在这种语言的神秘意义上来理解它、使用它，用它来表达自己，而不再是被话语系统用来重复其自身。我们需要在语言本身具有的这个原始的神秘和生机上去使用语言，那么我们需要去体会那些最精致的、最有力量的、最有创造性的语言作品，而一个民族语言的特质体现得最透彻，或者说达到最高水准状态的，就是诗歌。

所以小说是可以翻译的，诗歌其实没有办法翻译，因为诗歌不能脱离它自身。小说在从一种语言转化到另一种语言的过程中，丧失的东西相对比较少。

从诗歌翻译，还可以说到另一个相关的话题，就是到现在为止，喜欢古典诗歌的人，还是远远超过喜欢新诗的。这是为什么呢？一个民族的诗歌，其实就是用最好的形式把这个民族的语言在情感表达上的可能性给充分地挖掘和显示出来。从《诗经》说起的话，古典诗歌差不多有三千多年的历史，在漫长的时间中，人们不断地去探寻这种语言最好的表达方式，并且寻求这种语言表达的各种各样的可能性。我们讲诗有各种各样的风格，诗人有各种各样的特点，后面讲到“新体诗”的时候，我们会讲到诗体的分化，各种各样的诗体都有它的表达的特长，这是不断地探索的结果。简单地说，就是诗人获得语言的过程。我不是说新诗里面没有优秀的作品，或者说新诗没有它的发展空间，这倒也并不是。一则新诗本身发展的历史不够长。在古典诗歌之外，如何探究汉语语言完全不同于古典诗歌的更好的表达方式，也需要实践和探寻的过程。二则关乎智力的投入——我觉得这是一个投资问题。就是在新诗中投入的创造性智慧的总量，还是很少。

我们在解读古典诗歌的时候，能够更好地理解汉语的精美和微妙的表达，因为诗歌的表达往往因为一个音节的变化、一个字眼的变化而带来完全不同的感觉，我们会对语言更加敏感。对语言更敏感是我们的生命变得更精致的一个条件。我想通过《古典诗词导读》这门课，更多地培养我们对语言的敏感性，或者说得更高一点儿，就是回到那句话——使我们能够更多地理解语言、获得语言。这就是我设定这门课程的理由。

我曾经和一位老师讨论过读诗有几种不同的状态。第一种状态，比如说小孩子背古诗，朗朗上口，觉得很好玩儿，不需要对诗歌有很多理解，就把它当作一首歌谣，一个和谐的声音的体现。但是过了一段时间以后，小孩子就会忘掉。他为什么会把诗歌忘掉？因为他并不能理解这首诗的趣味。所以到了第二个阶段，需要改变一个阅读方式。就是我刚刚说的，理解诗的语言，理解语言的趣味，把自己的生活情感投入这首诗里面去，去体会这首诗所包含的情感和经验，使这首诗以你自身的方式来展开。阅读本身是一个创造性的过程，当你解读它的时候，就是说你的情感和经验在这首诗里面得到了验证，最重要的是你收获的是你所理解的。但这还不是更高的层面。一首诗所包含的信息有时候是作者能够理解的，有时候是作者不能够理解的，或者作者并没有意识到。因为一个作品的产生需要有更深的背景和更大的历史条件。它有时候是作者有意识的创作，有时候是这个语言自身的传统和自身的力量在这个作者身上的存在。比如说汉乐府的《陌上桑》，这牵扯到整个诗歌母题的历史变化过程，在东汉的乐府诗里面形成这样一个作品，它所包含的信息甚至是作者所不知道的。因此我们需要有更多的知识，有更大的力量来解读这个作品，才能够充分地体会它所包含的各种各样的历史信息、文化信息，以及它的语言原理。也就是说，你能够用来解读的知识背景越是广大，那么这个作品所内涵的信息就会呈现得越丰富，这是更高的第三个层面。

我们会在三个层面上来读诗。有时我们大家一起摇头晃脑诵读一首诗，它的音节之美会让我们很开心；我们同时也会用自身的情感和经验来解读和展开一首诗；还有第三个层面，我们调动各种各样的知识和力量，来呈现一首诗歌所包含的最丰富的、最复杂的信息。这是我们这门课程解读作品的方式。

第一讲 《诗经》与楚辞

如果我们现在面对着一幅中国土地上新旧石器时代人类活动遗址分布图，它的星罗棋布之状，让我们立刻意识到：古老的中国文化原本是多点起源的，不存在单一的中心。这些散布的文化互相沟通，逐渐融合，在春秋战国时代，形成了两个主要的系统：以黄河流域为中心的华夏文化和以长江流域为中心的楚文化。《诗经》与楚辞分别是两者的代表，它们同时是中国文学的两个源头。

第一节

《诗经》

总 述

作为第一部诗歌总集

我们第一讲首先是《诗经》。

关于《诗经》这部书，如果要给它一个最简单的定义的话，翻开《辞海》第7版找到“诗经”这一条，第一句话是“中国最早的诗歌总集”。这就是关于《诗经》性质的定义。

中国古代图书是用四部分类的：经、史、子、集。如果我们说某部书是一个“总集”的话，那意味着它是在“集”部的，这里面有些问题我后面再说。“集”分两种，别集和总集，别集很简单，是个人的文集；总集就是根据各种各样的标准和范围收集的多人的文集，比如说《全唐诗》是以时代为范围的，刘宋时代的《徐州先贤集》是以地域为范围的，就是徐州这个地方的先贤的文集，等等。

当我们说《诗经》是中国最早的诗歌总集的时候，我们是把它作为一个“集”部的书来认识的。从这个角度上来理解的话，就是说中国诗歌的源头是在《诗经》，因为它是最早的一个诗的总集，而且我们现在能够读到的中国最早的诗歌几乎全部都收集在《诗经》里面。其他文献中所提到的上古时代的诗歌也有相当多的篇幅，有些还很有名，比如像《击壤歌》“帝力于我何有哉”，收于《帝王世纪》，还有像《卿云歌》“日月光华，旦复旦兮”，这是在《尚书大传》里面的。但是所有这些据称是更古老的诗歌，全部是伪托的。当然所谓伪托，也有时代的早晚，像《尚书大传》本身是一个比较早的作品，它可能是战国后期或者是汉代初期的一个作品，所以不能够说因为它是伪托的，就觉得它没有什么价值，因为它作伪的年代本身已经很古老了。我的意思是说，中国早期的诗歌差不多全部都收集在《诗经》这部书中（这里说“早期”大致是指楚辞以前），从这个角度来认识的话，那么我们可以意识到《诗经》这部书的特殊意义——它是中国诗歌的源头。

成为儒家的经典

但是我刚才说了，《诗经》被称为中国最早的诗歌总集，如果用中国古代的图书分类法分的话，就把《诗经》放到“集”部去了。但是在中国古代的目录学著作里，《诗经》不是在“集”部，而是归在“经”部。为什么呢？因为它是儒家的经典。经、史、子、集四部分类，第一个分类就是“经”部，收的是儒家的经典以及与之相关的著述。儒家的经典有各种各样的说法，最初说六经，后来说五经，然后有九经、十三经的说法，我这里不一一解释了，大家简单去查一下词典就知道具体所指，以及“经”部包含哪些最主要的作品。

《诗经》之所以被放在“经”部，因为它是儒家的一部经典。儒家学说本来并不是国家意识形态，在孔孟的时代，它只是“诸子百家”中的一种学说，到了汉武帝以后它成为国家意识形态，在之后的中国历史中它也一直代表一种正统的思想意识。这些“经”部的著作体现着儒家所认定的基本的价值观，以及他们对世界秩序的阐释。

“经”有个特点，最重要的并非在于这个“经”本身说了什么，而是后人对经典做了什么样的阐释。因为历史是不断变化的，你不可能相信有一个什么伟大的人物，他提出了一套思想学说、一套价值观，然后在无限广大的人类生活地域和漫长的生活时间之中，它总是适用的。这个是不存在的，没有这样的神人，没有一个人能够设定历史，并且以设定的价值观来规范整个人类的生活。所以在不同的历史时期，会产生对“经”的不同阐释。在儒家学说里，汉代有古文经学、今文经学；魏晋时期有玄学，就是儒学和老庄相结合的一种学说；到了唐代，儒学重新兴起；到了中唐以后，渐渐产生新儒学——新儒学有两个概念，这里是指中国历史上的新儒学，也就是后来的程朱理学。程朱理学的苗头在中唐以后就开始了，这个系统在中唐以后就开始转变，渐渐地转化。与此同时又有了心学，到了王阳明达到高潮，就是所谓陆王心学。我们可以看到，儒家实际上是一个不断适应历史的变化，来重新阐释经典的学派。

经学对诗篇的阐释

现在我们回到《诗经》。如果说把《诗经》看成古代最早的诗歌总集，我们是试图从社会生活的原生状态和诗歌语言所反映的生活情景来理解这些诗歌，也就是说把语言和历史联系在一起来理解这些诗歌。但是在经学立场上来看待《诗经》的时候，它又是另外一种解读方式，儒家会把他们所要求的价值观注入《诗经》，然后说这首诗说的是这个意思，它体现了一种什么价值。

比如《关雎》，“关关雎鸠，在河之洲，窈窕淑女，君子好逑”，在汉儒的解释里，“窈窕淑女，君子好逑”是怎么来解释的呢?《毛诗序》的阐释是“后妃之德也”，就是说这首诗在赞美后妃的美德。赞美哪一个后妃的美德呢?就是文王的王后。文王的王后当然是一个非常了不起的人物，我前面已经讲到了，文王不仅仅是周的开国君主，也是整个周王朝和周民族的精神象征。在中国古人的意识中，上帝不是全德的，因此代表着人类所向往的最高的美德的，是文王。这样的一个伟大的君主的王后，当然德行也是需要相匹配的。这么一个伟大的女性，她给我们做出什么样的榜样呢?“后妃之德”是什么样的美德呢?“乐得淑女以配君子”，就是非常高兴地看到一个好的女人和自己的丈夫相配，也就是说非常高兴地看到自己的老公有好的妾室，这就是后妃的美德。

听上去很荒诞，是吧?但是在中国古代社会中，女性不妒忌是一个非常重要的美德。君子要治国平天下嘛，特别是像君主这样伟大的男性，他们对民族对社会对历史承担着非常重要的责任。当他们承担着这样重要的责任的时候，他需要家庭和谐。家庭如果不和谐，他就不能承担这么伟大的责任。所以女性的不妒忌是一个非常重要的美德。而这样重要的一个美德，是由这么一个伟大的女性来给我们示范，就是“后妃之德也”。这是儒家的汉代经学对《关雎》的一种阐释。

作为中国文化元典的意义

回到最初提出的问题上，其实我是在讲这样几句话：第一句，我们现在把《诗经》看成一部诗歌总集，古人不是这样看的，古人是把它看成“经”的。第二句话，作为儒家的经典，它有特殊的阐释，并不完全根据诗歌文字原有的内容来进行阐释，而是把儒家所持有的某些价值观注入经典。第三句话，我认为是更重要的，就是《诗经》是中国文化的一部元典，就是最初的和根本的经典（关于“中华元典”，冯天瑜有系统的论述）。这个跟它作为儒家经典这样一个身份有相重的地方，也有完全不相重的地方。

《诗经》包含的作品，最早的差不多是公元前十一世纪，就是西周初，最晚的作品是春秋中期。《诗经》成书的年代，根据学者的讨论，大家比较接近的看法，差不多就是孔子出生的时期。我们知道在《论语》里面提到《诗经》的时候不叫《诗经》，是叫《诗》或者叫《诗三百》，也就是说孔子所接触到的这样一个文本，就是三百篇左右的文本。“三百”是取整数而言，我们现在看到的《诗经》是305篇，孔子看到的《诗经》可能也就是305篇，孔子教学生所读的这部《诗》，很大可能也就是我们现在所读的这部《诗经》。儒学作为一个学派，是由孔子建立的，而远远在孔子建立学派之前，《诗经》的作品就已经产生了，《诗经》成为一个稳定的文本也是在孔子之前。所以你不可能只是从儒家的经典这个角度上来理解它，况且汉儒的解释和孔子对《诗经》的理解还不一样。

当我们说《诗经》是中国或者华夏民族文化的一部元典的时候，我们是在什么意义上来理解它呢？

最简单地说，我们讲中国历史的过程，古代通俗小说经常说“自从盘古开天地，三皇五帝到如今”，最初是盘古，然后是三皇，然后是五帝。但是在《史记》这样相对严肃的历史记载中，并不写三皇，为什么呢？因为三皇这样的传说，对司马迁来说已经是不可稽考的，是荒诞无稽的，是无法确认和无法阐述的历史。因此司马迁的《史记》是从《五帝本纪》开始的，《五帝本纪》的第一个人物是黄帝。

为什么从黄帝开始？因为黄帝是中华民族文化的一个符号，认同黄帝是我们民族的祖先，就是认同我们从属于这个文化系统。黄帝是一个精神符号，所以黄帝、颛顼、帝喾、尧、舜这样的五帝，其实也都是一种历史传说，不是一个确切的可以考察的真实的历史。我们可以说“中国文化五千年”，但是我们这样说的时候，必须理解所谓“五千年”是包含着一种传说的成分，早期的历史是以什么样的方式存在，我们现在已经不可稽考了。

五帝而后就是三王，就是夏、商、周的时代。夏被有些学者理解为中国历史上的第一个王朝，在司马迁的《史记》里也有关于它的记载。但是在历史考古学中，它是否可以被确认，仍然是个大问题。问题主要在于，夏王朝是一个真实存在的王朝，还是一种传说？没有确凿的文献资料来证明。你说某个考古遗迹早于商代，这个可能性是存在的，那么它是否就是属于夏王朝呢？也没有办法确认。

再往下就是商朝。商是有文献可以印证的，司马迁的《殷本纪》可以跟考古发掘的甲骨文相互印证。王国维在这方面做了非常了不起的学术工作，用安阳发现的甲骨文和《殷本纪》对证，有力地证明了商王朝的存在，并且确认了司马迁的《殷本纪》是有确切的历史依据的。但是我们仍然不能把殷商文化作为中华民族文化的一个源头，或者说作为中华文化已经成型的一种形态。为什么呢？因为商文化中没有出现我说的这种中国文化的元典。甲骨文是一种特殊的文献资料，它主要是古人占卜活动的遗物。这个占卜其实跟看手相一样。也就是说把生命看成一种神秘现象，而这种神秘现象是由特殊的符号来表达的。甲骨也是这样的，甲骨就是殷商的天子或者王公贵族遇到什么大事的时候，就弄个龟甲，就是乌龟的腹板，或者是牛的肩胛骨，用烧热的那种金属器在上面钻孔，钻孔了以后骨头会开裂，开裂以后就形成纹路。这个时候古代的巫师就上来做一种专业性的解说：这个纹路的走向，表明打仗是可以得胜的或者是会失败的，这次求雨是会成功的或者是不成功的。也就是说，甲骨文留下来的内容只是一个有限的范围，它不能完整体现殷商时代的人们的精神生活。

所以，我们讲中华民族文化的特点以一种稳定的形态形成，只能追到周代，因为周这个时代出现了一系列的元典。

什么叫元典呢？就是我刚刚说的最初的和根本的经典。这种元典反映了那个时代人们的生活经验、情感经验、所确认的价值准则以及美感情趣，等等，这样的东西用一种文献的方式被记载下来。这种文献一旦形成以后，不仅仅反映出这个时代的人们精神生活的历史面貌，同时也体现着这个民族文化系统的某些特质。我们说的民族文化是一个不断发展变化的具有生命力的系统，在元典中就体现着这个民族文化系统的某些特质。这种特质一旦形成以后，就会对民族文化的长期发展产生深远的影响，这就是元典的意义。我们现在可以称为元典的东西，大多数同时也是儒家的经典，像《周易》《诗经》《尚书》，包括《仪礼》等关于“礼”的著作，这些中国文化的元典都是在周代成型的。

所以，我们当然可以说整个中华民族文化的历史起源很早，但是这个民族文化特征形成稳定的形态，是在周代。它是体现在这些经典之中的，而《诗经》是其中比较特别的一种。因为它是诗歌的形式，更多地体现出这个时代人们生活的情感、人们对生命的理解、对生活的期望，包括人们的审美情趣，也就是人们所理解的美好的生活、美好的人生是什么样子的。

《诗经》是一个很古老的东西，但也是一个很活泼的东西，具有生命力。就像我在上一讲所说的，古人把他的生活经验和情感经验用一种语言形式封存下来，当我们进入这个作品的时候，我们以自身的情感经验去解读它，这时候我们和诗人产生一种共鸣。我们体会到《诗经》所体现的人类生活，也就是我们自己的精神生活。

《诗经》里面有一篇《汉广》，用一个年轻男子的口吻，叙述他对一个女子的追求和思慕。他说：汉水是那样地深，我游是游不过去的；长江是那样地长，我用筏子也没法渡过它；那个美好的女子，不是我能够追求的对象。这里面有些话说得很动人，他说“之子于归，言秣其马”，我不能追求到她，那么这个女孩要出嫁了，我就给她喂喂马。这是我们可能的一种经历吗？比如说我们在某个比较自卑的时刻，觉得我特别喜欢那个女子，但是她真的不是我能够追求得到的。那么能不能在她出嫁的那一天我给她擦擦车？我们在自身的生活记忆里面，或者说周边的人的经验里，能够体会到这样一种情感的存在。它非常新鲜，也非常的真实。《诗经》的很多特点，就像刚刚我说的，体现出鲜明的生活情感和生活经验，而这种生活情感和生活经验，对整个中华民族文化的历史发展有一种塑造的作用，这就是元典的意义。

所以，我们可以从三个角度去理解《诗经》：第一，它是第一部诗歌总集；第二，它是儒家的经典；第三，它是中华民族文化的元典。

《周南·关雎》：你要怎样去追求一个美好的女孩

关雎

先秦·佚名

关关[1]雎鸠，在河之洲。窈窕淑女，君子好逑[2]。
参差荇菜，左右流之。窈窕淑女，寤寐求之。
求之不得，寤寐思服[3]。悠哉悠哉，辗转反侧。
参差荇菜，左右采之。窈窕淑女，琴瑟友之。
参差荇菜，左右芼[4]之。窈窕淑女，钟鼓乐之。

我们现在先来读《关雎》这首诗。《诗经》是中国最古老的一部诗歌总集，而《关雎》就是《诗经》的第一篇。

“赋比兴”是诗经最基本的写作手法

《诗经》分成“风”“雅”“颂”，“风”在先，“风”的第一篇就是《关雎》。这诗歌的内容读上去好像也很简单，它就是写一个男子追求女子的心理状态。

“关关雎鸠，在河之洲”，这是一个“兴”。《诗经》最基本的写作手法是“赋比兴”。“赋”是很容易理解的，就是铺排，直接地描写。比如说小学生写，“我的同桌李小凡，有一双亮晶晶的大眼睛”，梳着什么样的头发，穿着什么样的衣服，这就是

1 关关，拟声词，鸟求偶的声音。——编者注（如无特别说明，本书注释均为编者注）
2 逑，配偶。
3 思服，想念。
4 芼，拔取（菜、草）。

“赋”，就是一个铺排的描写。“比”也容易理解，就是比喻。那么比较难以把握、也比较微妙的是“兴”。

“兴”这个字的原始本意就是“起”，开头的意思。“兴”在《诗经》里面大多数情况下是什么呢？是一种外物的触动。我们的心情被某种事物触动，但是这种触动的发生和引发的心理过程是很微妙的。它不是有意识地对某个问题的思考的结果，而是一种情感的波澜。比如说，你看到春天的树叶在飘摇，当然你可能没有触动，也可能有触动，它可能会使你喜悦，这是一种触动；它也有可能使你悲伤，这也是一种触动。这是由你当下的情感活动所决定的，就是你的心情和外物的一种相互关系和相互作用。

《诗经》里面的“兴”，大多数情况下是人被周围的自然景物所触动。

“兴”体现着《诗经》里面很重要的一种认知：人是自然中的一部分，人和自然是一个整体性的存在，所以自然的一切变化和我们生命的变化是息息相关的。这就是对“兴”的一个比较重要的理解，也就是我们经常说的“天人合一”。

“天人合一”包含的两方面内容

说到了“天人合一”，我们就说全一点儿吧。现在通常把“天人合一”理解为人和自然的一体性，这是天人合一的一部分内容。它还有一个更重要的内容，或者在儒家学说中被强调得更多的部分，就是人伦法则和自然法则的统一性。以这样的观念来看，人类的道德生活、精神生活的规则和宇宙的规则是具有统一性的，因为人伦法则是建立在宇宙法则之上的。

这是一个非常大的、非常复杂的话题。举一个最简单的例子，在儒家的论述里面，男尊女卑是人伦法则，而这个法则和自然法则是统一的。统一在什么地方？为什么男尊女卑就合理呢？汉代儒家的解释是，男人是阳性的，女人是阴性的，在自然里面就体现为太阳是阳性的，月亮是阴性的；太阳是强烈的、主动的、威猛的、发射光芒的，月亮是柔弱的、谦和的、服从的，月亮的光是从太阳那里来的，所以男尊女卑。这个有点儿鬼话的味道。如果女生相信这一套鬼话的话，就觉得绝望了，你看我那一点点光还是从你那儿来的，那就没办法了，是吧？但这套理论的内涵其实还是比较复杂的。时间关系，暂时就说这些吧。

我们还回到《关雎》中去。"兴"是一种发端和联想，从一个事物联想到另外一个。我们现在再来读"关关雎鸠，在河之洲"，一对鸟在那里和谐地鸣唱着，产生一个触动，它触动了什么样的感情呢？触动了一个"窈窕淑女，君子好逑"的念头。那个美丽又贤惠的女子，她就是我想要的配偶。窈窕淑女，这是从德行和颜值两个方面来说的，又要漂亮，又要具有良好的德行，这也就是一个有身份的男人（"君子"是贵族）选择婚姻对象的最基本的标准。

从"天人合一"的意义来说，人的生命现象、情感现象，和自然具有一体性的，人也是自然中的一部分。所以鸟儿要成双成对，人也应该成双成对。黄梅戏的一段唱词，从"树上的鸟儿成双对"，唱到"夫妻双双把家还"，就是同样的情调。

"兴兼比"的微妙

有人也许会问：鸟儿成双，人也要成双，这不是比喻吗？这样我们还得继续说一层。"兴"比较微妙，有时候带有比较明显的比喻的意思，这就是"兴兼比"。像"关关雎鸠，在河之洲。窈窕淑女，君子好逑"，它是一个触动，同时还有比喻的意思在里面，这种情况很多，它带有类比性。

但有时候“兴”跟引起的情感活动之间没有很明确的对比关系。我还记得我在1997年复旦大学出版社的那一版《中国文学史》里，关于这种“兴”写了一个解说，说“‘兴’是一种情绪的无端的漂移”，有读者反映说写得挺好。之所以说它是一种“漂移”，我看到这个东西，想起另外一个事情，这两者之间的关系是不清楚和不确定的，情感如何滑行，看不出痕迹。这种“兴”挺有意思的，它会带来一种多歧义的微妙的和富于变化的现象，这是可以引起大家注意的。你不妨去写一个“兴”的句子试试看。

下面是“参差荇菜，左右流之，窈窕淑女，寤寐求之”。荇菜，一种水生植物，开黄色的花，很漂亮。荇菜可食用，人们会去采它。在这里，采荇菜的动作暗喻追求女子，这也是兴兼比。“寤”是醒来，“寐”是睡着。“寤寐求之”，醒着睡着都在内心里追求她，这个“求”当然也包括内心追求活动。但是好女孩不容易追求到。“求之不得”怎么办？“寤寐思服”，白天黑夜都在想她，放不下来。“悠哉悠哉，辗转反侧。”追求而不能得到她的时候，这样的一种想念，会变得十分深长，就是“悠哉悠哉”；还会带来一个结果，是“辗转反侧”，在床上翻来翻去睡不着。

这句诗是一个很小很具体的生活现象，它牵扯到一个非常大的问题。我们在《论语》《礼记》里面可以读到一些孔子对《诗经》的评价和讨论，其中涉及具体评价的只有一首诗，就是《关雎》。孔子对《关雎》的评价有一个很重要的说法——“哀而不伤，乐而不淫”，就是说它有一种适当的节制。

先从诗本身来说，我们看到主人公追求不得的时候，他是一种什么样子呢？他有一种忧伤，一种忧愁伤感，但这种忧愁伤感不带有伤害性，也就是说它是不过度的。忧伤带来的结果，就是“辗转反侧”，一个人在床上翻来翻去。这是一种对社会影响最小的行为，是吧？他只跟你自己有关。当然，如果你是住学生宿舍，又是双人床的上铺，影响别人会严重一点儿。

我们知道，恋爱有一个特点，就是它引起的情感反应会特别强烈。在大自然中，动物到了发情期，性情会变得暴躁。就是温驯的鹿，在发情期也具有危险性。如果一个人没有理性、不能克制自己的话，在求偶受挫的情况下，或许会做出非常不良的行动。当你感觉到忧伤、失败、挫折的时候，仍然要保持理性，这是一种教养。在《诗经》时代，那是贵族身份所要求的东西。

忧伤需要用理性加以克制，快乐呢？“乐而不淫”，也是这样的。

我们接下来看《关雎》里“他”想象追求到那个女孩以后，会怎么样。

“参差荇菜，左右采之。窈窕淑女，琴瑟友之。”“友”在这里是亲近的意思。当我得到这个女孩以后，我会做什么呢？我会用音乐去跟她亲近。很高雅的，所以这首歌显然是贵族生活的东西。以前经常把《诗经·国风》的作品解释为“民歌”，再具体地落实为“劳动人民的诗歌”，劳动人民真的没有那么雅，劳动人民要粗放一点儿，感情表现得要简单一点儿。你想想，这是一个非常优美的情景，通过音乐，就好像说：“贝多芬你喜欢不啦？莫扎特怎么样？”然后弄个琴咱们弹起来，“你欣赏一下，怎么样？”

音乐慢慢地把两个人的感情拉近，拉近以后，情绪就会发展到一定的高潮。“参差荇菜，左右芼之。窈窕淑女，钟鼓乐之。”用钟鼓取悦她，让她高兴。钟鼓的音乐和琴瑟的音乐的不同就在于，琴瑟的音乐是柔和的、绵长的；钟鼓的音乐是更热烈的，会带有一种兴奋感。这就是描述自己想象得到心爱的女子以后，那种快乐的生活。这种快乐的基础是什么？是情感的亲近和融合。快乐，也是文雅的和有节制的。

接下来，我们围绕这首诗展开一系列问题。

恋爱背后的道德因素

这首诗有一个特点。孔子非常欣赏这首诗，有两个原因。一个原因是没有明说出来：因为它在讲男女恋爱的情感的时候，背后是有道德因素的。什么样的道德因素呢？就是说对女性的追求，一开始就跟婚姻的目标联系在一起，他要把她娶回来做老婆的。当对一个女性的追求跟婚姻目标联系在一起的时候，这里面就不仅仅包含着感性的因素，而且包含着一种理性的因素，同时还包含着一种道德性的因素。它是跟建立一种家庭生活的目标联系在一起的。而在中国古代文化里，一个基本的特点就是重视家庭的和谐，因为家庭就是社会的一个基本单元，家庭的和谐就意味着社会的和谐。如果家庭不能够和谐的话，那么这个社会也是不能够和谐的。所以，这里面首先包含着一种道德性的因素，而因为它包含着一种道德性的因素，它就包含着比较显著的理性的因素。这个女孩娶回来要做老婆的，那么娶回来以后，她跟家庭、跟夫妻双方未来生活的长期性的安定、和谐、幸福是联系在一起。它不是一时的冲动，包含着一种理性的因素。

中庸之道

再往下说，它不仅仅是婚姻恋爱的问题，还包含着孔子所强调的一个重要观念，就是所谓“中庸”。中庸之道，反对偏激的行为，强调人的自我克制。在孔子看来，人对自己情感的适度克制是重要的，它是君子应有的修养，同时它也是社会和谐的基础。任何过度的偏激的行为，都是一个人修养不足、德性不够充分的表现。

同时，这种偏激的行为对社会的和谐具有破坏性，所以孔子在肯定这首诗，说它“哀而不伤、乐而不淫”的时候，他其实已经不仅仅是在讲恋爱和婚姻的问题了。

我们就来举一个较远的例子。这是《吕氏春秋·察微》里记载的一个故事，我们可以从中知道中庸之道这样一种儒家所赞赏的人生观念或者行事态度。

故事里说，鲁国有一个规定，当鲁国人在其他的诸侯国沦为奴隶，无法维持自己正常的生活，也无法返回故国的时候，如果另外一个鲁国人出钱去把他赎回来，国家将会支付一笔赎金。我们可以认为这是鲁国保护自己的臣民的一种政策。孔子有一个学生叫子贡。子贡是中国古代最早的有名有姓的大富豪之一，另外一个就是陶朱公范蠡。顺便提一句，根据李零先生的研究，他认为孔子之所以影响那么大，跟子贡有关系，因为钱不是没有用的。这个看法是否对呢？我觉得至少是值得我们考虑的。子贡从其他诸侯国带回来一些已经沦为奴隶的鲁国人，因为他有钱，他就不去领政府给予的补偿。这件事情遭到孔子的批评。孔子说，你有钱，你不去领这个钱，你就提高了这件事情的道德准则。你显得自己很有德，但是你就提高了它的条件，那么其他人遇到这个情况的时候，他就会犹豫：把这些鲁国人带回来的话，他拿不到钱，又付不起这个钱，这个经济损失他又不愿意承担或者承担不起，因此他就会放弃。所以子贡你觉得自己德行很高，你不要钱觉得自己特别了不起，是吧？但是你就破坏了鲁国的一个非常好的规定，或者用现代话来说就是政府的一项政策。也就是说，在孔子看来，人为地去提高德性的标准，它也是不合理的，它甚至是破坏德性的。如果从这个角度来理解中庸的话，我们大概能够体会到“中庸之道”的价值和内涵。

我从《关雎》说到子贡的这件事情，是为了理解孔子赞赏《关雎》背后的更大的原因。所谓“哀而不伤、乐而不淫”，有个更大的原因，牵扯到一个更普遍的问题：人是有理性的，人在情感上要适当克制自己，人在追求德性的时候也要做到一种合理的克制。

实际上，人们在认为自己做一件有意义、有道德的事情的时候，有时会产生一种精神亢奋，觉得自己是有德的，因此就有充分的理由。所以，即使是在德性这个问题上，过度的精神亢奋也是有危险的。这是我们理解孔子对《关雎》这首诗的赞赏时，可以考虑的一些问题。

我们把它展开来说，然后再回到这首诗。这首诗不算非常精致，《诗经》总体上还是比较朴素的，但是我们读这样一首诗的时候，会意识到很多问题。它包含着很多文化信息，需要我们去仔细体会。

我们在《论语》和《礼记》里面看到孔子谈论读《诗经》的时候，他讲到读《诗经》的几个重要的好处：一个好处是“不学诗，无以言”，意思是不学《诗经》的话就不会说话，为什么不学《诗经》不会说话呢？他其实是说你不学《诗经》，就不能够用一种高雅的语言来说话。《诗经》代表着一种高雅的语言，你不懂《诗经》的话，你就不能恰当地说出符合君子身份或者贵族身份的话来。第二个好处是“多识于草木鸟兽之名”，可以知道很多草木鸟兽的名称。第三个好处，学了《诗经》以后，懂得“迩则事父，远则事君”的道理。

这是孔子讲的读《诗经》的最基本的三个作用。我们仔细看看，会发现这是三门课。“不学诗，无以言”，是一门语文课，就是说学了《诗经》以后，你知道怎么样恰当地表达，能够说出这种高雅的话来。“多识于草木鸟兽之名”，这是一门自然知识课。然后，读了《诗经》以后，从近的方面来说，懂得怎么样侍奉你爸；从远的方面来说，懂得怎么样侍奉你的君主。这是一门道德课，用现在的话说就是思想品德课。

我在一开始就讲到，《诗经》形成稳定的文本以后，实际上成了贵族文化的教材。孔子也拿《诗经》来教他的学生，孔子在说《诗经》有什么功能的时候，他也不是自己凭空地自立名目，而是跟《诗经》作为贵族的文化教材的作用是一致的。我们可以看到当《诗经》作为教材来使用的时候，那个时代的人们从这里面可以学到什么样的知识。

《召南·野有死麇》：追女孩应该带上礼物

野有死麇[1]

先秦·佚名

野有死麇，白茅包之。有女怀春，吉士诱之。
林有朴樕[2]，野有死鹿。白茅纯束，有女如玉。
舒而脱脱兮！无感我帨[3]兮！无使尨[4]也吠！

我们读一首和《关雎》对应的作品：《野有死麇》。

《关雎》是一首关于恋爱和婚姻的诗，《野有死麇》也是一首关于恋爱的诗。恋爱有两种情形，一种情形就是一开始就有很明确

---

1 麇，獐子，似鹿而小，无角。

2 朴樕，小树。

3 帨，佩巾。

4 尨，多毛的狗。

的婚姻的目标，有人说“恋爱的目的就是婚姻”，这样笼统地说，似乎也不一定很好吧。我们知道还存在另外一种情感，就是一种邂逅之爱。什么叫邂逅之爱呢？简单说它没有过去也没有未来，它只是在这一个时间里面产生。

指向婚姻的恋爱和邂逅之爱

指向婚姻的恋爱是一种恋爱的形态，不指向婚姻的恋爱是另外一种形态。我不打算鼓励大家去追求这种不指向婚姻的恋爱，我跟孔子一样，觉得《关雎》那样是好的。但是当我们理解文学的时候，我们知道文学里面描写着人类生活的各种各样的场景、人类生活情感的各种各样的样态，所以当我们读文学时，我们也要知道，不指向婚姻的恋爱是另外一种状态，它跟《关雎》是不一样的，是更活泼和更热烈的。它没有负担，两个人碰到了一起，而这个时刻真是美好，那就美好一把。它没有过去也没有未来，所以这个美好一把的短暂时光，是没有负担的。

我们来读这首诗。“野有死麕，白茅包之。有女怀春，吉士诱之。”郊野有一头死鹿，用白茅把它包裹起来。这个“麕”就是这个男子射死的一头鹿，然后他把这个鹿包起来。这不是起兴，是“赋”，是陈述，这个陈述和后面的事情之间有什么关系呢？

“有女怀春，吉士诱之。”所谓“怀春”，我前面说过，古人认为人和自然具有一体性。在中国文学里面，这种人和自然的一体性的表现是非常普遍的，在《诗经》里面就可以看到很多。动物在春天的时候——对不起，我说这样的话的时候，大家可能听上去觉得有点儿粗野，但是古人是很率直地这样以为的——女孩在春天的时候就会春心萌动，这就是“怀春”。这么说吧，春天是恋爱的季节，是吧？春天花也开了，花开了是为什么？那是花的恋爱。猫也恋爱了，那女孩也要恋爱。既然女孩恋爱了，作为男士，他就有义务去帮助女孩获得满足。我觉得这种感情说得非常朴素和自然。

现在你在说这样的话的时候，觉得好像有点儿羞愧，怎么春天女孩就要恋爱了，男士应该去满足她、配合她，说得太粗俗了！但是放在《诗经》的时代里头，我们觉得它很朴素很自然。我们会发现，哎呀，本来就应该是这样的。为什么我们现在不说了呢？因为有太多的文化、太多的文明会使我们变得虚假。而《诗经》时代，至少在这首诗的作者的眼光里面，这种和春天联系在一起，随着春天而发动的对异性的需要是正常的，也是美好的。

问题是“野有死麇”和“吉士诱之”有什么关系呢？你要去讨好那个女孩，你要带着礼物去。你可能又会觉得，这个太庸俗了吧！谈恋爱就谈恋爱，还带着礼物去，这个太庸俗了！不对的，我告诉你，在大自然里面这就是正常的。有一次我在家里看电视，才知道鸟去求偶的时候，它是带着虫子去的，它捉了虫子，含着虫子去求偶，给雌鸟带虫子去。你说一只雄鸟求一只雌鸟都要带着虫子去，所以女同胞有权利问：“你来找我，你的虫子呢？”这是女孩的权利，因为在自然里面，雄性是主动追求的一方，而雌性是等待追求的那一方。在古人看来人类也是这样的，所以女孩有权利要求得到虫子。当然，男士最好带上一头鹿，而不是一只虫子，虫子是鸟的事儿。很美好，特有趣，特别好，特活泼。

我不知道你读这首诗更开心，还是读《关雎》更开心。我们现在再回去读《关雎》，你觉得不一样了吧？“关关雎鸠，在河之洲。窈窕淑女，君子好逑。参差荇菜，左右流之。窈窕淑女，寤寐求之。求之不得，寤寐思服。悠哉悠哉，辗转反侧”，好文雅！再读《野有死麇》，“野有死麇，白茅包之。有女怀春，吉士诱之”。很爽快。它们是不一样的，是两种不同的恋爱。指向婚姻的恋爱，它是更理性的、更克制的、更具有德性的；邂逅的恋爱，它只发生在此时此刻。

女子怀春与男子悲秋

这首诗牵扯到一个文学主题，就是“怀春”。在中国文学里我们可以看到两个主题，通常是分属于两性的：女子怀春，男子悲秋。它们都是跟自然有关的，但是关联的方向不一样。女子怀春的主题，《野有死麇》就是一个例子。文学史上最有名的“怀春女子”就是《牡丹亭》里的杜丽娘。“游园惊梦”那就是“有女怀春”。我跟章培恒先生在写《中国文学史》的时候，讲到《牡丹亭》为什么会产生那么大的影响。《牡丹亭》和《西厢记》到底有什么不同？不同在于，《西厢记》里面是先出现一个异性，然后才出现爱情；在《牡丹亭》里先没有那个异性，先出现的是生命的欲望，而由那个欲望创造了她的对象。也就是说，只要你有欲望，就会有爱，爱人是被欲望催生出来的。这就是《牡丹亭》和《西厢记》的不同，这个不同很大、很重要。

而“悲秋”是属于男士的主题，悲秋也跟自然联系在一起，在永恒的循环里面，人会意识到自然的永恒和生命的短暂。为什么在文学里面比较少地表现女孩的悲秋呢？女孩的感情更多是感性的，而男性的感情里面包含着比较多的理性的成分或者是哲学性的成分。而且悲秋通常来说不是站在平地上去悲秋，最好要站到高山上去悲秋。为什么？因为在高山上的时候，人会看到更广大的自然和更广大的世界，把人置于天地宇宙之中，去感受人和自然的关系，人在天地宇宙中的存在，由此产生很多对人生的感想。我是说这两个主题的见解，而不是我个人的见解：女人是更美好的、更柔弱的、相对眼界比较小的；男人是更广大的、更深刻的。

那么后面的就很简单了，“林有朴樕，野有死鹿。白茅纯束，有女如玉”。“如玉”是对女子的赞美，这个赞美是用玉来联想的，我们可以从“玉”联想到温润的、温和的、高贵的、美好的。在中国古代文化里面，玉是非常高贵和美好的东西，用它来做比喻的时候，可以产生各种各样的要素。

接下来说那个女孩子，“舒而脱脱兮，无感我帨兮，无使尨也吠”。你慢一点儿吧，你文雅一点儿吧，不要拉拉扯扯嘛，拉我的衣服干吗？最后最关键的，你不要把狗也弄得叫起来嘛，狗也叫起来，那就很不好了嘛。

我们可以看到，这是在野外的一种邂逅的爱情，它和《关雎》形成一种对照。在《诗经》里面，既有《关雎》这种明确的指向婚姻的具有理性和德性成分的恋爱，也有像《野有死麇》那样更有野性的，表现得更为直接大胆的恋爱。应该说都很美，虽然孔子更赞美前一种，我也更赞美前一种，但是在文学上我们也理解后一种。

《王风·君子于役》：牛羊下山，背负着阳光

君子于役

先秦·佚名

君子于役，不知其期。曷至哉？鸡栖于埘[1]。日之夕矣，羊牛下来。君子于役，如之何勿思！

1　埘，墙壁上挖洞做成的鸡窝。

君子于役，不日不月。曷其有佸？鸡栖于桀[1]。日之夕矣，羊牛下括[2]。君子于役，苟无饥渴？

接下来讲《君子于役》。这首诗很简单，但是也牵连到一些比较重要的东西。我每讲一首诗的时候，都会从中展开文化的内涵。就像我前面说过的一样，《诗经》是中国文化的一部元典，《诗经》既是那个时代人们的生活情感的一种记录，或者说一种保存，它也长时期地影响着中国文学和整个中国文化发展变化的过程。所以《诗经》里面所体现的这种情感表达方式，它的美感趣味，在整个中国文学史上影响是非常深远的。

中国诗歌对意境的追求

我们先来读这首诗。“君子于役，不知其期。”“君子”在这里是女子对丈夫的一个美称，“役”就是徭役、服役。古代贵族和平民都有服役的义务。被称为“君子”的话，通常是指贵族。从诗里的描述看来，可能是比较底层的贵族。“役”，一般来说是兵役，就是去打仗。君子出门服役，“不知其期”，不知道他什么时候回来。“曷至哉？”什么时候回来？写得很朴素，然后，中间有一层跳脱的部分，“鸡栖于埘”，鸡回到它的窝里了。“日之夕矣”，太阳落山了。“羊牛下来”，牛羊从远处归来了。说牛羊下来的时候，感觉是从一个缓坡上下来，这好像跟前面要表达的感情没有关系，是吧？前面是说“君子于役，不知其期。曷至哉？”，转过来写鸡回到窝了，太阳下山了，牛羊回

1　桀，鸡栖息的木桩。
2　下括，汇集归来。

来了。然后再回到“君子于役，如之何勿思！”，君子出门服役去，叫我怎么不想念他？

如果我们说诗是一种建构性的东西，那么诗的这种建构，很重要的手段就是通过意境来表达。我不能说西方的诗歌或者其他民族的诗歌，没有这种对意境的追求，但是我可以这么说，重视意境是中国诗歌的一个非常显著的特征。什么是“意境”呢？简单地说，就是作者不是把自己的情感直接地陈述出来，而把情感融化在一个景象——主要是自然景象——之中。所以我们在诗歌中读到的，不是一个直接陈述的情感，而是融入景物的情感。我们作为读者去理解诗人的情感的时候，要经过这个景物的中介，从这个景物中去理解诗人的情感。这个过程需要你有自身的情感，自身的生活经验，才能打开它；要是你没有自身的情感，如果说作者是直接陈述的，那么你从语言上去理解它就可以了；但是对一个意境，你不可能从字面上去理解它，你必须把自己的情感和经验投入语言这个形式之中，去理解这个景物，然后使你自身的情感成为一个活的情感，你才会理解诗歌中的情感。需要读者投入更多主动的创造性的力量，这就是意境的魅力。中国诗歌一个非常显著的特点，就是对意境的重视，而这种对意境的重视在《诗经》中就已经出现了，我们可以找出很多很多的例子。我选这首《君子于役》是因为它比较简单，而且除了意境之外，它还关系到其他的要素。后面我会讲到它关系到的第二个要素。

古人对幸福生活的理解

我们现在再回过头看这首诗。如果说从表达意义的角度来看，中间这一层是可以抽掉的。“君子于役，不知其期，曷至哉？君子于役，如之何勿思！”意思是不是表达完了？中间这一层在表达意义的功能上没有增加任何东西，但是如果把它抽掉以后，你会忽然发现它不像一首诗了，它没有什么美感。而把它加上去以后，你会发现意境的存在，它对我们是具有感染力的，并且它会吸引我们去理解它，去体会它。简单来说就是我刚才讲到的，它需要我们把自身的情感和经验投入其中。这个时候你可以看到一个女子——因为这个景象是有一个视角在里面的，这个视角就是诗中女子的视角——你可以看到她似乎是靠在她的院子门口，向远处看。鸡已经回到鸡窝里面了，太阳也下山了，远处有牛羊缓缓地归来，到了黄昏了。到了黄昏怎么样呢？鸡要回家，牛羊要回家，老公要回家，现在问题是老公没有回家。

我前面说这首诗还牵涉第二个要素，就是在《诗经》里面可以看到中国古人对幸福生活的理解。《诗经》是表现日常生活和日常情感的东西，它里面没有什么很奇异的神话元素，或是历险记那样的神奇的经历，没有“芝麻开门”，没有阿里巴巴四十大盗，它就是日常的生活，表达日常生活的感情是《诗经》的一个非常大的特点。我以前给辞书出版社写关于这篇《君子于役》的赏析文章的时候，讲到看到过的一个场景。当时我在外地旅游，黄昏的时候坐在大巴车上，公路沿着河，河的对面是人家，很常见的景象。我经过的时候，正好那家农户的男人从地里回来了，坐在院子里面洗脚，锄头还靠在旁边的树上。女人在桌子上放上菜，夏天在院子里吃饭，女人把菜端出来。院里还有两个小孩在嬉闹，几只鸡在啄食。我突然想起，这就是《君子于役》所描写的，“鸡栖于埘，日之夕矣，羊牛下来”，老公也回家了。幸福是什么呢？幸福就是这种日常的、平静的、安详的生活。当老公不回家的时候，幸福就会被破坏。它表达的是这样的一种情感。读这首诗真的很有诗意，它很简单，很美。

《君子于役》里我讲的是这两个要素：一个要素是中国诗歌对意境的追求，还有一个要素是中国古代对家庭日常生活的重视。我们会看到这种意境的表达方式、中国人的幸福观，在中国的诗歌里面长期延伸下去。你在陶渊明的诗歌里可以读到它，在王维的诗歌里也可以读到它，日常的平静的安详的生活，那就是我们所追求的幸福。

《卫风·伯兮》：勇敢的人儿你要回来

伯兮

先秦·佚名

伯兮朅[1]兮，邦之桀兮。伯也执殳，为王前驱。
自伯之东，首如飞蓬。岂无膏沐，谁适为容？
其雨其雨，杲杲出日。愿言思伯，甘心首疾。
焉得谖草？言树之背。愿言思伯，使我心痗[2]。

跟《君子于役》作为对照的，是《卫风·伯兮》。

《伯兮》跟《君子于役》这首诗的背景是相似的，但是《伯兮》这首诗表达的东西要复杂得多。我们讲《伯兮》的时候，会牵连很多复杂的东西。

1 朅，高大健壮。
2 痗，忧伤成病。

真情的表达受限于社会约束

我先用一段话，概括这首诗的情感表达特点。诗歌要想感动我们，需要表达真实的情感；如果不能表达真实的情感，它就不能感动我们。人在情感上是非常敏感的，文学表达的情感不真实，作者不能使自己感动，要想感动读者，那是很困难的。读者非常容易体会到这种虚假，因为读者是把自身的情感投入诗歌来体会，他会感受到那一种虚假，这是一个方面。另外一个方面，是不是说凡是真实的情感，它就能自由地表达出来？不是的。人是一个社会性的存在，人对事物的理解，比如说对是非的理解，对价值的理解，包括对什么样的情感状态是美的理解，它是受社会条件约束的。一方面要表达真实情感，另一方面人的表达又受限于社会约束，这两方面常常是矛盾的。这首诗的情感表达，就牵涉到对这种矛盾的处理。

“伯兮朅兮，邦之桀兮。伯也执殳，为王前驱。”这是一个妻子在夸耀她的丈夫，“伯”就是大哥，指称她的丈夫。把夫妻关系或者情人的关系转化为亲缘关系来表达，这是中国诗歌的一个特点。我以前上课的时候问过好多留学生，在他们的文化里面有没有这种现象？基本上没有，只有一个国家是有的，就是韩国，韩国也是把情人或者丈夫叫成哥。当用“哥”或者“妹”这样的称呼来称夫妻关系或者情人关系的时候，增加了什么呢？增加了一种亲昵感和调笑意味。

在《诗经》里有一个有趣的现象，叫“伯”的时候一般是叫丈夫，叫“叔”的时候往往指的是情人。“伯仲叔季”，“伯”代表成熟的男性，“叔”代表年轻的、具有魅惑力的男孩，所以“叔”常常是用来称情人的，“伯”是用来称丈夫的。当然这不绝对。

这首诗说的大哥怎么样呢？“朅”，威武高大。“邦之桀兮”，他是邦国的豪杰，“伯也执殳，为王前驱。”大哥拿着长长的殳——殳是一种长兵器，做了大王的先锋。这个女子在夸耀她丈夫的时候，从两个地方感受到骄傲：一方面，他威武高大。她为自己的丈夫威武高大而感到自豪，感到骄傲。这是一个自然的现象，母狮子也喜欢威武高大的雄狮子，是吧？另外一面，他是邦国的豪杰，他是王的先锋，这也是妻子的骄傲，而这个骄傲是包含着社会的力量的。就是说，大哥得到了一种社会的肯定，大哥是大家所赞赏的。我们对事物的判断，我们对事物的肯定，是受制于社会力量的。你可以试着体会这里面复杂的问题。

女人用忠于丈夫表达对国家的忠诚

我们再往后读。“自伯之东，首如飞蓬。”这里的“东”是指作战的方向，但在诗歌里面也是为了便于押韵，如果后面不是押“蓬”的话，也可以说成“自伯之西”。自从大哥到东方去打仗后，我的头发就像一堆乱稻草。“岂无膏沐”难道没有打扮自己的东西吗？就是雪花膏啊，花露水啊，SK–II啊什么之类的。我难道没有那些东西吗？我有。“谁适为容？”“适”是指对象，我打扮给谁看？这就是“女为悦己者容”的出处。

这里面我们可以感觉到一种非常微妙的东西。我们也可以这么相信，这个妻子非常爱她的丈夫，因此她的丈夫出去打仗以后，她就不再修饰自己。也就是说在她心目中，她的美丽完全属于她的丈夫，她的美丽甚至跟她自己都没关系，所以她头发就像乱稻草一样。可是你难道认为这纯粹的是一种个人感情吗？它不是一种社会力量在起作用吗？

我们设想另一种情形来看。大哥去打仗了，妹子在家溜光水滑，花露水、雪花膏涂得满脸都是，手里卷一个煎饼，裹着个大葱，在村子里晃来晃去。问题在于这消息传到前线去，大哥就知道了，“你知道你老婆在干吗？你老婆打扮得光鲜亮丽，整天在村子里转来转去，开心得很啊！”大哥不能好好打仗了，大哥不能“为王前驱”，大哥要想念家乡。

我们可以看到一种非常微妙的情感表达方式，明白吗？这里面其实有双重的东西，一重的东西是这个女子对她丈夫的尊重，我们不能怀疑它是不真实的，我们觉得它是很自然很真实的东西，她非常爱她的丈夫，她觉得她的美丽只属于她的丈夫。但是当她认为她的美丽只属于她的丈夫的同时，它又包含着一种社会需要、一种社会力量的作用。就是说，男人由于忠于他的国家而获得荣耀，而女人由于忠于她的丈夫而获得荣耀，因为这时候忠于丈夫还是忠于国家。女人通过忠于她的丈夫，来表达她忠于国家——这样的一种诗歌主题，在中国文学史上是源远流长的。从这个“自伯之东，首如飞蓬”开始，到杜甫的“三吏三别”的《新婚别》，丈夫被招去打仗了，他的妻子就“对镜洗红妆”了。“妇女在军中，士气恐不扬”嘛，女人不能跟着你去打仗，否则会对男人的勇气造成伤害。但是我为了让你放心，就把自己所有的装饰都卸掉了，也就是说，我的美丽只属于你，你不回来我不美丽。近的更不用说了，“十五的月亮，照在家乡照在边关，军功章啊有你的一半，也有我的一半”，为什么有我的一半呢？因为我“首如飞蓬”，我让你安心打仗，没有拿着个煎饼裹着个大葱到处转悠，所以有我的一半。

诗歌是一种很微妙的东西，我们读解诗歌的时候，需要调动各种各样的因素，有时候作者不一定是真正意义上自觉的，因为一种文化要素作用在作者身上并被体现出来的时候，他不一定是自觉的。我们也不能够确认《伯兮》的作者是否是自觉地表达了这两重关系，他也许是自然地表达了一些东西，但是在诗歌背后是有双重力量的。

所以，我们可以在诗里读到另外一方面的矛盾现象，这女子在思念大哥时的那种心情："其雨其雨，杲杲出日。"下雨吧，下雨吧，亮晃晃出了大太阳。事与愿违啊。大哥回来吧，回来吧，大哥就是不回来。"愿言思伯，甘心首疾。"我那样想念我的大哥，想得心也疼了，头也疼了。"甘心"就是苦心。

我们注意背后有一个问题：大哥去打仗，她很自豪，同时为什么想大哥又想得那么苦？纯粹是对大哥的思念吗？它背后有一个很大的担忧。打仗不是去游玩，也不是去打猎，打仗是要死人的，回得来回不来是不知道的。背后真正的担忧是这个。所以你能感觉到，这个感情蛮沉重的，"其雨其雨，杲杲出日。愿言思伯，甘心首疾。"但是她没有说出来，说出来以后会怎么样呢？会产生双重主题的冲突。双重主题，一个是忠于她的国家，一个是忧念她的大哥，如果说忧念的这一层写得过重的话，它会破坏前面"伯也执殳，为王前驱"的自豪感，忠诚于国家的这一层会受到伤害；而忠诚于国家的这一层写得过重，如果说把忧念的这层完全压下去，感情的表达也是会受到伤害的。我们可以看到诗中适当地调和了这两种感情。

回到诗上来，"焉得谖草，言树之背。"什么地方能够找到忘忧草？忘忧草就是黄花菜。黄花菜为什么能够忘忧？我还特地请教过懂植物学的朋友，我问他是不是因为黄花菜生吃有毒，有致幻性，所以可以忘忧？但是那位朋友告诉我说，黄花菜的毒跟致幻没有关系。那就不知道了，反正古人这么认为。什么地方能够找到黄花菜，我把它种在屋里的北面，我需要忘忧啊，实在是太痛苦了。"愿言思伯，使我心痗。"我那么想念我的大哥，我想他想得心都得了病了。然后全诗在这个地方结束了。

我在讲这首诗的时候，特别想讲的就是诗歌的情感表达和社会力量的制约之间的关系。你读一首诗，不要只认为它是诗人的作品，只是诗人的情感的表达。不是的。在表达情感的时候，我们可以看到两层作用：第一层，诗人是在社会中生活的人，他对事物的判断受社会力量的影响。他可能受过教育，他的思想本身不是纯粹属于自己的东西，是跟社会文化力量有关系的。在写作诗歌的过程中，他会考虑这种社会力量的作用，他即使是这么想的，也不一定能这么写。第二层，诗歌在流传的过程中，会受到社会力量的作用。比如，选择就是一个作用。《诗经》里的诗，跨越的年代那么长，最早是西周初的，最晚是春秋中期的，五六百年的时间，留下来的就三百零五篇，丢失的原因不一定很清楚，但是在这个过程里面有社会的文化结构、社会的意识形态的选择，甚至有的诗是会被改动的。后面我们读汉乐府，就会注意到这种现象。

这是我要讲《伯兮》这首诗的一个要点。就是我这一讲开头讲的，一首诗歌的产生，是个人情感和社会力量相互作用的一个结果。

《郑风·萚兮》：当落叶飘飞时，让我们唱歌

萚[1]兮

先秦·佚名

萚兮萚兮，风其吹女[2]。叔兮伯兮，倡予和女。

---

1 萚，落叶。

2 女，通“汝”，你。

萚兮萚兮，风其漂女。叔兮伯兮，倡予要女。

《萚兮》几乎是《诗经》里面最短的一首诗。它只有两章，而且又几乎是完全重复的。第一章和第二章之间，只有一个字有意义上的变化，前面是“倡予和女”，后面是“倡予要女”。“要”就是邀请的“邀”，先是我来应和你唱，然后是我邀请你唱，但这个改变也并不重要。所以读第一章也就够了。

如果我们把这首诗第一章里所有的语气词全部去掉，就剩下“萚，风吹女，叔伯，倡予和女”，大概这样十个字吧。但是它却是一首信息量很大的诗。所谓“信息量很大”就是说这首诗所反映的一种情感有非常深的背景。

我们来逐步地来解析它。“萚兮萚兮，风其吹女。”“萚”是枯叶。秋冬之际，落叶飘飞，“风其吹女”，就是说风吹落了你。我有一年到北京开会，住在香山的一个宾馆，是贝聿铭设计的一个庭院式的宾馆，很漂亮。我住的房间后面是一个很大的院子，院子里面有一棵特别大的银杏树，是我看到的最雄壮的一棵银杏树。据说贝聿铭设计这座院子的时候，完全是围绕着这棵树来设计的，就是树在先嘛。我到的时候是秋末冬初了，满树的黄叶，特别漂亮，树冠特别大，你站在这棵树的下面往上看，光线从上面射下来，树叶是金黄色，有点儿透明的，非常美。当天晚上寒流下来，一夜西风紧，第二天再到那个庭院里去看的时候，一棵树的树叶几乎全落光了，整个地上就铺了一圈的黄叶，风吹起来的时候黄叶就飘飞起来，像黄蝴蝶一样，我忽然就想起来，“萚兮萚兮，风其吹女。”

宗教对人生感受的影响

但是，这个感慨背后还有什么呢？中国诗歌里面咏唱落叶的诗，从《诗经》开始，每个时代都有，一直到新诗，徐志摩写过《落叶小唱》。我们同学中大概也有人写落叶的诗。中国人对落叶这样一种自然景象，会产生很多的感想，这跟中国文化的特点有关系。我在开篇里说过，中国文化是非宗教类型的文化，或者说得再具体一点儿，它不是没有宗教，而是宗教的影响力相对淡薄的一种文化。那么在这种文化里面，人的生命长度就是一个生物性长度，所以随着年龄的增长，我们对世界、对人生的很多感受会不同。比如说我对很多问题的反应，跟你们对类似问题的反应是不一样的。年轻人经常说不怕死，为什么呢？他就像一个大富豪一样，说钱没有用，钱太多了嘛。到了老的时候，就像一个人穷得只剩下一把硬币了，就那么一把，每掏出去一个的时候心里就会抖一抖，“又是一年啊”。

如果我们换一种情形，在一个宗教文化系统里面，人们对生命的感觉会不一样。不是说他就不怕死，因为死毕竟是一个令人迷惑的事件，它包含着一些不可知的因素。但是总的来说，他会有这样一种意识，生命的过程不只是一个生物性长度，生命的价值和生命的意义的实现，最终不是在此生，而是在彼岸。在上帝那边，在经过末日审判以后，你该得的都会得到。我有时候会这样说宗教，其实上帝就是一家保险公司，信仰一个宗教，就跟投保一样。因为人在世界上希望得到一个根本的东西，就是他应得的幸福和公平。问题是所谓“应得的幸福”，每个人的衡量方法和标准是不一样的，很少人他相信在这个世界上已经得到了他应得的幸福和公正的对待。而人在这个世界上有时候会遭遇所谓“不虞之祸”，你事先根本没有办法知道的那种突然的毫无理由的、无法相信的、无法理解的、根本不能解说的灾祸。对没有宗教信仰的人来说，他就会感觉到生命的不可理解，他会把生命解释为一种荒诞、虚妄。对有信仰宗教的人来说，他会从另外一个完全不同的立场上来考虑问题，因为他最终会得到他应得的幸福和公正。所以一般来说信仰宗教的人比不信仰宗教的人，生活态度要平静一点儿。

对季候的敏感是对时间的敏感

我们再返回诗歌。中国文化的这样一个特点，它会造成人对时间的敏感，尤其是对季候的敏感，因为季候是时间变化最强烈的特征，而在所有的季候中，什么季候最令人感到心动呢？就是秋冬之际。秋冬之际最显著的征兆是什么？落叶飘飞。你从落叶飘飞想到时间的敏感性，去理解文化的特征，就会明白为什么我说《萚兮》这首诗很简单，但是它的信息很丰富。

我们再读后面一句，“叔兮伯兮，倡予和女。”如果你不能够理解它内在的脉络，你会觉得这首诗跳掉了。枯叶啊，枯叶啊，风把你吹落了。“叔兮伯兮”就是弟兄们，弟兄们啊，唱起歌来，我应和着你。它好像跳掉了，其实它内在的脉络是不跳的，为什么呢？因为落叶令人感觉到时间的流逝，时间的流逝就是生命的流逝，这是一种令人心里发凉的带有恐慌的感觉，但是这又是一个不值得多说的事情。生死是大事，但也是常事。哪里还有比生死更平常的？你整天说“哎呀，我想到我是要死的”，你去跟人说这个，烦不烦哪？谁还不死啊？这话有什么可说的呢？所以这个地方就跳开了，跳到什么地方去呢？唱歌吧，唱歌吧，我应和着你。这里面表达的是什么？就是这种时光流逝所带来的对生命的这种焦虑和恐慌，有一种力量就算不能使它消失的话，能够降低这种悲伤，那就是友情。所以中国诗歌的一个很重要的主题，就是歌颂友情。友情是用来克服我们对生命的恐慌的一种力量。

《莩兮》这首很短的诗里，实际上包含着中国诗歌最重要的两个要素，对时间流逝的敏感和对友谊温情的一种期待。

《唐风·山有枢》：及时享乐有道理吗？

山有枢

先秦·佚名

山有枢，隰有榆。子有衣裳，弗曳弗娄。子有车马，弗驰弗驱。宛[1]其死矣，他人是愉。

山有栲，隰有杻。子有廷内，弗洒弗扫。子有钟鼓，弗鼓弗考。宛其死矣，他人是保。

山有漆，隰有栗。子有酒食，何不日鼓瑟？且以喜乐，且以永日。宛其死矣，他人入室。

颓丧也是中国文学的一种要素

我们再来读《唐风》里的一篇《山有枢》。这首诗在以前讨论诗歌的思想性论文里面被举证的话，通常会被批判。因为这首诗表现的情绪是很颓丧的，是一个歌唱及时享乐的情绪的作品。但是，人的情绪是很丰富的，慷慨激昂的、激烈豪壮的、平静安详的、沮丧颓废的，在我们的生活里面都会出现，在一个人身上，也都会出现。

1 宛，通“苑”，枯病。

《诗经》里的作品表现了各种各样的感受，在《山有枢》这首诗里面表达的感受是颓丧的，及时享乐的感觉。我们这样去理解它，会发现这其实也是中国文学的一种要素，一种伤感，一种颓丧。

再从“兴”谈起

这首诗的内容非常简单。“山有枢，隰有榆。”“枢”和“榆”和后面的“栲”和“杻”等都是树木的名称，这是一个起兴。

我讲过《诗经》有所谓“六艺”，“风雅颂”是诗的分类，“赋比兴”是诗的写作手法。“赋”就是直接的铺排，正面的描写。“比”就是明确的比喻，拿一个东西比另外一个东西，就像我女儿写的作文一样，“我爸笑起来像一只懒懒的老猫”，这个就是比喻。而对《诗经》来说，最重要、最具有诗性的写作手法是“兴”。

兴最初最原始的本意就是起头。在诗歌中使用的时候，它就是从一个事物联想到另外一个事物，从这件事情想到另外一件事情。兴最微妙的地方在哪儿？它是情感的触发，是一种联想，是思绪的飘移。这种情绪活动，它的轨迹有可能是比较清楚的，也有可能是朦胧的，或者是飞跃的。因此，兴所造成的比喻、象征、暗示，也就或显或隐，变幻无方。循迹而求，凭空悬想，皆是饶有情趣。

因此，从阅读接受的角度来说，兴也是最能体现诗性的。

诗歌的最重要的一个特点就是写诗的人在创作，读诗的人也在创作。读诗不是一个知识性的活动。最简单来说，诗人把他的情感和经验封闭在一个语言形式中，它封闭在那个地方，你如果只是读它的字面，把它背出来了，知道这个句子的意思是什么，这是一个知识性的行为，这不是真正的读诗。真正的读诗是你用你的情感和经验去激活它，去理解它，使这首诗重新成为一个有生命的东西，它幻化成一种生命力，而且这种生命力是以你的独特的方式呈现出来的，是一个创造性的。因此诗必须给读者留下空间，必须让读者在这里面体会到一种创造性活动的快乐。

兴是最能够提供这种空间的。我前面讲《关雎》的时候讲过一次兴，这里我再讲一次，希望大家能够记得牢一点儿，对兴的特点和它的艺术魅力能够有所体会。

回到这首诗。“山有枢，隰有榆”跟后面的“子有衣裳，弗曳弗娄”是什么关系？看不出关系来。但是你又不能说它没有关系。譬如我们给它一种阐释：树或生于山，或长于隰，各得其所，各尽它的天年。人也是如此，人各有命，人生而限。所以要顺应自然，要及时享乐。成立不成立？应该是可以成立。是不是作者的原意呢？那就不知道。是不是有别的更好的解释？有可能。

山上有枢，平地有榆，你有衣裳。古代上面的衣服叫“衣”，下面的衣服叫“裳”，“裳”像裙子一样。“曳”就是拖动，“娄”是把它提起来，在这里就是穿着的意思，把衣服穿起来。你有好衣服你也不去穿它，你有车和马，你也“弗驰弗驱”，你也不去用它。“宛其死矣”，“宛”是枯萎的意思。我们把它当作一个过程来读，就是慢慢地慢慢地你就死了，你的这些东西都是别人的快乐。

是有点儿颓废是吧？但是你也没有必要用那种很教条的思想去解析它，一定要认为它是一个没落的贵族阶级的颓废情绪。这种评价办法，我们在郭沫若的《诗经》研究里面看到的比较多。因为郭沫若先生那个时候刚刚学马克思主义，他对马克思主义的精髓还不能很好理解，只能给予教条性的解释。

后面就是变换着讲这个内容，意义是重复的。“山有栲，隰有杻。子有廷内，弗洒弗扫。”你有好的住处，“弗洒弗扫”就是一种很懒散的、没有认真享受生活的态度。有好的院子你要经常打扫，这是爱惜生活的一种方式，也是享受生活的一种方式。“子有钟鼓，弗鼓弗考。”“考”就是敲，上海话到现在敲东西的敲也是念kāo的。你有钟鼓你也不去击打，就是不去享用它。“宛其死矣，他人是保。”慢慢地你就死了，“他人是保”，这一切都是别人的东西。

“山有漆，隰有栗。子有酒食，何不日鼓瑟？且以喜乐，且以永日。宛其死矣，他人入室。”这就是曹操那一句“对酒当歌，人生几何”的来处，你有酒、有吃的，你为什么不每天奏起乐来，用音乐伴奏来进食？这当然是贵族的生活，同时也是把饮食变成一种更高的享受的方式。“且以喜乐”，就这样快乐吧。“且”是语气词，在这里有强调的意味。东北话里面现在还有这个，“你且等着呢！”“这人且坏呢！”这就是一个强调的语气词。

我们会发现《诗经》里面有很多东西留在现在的生活里面，很多古老的语言还保存在民间口语里。我到崇明去种地的时候，听农民说插秧，当地话叫“树稻”。怎么是“树”呢？《诗经》里面才叫“树”呢，“焉得谖草，言树之背”，“树”是种植的意思。崇明话里面有这么古老的东西。这里的“且”也是这样。所以你要是认识这个字的话，你就会这样读：“且（重音）以喜乐，且（重音）以永日。宛其死矣，他人入室。”

及时享乐是爱惜生命的态度

如果你不用那种不成熟又自以为是的理论来解读的话，你会觉这首诗其实挺可爱。生命短暂，我们要爱惜生命，及时享乐也是爱惜生命的态度。你只要不产生这样一个观点：我们除了及时享乐以外，什么也不要做。你还要想到有国家有人民，还有爹妈要你孝敬，那就好了。我觉得就可以，它很正常。

因为中国没有强大的宗教，中国人所理解的生命是一个生物性长度。对生命的忧伤和颓废，以及以及时享乐来表达对生命的热爱，这样的感情在中国的诗歌里面也是连续不断的，所以我选这首诗。

以前的人写文学史的时候，写到关汉卿的《窦娥冤》，说到窦娥骂天骂地，“地也，你不分好歹何为地；天也，你错勘贤愚枉做天！”一般的评论里面就会说，这反映了窦娥非常强烈的斗争思想，骂天是非常了不起的事情，等等。其实你读《诗经·小雅·雨无正》，一开始就骂天，天是无德的，天不去惩罚那些有罪的人，让好人一个一个倒霉。中国人从一开始就骂天，骂天是中国文化的一个特征。

这背后是一个大的话题，也是我上次说过的，在中国的传统里面有“上帝”这个概念，但是“上帝”不是全德的——上帝是全能的，但不是全德的，因此更靠得住的是什么？是人。《雨无正》开头那一段，一开始就长篇的骂天，天是缺乏德性的，天是蒙昧和缺乏思考的，天做的事情，你不知道他有什么理由。这里牵涉到基督教神学里面“神义论”的问题：为什么神所做的一切都一定是正义的？尽管在这个世界上充满着不幸，甚至很多灾难是无法理喻的，但是你还要相信神是全德的，这就是所谓神义论的问题，这是基督教神学的一个非常重大的问题。

从这个角度来考虑《雨无正》的骂天，中国古人没有确认过神义论的问题，他们不相信神是全德的。那么靠得住的是什么？靠得住的是人。这个非常明显地表现在《诗经》里的《文王》那一篇，里面写到文王作为周的开国君主，建立了可以垂续万代的伟大事业，那么周获得这样的一种伟大的统治，它的力量的源泉是什么呢？一个是天命，“周虽旧邦，其命维新”。但是光有天命还不够，要有德性，所以《文王》的最后一句是什么呢？“上天之载，无声无臭”，天是无声无臭的，天是不说话的，没有声音没有气味，天是一个隐在，所以我们要做的是什么呢？我们要以文王为榜样，“仪刑文王，万邦作孚”，我们会得到所有人的拥戴和信任。换句现代语言来说，既要符合历史的规律，同时也要有伟大的德性，这样才能得到人民的拥护。

再回到这首诗来，我们应该把它作为中国文化的一个基因的元素来理解，而不是简单地否定它。

《陈风·月出》：这是《诗经》中最美的一篇吗？

月出

先秦·佚名

月出皎兮，佼人僚[1]兮。舒窈纠[2]兮，劳心悄[3]兮。

月出皓兮，佼人懰兮。舒懮受兮，劳心慅兮。

月出照兮，佼人燎兮。舒夭绍兮，劳心惨兮。

我们来读一首写恋爱的诗，《陈风·月出》。有人说这首诗是《诗经》里面最美的一篇。这个很难说，有人可能更喜欢《蒹葭》，“蒹葭苍苍，白露为霜”。可能有人更喜欢《关雎》，就觉得“关关雎鸠”最好，非常纯正。这首《月出》很美，很简单，但

1　佼人，美人。僚，美好。

2　窈纠，步履舒缓，体态优美。

3　悄，忧愁的样子。

是我们一样会讲到一些问题。

这首诗的三章是重叠的，而且没有意义变化，换的词是同义词。有的重叠会有意义变化的，就像《君子于役》，前面说“君子于役，如之何勿思”，最后说“君子于役，苟无饥渴”，有一个推进的意思。而《月出》的三章是完全一样的意思，所以我们只要读一章就可以了。

月光下的女郎是世界文学共同的美好景象

“月出皎兮，佼人僚兮。舒窈纠兮，劳心悄兮。”我们来读郭沫若对这首诗的译写。“皎皎的一轮月亮，照着位姣好的女郎”“照着她夭袅的行姿”，这里都是和原诗对应的，“夭袅”是姿态美好的意思。“照着她悄悄的幽思。她在那白杨树下徐行”，这是创作了，创作的就这一句，原诗里面没有白杨树。我想那是因为《诗经》的诗都是北方的嘛，在月光下面有棵白杨树，女郎在白杨树下徐行，“她在低着头儿想甚”。

我们先拉开来说，你会发现在世界文学里有一种相似的景象，人类所感受到的一种最美好的景象就是月光下的女郎，是吧？《陈风·月出》里面是这样写的，莫泊桑有个短篇小说，说一个女孩跟一个男孩去幽会，她的父亲是一个很偏狭很固执的老人，对这件事情感到非常愤怒。可是当他走过去，看到月光下的女孩和一个少年郎的那种样子的时候，心里突然就触动了一下，突然就不再去破坏他们的幽会了，也就是说他被这种美打动了。还有写得很丰富的《战争与和平》，安德烈听娜塔莎在月光下阳台上自言自语的那一段，后来拍成电影也拍得挺好。这是一种普遍的景象，月光下的女孩是人类生活中最富有诗意的一种完美的景象。

“劳心悄兮”的人是谁

我们再读这首诗里边可能有歧义的地方，前面“月出皎兮，佼人僚兮。舒窈纠兮”都是描写那个女孩，那么接下来“劳心悄兮”的是谁？“劳心”就是苦心，“悄”就是忧伤的样子。郭沫若理解为那个女孩，那个女孩在白杨树下慢慢地走着，她内心很忧伤，认为这首诗完全都是在描写那个女孩。这也谈不上错。

但是完全可以有另外一种理解，这个“劳心悄兮”，是看那个女孩的人，是一个男性。一个女孩在月光下缓缓地走着走着，看着她这样走，我心里好忧伤啊。班上有没有男生可以站起来说“我有过这样的经历”？会的，会的，这也很美。这个是对诗的歧义的理解，诗是永远有歧义的，因为诗不可能填满所有的空间。诗有歧义正常，郭沫若的理解和我们的理解都可以成立。

但我为什么偏向后一种理解呢？

忧伤的美是中国诗歌的特点

中国的诗歌从开始就有一个忧伤的调子，忧伤的美是中国诗歌的一个特点。我们从《诗经》开始读，唐诗宋词，一直读到清词，读到纳兰性德，都有一个忧伤的调子。忧伤的调子产生的原因可能很复杂，我们试图来解释一下的话，那么跟这种情绪的克制有关系。孔子说“温柔敦厚，诗教也”，就是说经过诗的教化以后，人会变得什么样呢？变得温柔敦厚。怎么会变得温柔敦厚呢？人懂得克制自己了，不那么冲动了，不那么激烈了。

我前面讲《关雎》的时候，提到孔子为什么赞扬《关雎》。他赞扬《关雎》，不仅仅是在评价一首诗，他在提倡一种德性，中庸的德性，就是一种用理性来约束自然感情，使自然感情流动在一个有节制的状态，它是美的，但是它是有节制的。

对感情的有节制，会带来一个什么样的结果呢？简单地说，暴怒不会忧伤，狂喜也不会忧伤，因为人的情绪得到最大的一种体现，或者一种爆发式的宣泄，非常地快乐或者非常地愤怒，不会是忧伤。只有克制状态的感情，它是会忧伤的，并且它会变得委婉，会变得细致。也就是说，中国诗歌的一个特点，它是忧伤的，而这个忧伤跟感情表达的委婉有关，它会往委婉的方向发展，而且它会表现得细致。

我们重新回到月光下面。我用我的解释方法来讨论一个问题，即使我的解释你认为是不对的，我讨论这个问题也是成立的，你也可以用其他的例子来讨论这个问题。月光下的男孩为什么忧伤？一个女孩在前面走，你可以做两件事情，一件事情，你走上去跟她说："女孩，我喜欢你。"还有一件事情，这事情跟你没关系，她很漂亮，但是她的漂亮跟你没关系，你回家去，你睡你的觉。可是他既不上去说我爱你，也不回家去睡觉，他就跟着人家后面看。"月出皎兮，佼人僚兮。舒窈纠兮，劳心悄兮。"因为他的感情是克制的，所以他的感情是忧伤的，并且是很美的。

《周南·汉广》：给她喂马也好吧

汉广

先秦·佚名

南有乔木，不可休思[1]；汉有游女，不可求思。汉之广矣，不可泳思；江之永矣，不可方思。

翘翘错薪[2]，言刈其楚；之子于归[3]，言秣其马。汉之广矣，不可泳思；江之永矣，不可方思。

翘翘错薪，言刈其蒌；之子于归，言秣其驹。汉之广矣，不可泳思；江之永矣，不可方思。

《诗经》的诗，主要产生于黄河流域，简单来说就是从陕西到山东的黄河两岸，但有一部分作品是偏南的，“周南”“召南”里面的一些作品偏南，其中很明显地有南方特征的就是《汉广》，为什么呢？《汉广》里面写到汉水和长江，汉水和长江交汇的地方就是武汉。2017年武汉图书馆请我去做讲座，我就特地讲了《汉广》。《汉广》简直就可以理解为就是在武汉周边产生的。因为诗里写到汉水，又写到长江，这个人生活的环境就是长江和汉水交汇的地方。

“游女”是谁

这首诗很美很美的。先要解释的一个问题，“汉有游女”，汉

1 思，语气词。

2 翘翘错薪，高而杂乱的柴草。翘，高。错，杂乱。

3 归，嫁。

水边上有个“游女”，“游女”指什么？有两种解释：一种解释就是“游女”是个神女，也就是说她有点儿像《洛神赋》里面的洛神，所以她引起世人的一种热爱，但是又不能追求到。还有一种可能，她是个“女神”，这个“女神”的意思，那就不是神女的意思了，就是我们现在日常生活中常说的，某某女孩简直就是个女神。女孩为什么成为女神呢？当我们在遥望一个女生的时候，我们改进了我们的生活质量。这里面有很复杂的问题，大家从世界文学里面去找一点儿例子。

有一次在研究生课上讲到《红楼梦》，我说这个世界上的最完美的女孩都是男人创造出来的。我的意思是说，都是男人想象出来的，世界上并不存在那么完美的女孩，她是一种文学创造。创造这种女神是为了使自己的生活更美好，更有质量。有一个女同学站起来说：“骆老师，我们女生从来不这样想象男生。”她试图给我一个打击。她的意思是说你们男人不值得这么想象，我们女人尽管没有那么美好，至少还值得想象。

想象中的完美女性寄托着对人生的期待

再回到我们的话题中去，在世界文学里面其实有这样的一种现象，把一个女性想象成一种完美的，而在这种完美中寄托着对人生的一种最高的期待。所以女生可以成为女神，当然现在男女平等了，所以也有男神了。“神女”和“女神”这两种解释我觉得都成立，因为“诗无达诂”，就是《诗经》本身的解释空间就很大。我们用后一种解释来读，可能更有趣味。这是地位不平等的一对。因为后面诗里讲到伐薪，我们可以把他理解为是一个樵夫，一个砍柴的男孩，喜欢上一个女孩，这女孩是一个“游女”。

“南有乔木，不可休思。”“思”是语助词，没有意义，就是一个语尾。很多方言里面都有这样的词，四川话里面经常带着“噻”“嗦”，就是这个字。“南有乔木，不可休思”，它是一个起兴，又带有象征意味。我看到有的注释里面讲，为什么南方有乔木，不能够休息呢？解释得很一本正经，说乔木都长得很高大，虽然高大，可是它的树荫很少，所以它是不可以休息的。有时候好好的诗一解释就没读头了。其实它的意思就跟后面的“汉有游女，不可求思”是一样的，就是说好东西它不一定属于你。银行里有很多钱啊，“不可拿思”。

但是好东西不属于你的时候，你对它的态度是什么？这是不一样的。这首诗很美好的地方就在于，南方有乔木，我不能在下面休息，汉水边上有游女——“游女”就是游玩的女孩，在那个时代能够常常出来在风景好的地方游玩，那是贵族的女孩——但我没法追求到她。

你如果体会这里面的感情的话，你会明白这首诗为什么再三地一唱三叹，三章都在反复地唱那几句话。“汉之广矣，不可泳思。”汉水是那么宽，游是游不过去的。“江之永矣，不可方思。”“方”是用筏子渡过去。长江是那么长啊，没有办法用筏子渡过去。也就是说人和人之间有一种根本的阻隔，这个阻隔导致你无法去她身边，你虽然远远地看着她，你很爱她，很想念她，思慕她，但是你不能走到她身边去，因为她跟你是有距离的。

后面说“翘翘错薪”，高低不齐的灌木，“言刈其楚”，我割下它的荆条。这是一个起兴，这个起兴跟后面的关系也是不明确的。“之子于归，言秣其马。”“之子于归”是《诗经》中的套语，就是指女孩出嫁。那个女孩要出嫁了，我就给她喂喂马。很善良的心情，这女孩我是娶不到的，但是有一天我能给她喂喂马也好，我也为她做了一点儿什么，走得离她近了一点儿，是不是一种很美好的感情？

“翘翘错薪，言刈其蒌。”“蒌”也是一种草。那高低不齐的灌木啊，我去割下那个蒌蒿。“之子于归，言秣其驹。”跟“之子于归，言秣其马”是同样的意思，那女孩就要出嫁了，我去给她喂喂马。然后又是感叹，“汉之广矣，不可泳思。江之永矣，不可方思。”汉水是那么宽啊，游是游不过去的啊。长江是那么长啊，筏子也渡不过的啊！很美好的一种感觉。《汉广》里的这个男孩，可能有很多男生不喜欢，觉得这个男人怎么做到这个样子的，比如说我穷，她有钱，她结婚了，我给她擦擦宝马车，也是“言秣其马”。就给她擦擦宝马车，太没出息了！当然我觉得你这样的感情也可以理解，但你也理解这个男孩的感情，他很善良，他对那个女孩真的很喜爱。

回到我前面讲的，我们会把幻想加在一个对象上，这个对象和幻想结合在一起的时候，你觉得这个对象就是你的幻想，其实它是不一样的。可能这个对象和你的幻想，最后是以一种非常不堪的方式崩裂开来。我年轻的时候，读过高尔基的一篇小说，《二十六个与一个》，高尔基写的小说里我很喜欢的一篇。一个作坊老板有个女儿很漂亮，在那个作坊里面工作的二十六个工人全都爱她，她是二十六个男孩共同的女神。大家觉得能看见她走路，听到她说话，心情都很激动。然后出现了一个二十六个人都非常鄙视的无赖青年，那个男人跟他们说，哎呀这个女孩不值得你们这样去看她，她不是什么了不起的东西，我随便就能把她拐到手。他们不相信，他们希望他们的女神能够给那个坏蛋一个严重的打击，维护他们内心的完美形象，但是那女孩子确实很容易就被勾引了。

我们从另外一个层面去看，会发现生活真的很丰富。

《郑风·叔于田》：那是我的三哥哥

叔于田[1]

先秦·佚名

叔于田，巷无居人。岂无居人？不如叔也，洵[2]美且仁。

叔于狩，巷无饮酒。岂无饮酒？不如叔也，洵美且好。

叔适野，巷无服马。岂无服马？不如叔也，洵美且武。

为什么是“叔”

再读一首《叔于田》。这首诗好玩儿了。“叔”是我前面说过是一个亲热的称呼。称“伯”，就是称“大哥”，是一个敬重的称呼；称“叔”呢，就是一个亲切的称呼。为什么呢？“伯仲叔季”，“叔”和“季”是偏年轻的。称“大哥”的时候有一种依赖和敬重，叫“三哥”就有一种很亲切的感觉，因为他是年轻的。

这首诗写什么呢？“叔于田”，三哥打猎去了。“巷无居人”，街巷根本就没有人。“岂无居人？”那里是真的没有人？“不如叔也”，叔走了，那人也都不是人了。“洵美且仁”，“洵”是实在，和之前讲到的“且”一样，也是带有一种情绪的，实在是漂亮并且敦厚。“仁”在形容一个人的性格的时候就说是敦厚。“洵美且仁”，实在是漂亮又敦厚。你读的时候你要注意这个“洵”和“且”。

然后，“叔于狩”，三哥去打猎了。“田”和“狩”都是指

1 叔于田，叔去打猎。叔，古代以伯、仲、叔、季排行，这里是对恋人的爱称。

2 洵，真的，确实。

打猎，“狩”一般是指冬天打猎的。不过在这里不要追究这个，他就是打猎去了。“巷无饮酒”，这个巷子里就没有喝酒的人。“岂无饮酒”，还是有人在喝酒啊，那些人喝酒怎么叫喝酒，灌马尿呢那些家伙！“不如叔也，洵美且好”，叔实在是漂亮，而且简直是完美无缺。“叔适野”，三哥到郊外去了。“巷无服马”，这个街巷里就没有骑马的人。“岂无服马？”也有骑马的人，那是骑驴子呢！“不如叔也，洵美且武。”叔实在是漂亮而又英武。

这首诗的解释各种各样，《毛诗》的解释是说“叔”是共叔段，就是《左传》里面郑庄公和他弟弟的那个故事。这首诗跟一个历史故事联系在一起当然也可以，但是不一定要那么去联系。另一种解释，就说这是女孩夸自己的情人，我读上去觉得真是很像，只有特别喜欢那个男生的人才会这么说。

这两首诗都很美。我非常希望我们上了《诗经》课以后，会对《诗经》感到很亲切，因为它是我们的文化基因，你读不读它，它都在你身上。你读的时候，就会觉得更亲切，更喜欢它。

第二节

楚辞和屈原

总　述

这一小节讲楚辞。我们每一个部分会讲一点儿跟文学史有关的东西，但又不是用文学史的方式来讲述，不会展开，会讲一些要点。

楚辞和《诗经》的四大区别

讲到楚辞的时候，首先我们从阅读来说，大家多少接触过一些楚辞吧？你要是把《诗经》和楚辞放在一起比较，会发现很显著的差别。首先，楚辞的作品大多数比《诗经》的作品要长很多。像《离骚》那样，在中国诗歌里面已经是篇幅特别大的长篇抒情诗了，即使在楚辞里面相对比较短小的，比如说《九歌》，它仍然比《诗经》中大多数诗篇要长。这是一个很显著的区别。这个很显著的区别跟什么有关呢？跟诗歌的记诵方法有关。我们从各种文献来推定，《诗经》里的作品全部都是歌谣，都是可以演唱的；而楚辞里的作品，《九歌》也可能是演唱的，但是它的主要的部分像《离骚》《九章》《天问》等，不是演唱的，是用一种特殊的方法来诵读的，它有一个特殊的声调。我最早发表的一篇专业论文——《论“不歌而诵谓之赋”》就专门讨论这个问题。

因为楚辞是用一种特殊的方法来诵读的，是一种诵读的作品，才可能写得非常长。歌谣没有办法写得非常长，歌谣是要在人群中传唱的。这就是楚辞的第二个特点，它是跟第一个特点相联系的。

第三个很显著的特点也和前两个特点相联系。相比较而言，《诗经》的语言是很朴素的语言，而楚辞的语言都是相当华丽的。中国文学中用华丽的语言来描写和抒情的这种文学的流脉，是从楚辞开始的。从楚辞然后到汉赋，然后到六朝的骈文，它是这样流动下来的。

第四个特点就是楚辞所表达的感情非常热烈。比起《诗经》来说，楚辞的感情的表达要来得细致，同时也来得强烈。当然这跟楚辞的主要作者屈原的身世、为人、性格特点有关，但是我们也不能把一个文体的特点成因完全归诸一个人。尽管我们现在所知道的，楚辞的作者几乎就是屈原一个人，《史记》里面提到过其他的楚辞作者，比如宋玉，但是现在能够确认的宋玉作品只有《九辩》，其他留在宋玉名下的作品，都是有争议的。

《史记》屈原传里提到的其他楚辞作者，都没有什么作品留下来。因此现在我们讲楚辞的时候，几乎就在讲屈原，或者捎带地讲一下宋玉。但是我想提醒大家注意，这样一个文体的出现，完全归诸一种个人性的原因是不合理的。如果大家有兴趣研究中国文学史，有兴趣讨论中国文学史上的问题的话，关于楚辞文学的整个背景，以及它的发生过程，是一个非常有难度的和有兴味的问题。因为这个过程实际上已经从历史中消失掉了，留下的痕迹也很少。尽管如此，我们还是可以归结出一句：不应当把楚辞的出现完全理解为是屈原的个人创造。

二者区别的时代性背景和地域性背景

下面我们讲形成《诗经》和楚辞这些区别最大的背景，即时代性和地域性。先说时代性的背景。诗经和楚辞之间相差很长的年代。我现在所知道的《诗经》最后的作品是春秋中期，差不多就是公元前550年左右；我们现在知道的楚辞里面屈原的作品，差不多是在公元前300年左右。二者中间有两三百年的时间跨度。

我提醒大家一点，早期的文学史的过程不是呈现为线状的，没有一条很清楚的流动变化的线性脉络，因为很多成分都在历史中埋没掉了，它显现出来的是一个一个的点。这些点之间是一种什么关系？它们中间的变化过程是什么？是看不到的。因此我们读文学史的时候，会看到很多后人对历史做的一种勉强的阐释，比如说在《诗经》和楚辞中间看不到诗歌，有一种勉强的解释就说春秋战国时代百家争鸣，散文发达了，所以诗歌就相对沉寂。这真是站在后人的立场上拍脑袋想出来的。因为歌谣性的东西是在民间不断产生的，如果没有人去记录，不能以一种文本形式被保存下来，那么它在历史的过程中就会消失掉。所以根本没有任何依据说明在《诗经》和楚辞之间，诗歌创作是冷落的，在逻辑上也不能够成立。

考虑到从《诗经》到楚辞有一个很大的时间跨度，在这个很大的时间跨度之中，文学的各种的发展变化，尽管在历史中已经沉没了，但是我们仍然可以去设想，比如语言表达方式的变化，语言表现能力的发展，等等，这些要素的作用。

再来说地域性的背景。“中国”这个概念，本来就是地域概念，同时也是一个文化中心概念。那么地域和文化中心的位置是在哪？就在黄河中游。

简单地说，在古代一定的历史阶段里面所讲的中国，其实就是指黄河中游这个地方。至于南方的楚国人，不被认为是中国。我们可以这样认为：中国的文化是在很多不同的地域里面起源和发展变化的，如果说它最大端的就是黄河流域和长江流域，而黄河流域的主体就是华夏族，而长江流域的主体就是荆楚。你甚至可以这样认为，荆楚和华夏是两个民族。当然两者之间有非常多的交流和沟通。我们读屈原的作品，就会发现屈原所歌颂的古代圣贤系列包含着大量的中原华夏族的圣贤。

一方面我会强调荆楚和华夏几乎是两个民族；另外一方面这两个文化系统存在着非常有深度的交流和融合，到最后很简单，就是北方人打到南方去，南方人打到北方来，你打过来我打过去，然后就打成一片了，然后“中国”的地域和文化概念就扩大了。

但是这两个地域的文化始终是有区别的。一直到现在，其实长江流域的人和黄河流域的人，他们的文化习俗甚至个性都是有区别的。这种区别不是由一个血缘的原因造成的，实际上是由人和土地的关系造成的。所以一个上海人到北方去生活久了，很快就成为北方人。早几年的时候，我认识一些北大的朋友，我不知道他们是上海人的时候，自然而然地就把他们视为北方人，因为他们的性格、语言、表达方式都是北方人的。最后发现他们全是上海人。

那么这种地域文化的不同，具体而言表现在什么地方？比如《诗经》，即使站在世界文学的立场上来看的时候，它真的是很特异的，几乎没有神话色彩，甚至当它触及神话元素的时候，比如《大雅·生民》和《商颂·玄鸟》，已经触及神话元素了，但是居然一点儿也不展开，这个特点是非常显著的。相比较而言，楚辞里面有很多的神话元素，楚辞的感情表达也是特别强烈，语言又非常华美，篇幅又相当的宏大，一下子就跟诗经在各个方面都区分开来了。这区别跟地域文化的因素是相关联的。

我们来总结中国文学的发展过程的时候，追溯中国文学最初的这种两个源头，也就是《诗经》和楚辞。这两个源头在历史的发展过程里面，互相交融，互相作用，催生出各种各样新的东西。

屈原是最伟大的诗人之一

楚辞最重要的作者，也是中国文学史上一个最伟大的诗人。“最”有两种用法：是“最伟大的诗人中的一个”，就是说最伟大的诗人有一群。小学生如果讨论语法逻辑的问题，会在那里指责：既然是最，为什么还是之一？但是我说最有钱的不是一个人，最有钱的是一群人哪，所以说“他是最有钱的之一”是可以的呀。你脑子里先把它想明白了，就没什么语病。这有一个问题是：屈原到底是中国最伟大的诗人之一，还是屈原是中国最伟大的诗人，这绝对是表达两个意思。他至少是之一吧。

关于屈原，包含着很多有待澄清的问题。在二十世纪二三十年代，关于屈原产生过一些争议，有很多种说法，胡适的见解是屈原一个“箭垛式”的人物，也就是很多传说堆积在一个符号身上，因此认为我们现在所看到的屈原的作品不是屈原做的。这个是有问题的。复旦的朱东润先生，我的老师，对于《离骚》等作品是不是屈原做的，也质疑过，因此跟郭沫若发生过争辩。

我不想在这个问题上很深入的讨论和展开，我所要讲的其实就是一句话：现在一般根据《史记》所记载的关于屈原的生平，以及他的作品的这种描述，在学术界是有争议的，并且这个争议现在仍然在继续。这里面牵涉到很多复杂的问题。我采取的是两个态度：第一是告诉大家这里面是有争议的；第二是我们暂时不介入这种争议，我们暂时采纳一种比较通行的理解，认为屈原是楚国的一个贵族，是参与楚怀王时代政治活动的一个重要的政治人物。屈原在政治上遭受了失败，然后创作了《离骚》。

我在课堂上会强调一件事情：所有的问题都要经过我们仔细的辨析，经过我们自己的认定，用王阳明的观点来说就是真理只有经过我的认定，它才能被确认为真理。“心外无物，心外无理”，他的意思说一种学问、一种认知，没有经过我的内心的认定的话，它不能够得到确认。如果说我内心认定它是错误的，哪怕是孔子说的，它也是错误的；如果我认定他是对的，哪怕它是街上卖菜的大妈说的，它也是对的，引车卖浆者流说的话也是对的。

我们在读书的时候会思考很多东西，如果我们坚持一个原则：所有的真理经过我确认，它才能够成为真理；所有的知识经过我的确认，它才能成为知识。那么你会面对一个问题，你没有那么大的力量去确认你所面对的所有的问题。所以实际上就是我在上课的时候一直会告诉同学们，采用另一个办法：某一个问题上，我目前采取的是某一种看法，它还没有成为我的看法。比如在关于屈原的问题，我采取的是章培恒和骆玉明的文学史的看法，但是并不意味着它是正确的，仅仅是你采取了一个立场和看法。你如果这样记问题的话，就会明白在你读书的所有的过程里，一部分问题是经过你自己思考和确认的，一部分问题你是采纳了别人的意见。你的整个知识结构，是由这两个部分组成的。并且你要永远记住，一部分东西我目前是采纳别人的看法，无论他是黑格尔的，还是弗洛伊德的，或者是其他伟人的，都一样。

这是我从屈原这个话题上说起的一个跟我们读书方法有关的话题，然后我们再回到屈原，回到《离骚》。我会讲一讲理解《离骚》的一些要点，我们如何去理解这个作品。

《离骚》的真正价值

人们通常这样理解《离骚》，特别是过去一些比较旧的文学史里，它被理解为屈原对楚国政治的一种指责和批判，对自己的立场和政治态度的一种坚持。简单地说，就是用屈原在《离骚》里面所表现出来的他对祖国政治的看法，做我们理解他所面对的政治现实的依据。更简单地说就是把屈原所描写的楚国政治理解为真实的楚国政治，以此来认定屈原和他的政治敌人的一种关系。

你会发现这里有一个问题，我们在《离骚》里面看到屈原的一种控诉，而这种控诉是求助于读者的，就是说他要求读者来给予裁定。因为大家知道任何一种写作都有预定的阅读对象，尽管他不知道这个对象是谁，因此写作本身就是对读者的一个求诉，他要求你来认定。于是你这个时候成了法官。你如果成为法官的话，会忽然发现法庭上有一个问题：法庭上只有原告，没有被告，所有关于被告的罪恶都是由原告提供的。这能够成立吗？

我不是说《离骚》所描述的楚国的政治状态是非真实的，不是要否定它，而是提醒你如果试图去研究、去理解屈原时代的楚国政治的话，你光听屈原说是不够的。

我常常说一句笑话，我在家里有时候跟太太吵架，我就威胁她，我说你要对我好一点儿，我将来写一个自传，把你写得很好，你要是对我不好的话，我就把你写得很坏。我说我的文字是可以传世的，将来没有人说话了，只有那本书在说话，人家就会相信你真的很坏。其实我很坏，但是人家会相信你很坏。

我讲的这个例子其实就是这个意思，文学家因为他美丽的语言获得一种特权，他的语言可以传递他想要传递的信息。我这样说的意思其实不是想否认屈原作品反映楚国政治的价值，我只是想说《离骚》的价值不在这个地方。《离骚》的价值不在于表现了屈原的正确的政治立场和他所面对的楚国的政治现实，那是另外一个范畴的问题，它不是一个文学问题，而是一个历史学的问题。所以你如果想要证明那个问题，需要其他的手段，研究文学的人要尽可能谈文学，而不要花太多的力气去谈政治，因为谈政治需要其他的条件。

我把这个问题放在一边，试图要说明的是屈原的《离骚》真正的价值在什么地方？在于屈原面对着政治失败，至少是他自己所体会到的，他自己所认识到的一个政治失败。而政治失败不仅仅是一个政治失败，这可能跟中国深远的历史传统有关，就是说在中国的历史中，政治失败通常是跟道德失败相伴随的。一个在政治上失败的人，通常会面对一种人格否定。

屈原面对的就是这样一个问题，他不仅仅面对政治失败，而且面对着人格否定。他被他所处的世界否定、取消、抹杀。屈原所处的世界，说到底就是他所在的楚国的上层，宫廷和贵族，那样一个政治上层，他在这个世界中面对这样的一个失败，可以采取什么样的态度呢？

当然有一种方法是可能的，去认同这种否定，认同这种否定的目的和利益在什么地方？在认同这种否定的时候，他获得一种苟且偷生的机会。你们能够理解巴金为什么到了很老的时候，还要那样辛苦艰难地写《随想录》吗？因为巴金曾经屈辱求生。在一种强大的暴力压迫之下，人屈服于这种暴力，苟且偷生是获得生存的一种选择，我们甚至很难指责这种选择，但是它给人的生命带来一种巨大的屈辱。这个屈辱需要巴金后来从自己的灵魂里把那些污垢一点儿一点儿地剔出去，那就是《随想录》。在他看来是高贵的生命，沾了如此多的污垢，他就一点点把它剔除掉。

屈原所处的世界否定了他，他面对的态度是否定这个世界。他之所以遭遇如此大的失败，是因为这个世界是荒诞的，他需要用最强大的精神力量来证明自己的高贵和美好。《离骚》是屈原对自己的高贵和美好的一个证明。他用了伟大的语言——听上去好像有点儿拗，我可能有点儿急不择词——他用那个时代我们能够看到的最强有力的、最华丽的、最富于激情的、最充满想象的语言，去描述他的高贵、他的美好，以此宣布他和世界对立，以此宣布不是他的失败，而是他所从属的那个世界的失败。

难道这不是伟大的文学？难道他不给我们留下了一种巨大的震撼吗？你回到屈原，回到那个作品中去理解它。这是关于《离骚》的我认为最重要的两个点：第一点是不要单纯地从政治立场上去谈《离骚》，如果你试图从政治立场或者从历史的条件和环境中谈《离骚》，那么读《离骚》是远远不够的。第二点就是我们把政治、历史的因素放在一边，我们从文学上去理解，那么《离骚》的力量在什么地方？

屈原提供的“楚国政治图式”

还有一个比较小但是很有意思的问题，屈原所描述的他和政治集团的关系。为什么要谈这个问题？因为这个问题比较好玩儿。屈原提供了一张“楚国政治图式”，这个图式很简明，处在最上的是王，然后这边是“我”，《离骚》的一个最大的特点就是不停地说“我”，第一句开始就是说“我”，“我”生在一个什么样的时辰，“我”有什么样的高贵的血统，“我”获得了什么样的教养，“我”装饰得多么华丽，“我”费了多大的心血，“我”曾经为楚国做着多么大的贡献，“我”现在如何的淹蹇。他全是在说“我”。而另外的一面是党人，他的政治敌人，对他造成破坏的那些人。

在三者之间，“我”的性质是很清楚的，是高贵而美好的；党人的性质也是非常清楚的，是阴暗和邪恶的。因此在高贵而美好的“我”和阴暗而邪恶的党人之间，有一种不可调和的冲突。

那么王呢？王很奇特，王是一种很奇特的力量。王具有一种特质，它是先天正义。什么叫先天正义呢？就是王具有正义性是不容置疑的。

但是同时王还有另外一种特点，王容易被蒙蔽。一个具有先天正义的，同时又是容易被蒙蔽的王。这种要素结合起来，便于解释屈原提供的“楚国政治图式”。当王和“我”站在一起的时候，当王支持“我”的时候，这个世界充满着光明，一切都按照正确的道路在行进，楚国的前途也是光明的；但是王是容易被蒙蔽的，当王一旦受蒙蔽而倾向于党人的时候，整个世界就变成了一片晦暗，而“我”也遭遇到悲惨的失败。

关键问题是王为什么是先天正义的？如果说王不是容易受蒙蔽的，那么这个混乱的原因没有办法解释，是吧？因为王在这里是一个决定性的力量，所以王的那种某种程度上的愚蠢，是必要的愚蠢，他为这个世界的昏暗提供了理由，如果这个愚蠢不仅仅是愚蠢而且是一种邪恶，王本身就是邪恶，会出现一个什么样的问题？会出现对这个世界结构的否定，屈原他就不再是一个受难者，他会成为一个革命者，屈原没有想要成为革命者。

我为什么说这个东西很有意思，因为这个图式是一个蛮标准的图式，它在中国政治历史上不断地出现。

《离骚》的自我辩护，有一个对照的例子，卢梭的《忏悔录》。卢梭的《忏悔录》有时候被误解了，好像《忏悔录》就是忏悔自己的过错，洗涤自己的灵魂，完全不是的，《忏悔录》是一个自我辩护书，是一部阐明自己的高贵和敌人的卑鄙的著作。所以他虽然跟《离骚》相隔时代非常遥远，也完全不属于一个文化系统，但是他们所面对的问题和采取的态度有非常相似的地方。

《山鬼》：生命的花期待盛放

山鬼[1]

战国·屈原

若有人兮山之阿，被薜荔兮带女罗。
既含睇兮又宜笑[2]，子慕予兮善窈窕。
乘赤豹兮从文狸，辛夷车兮结桂旗[3]。
被石兰兮带杜衡，折芳馨兮遗所思。
余处幽篁[4]兮终不见天，路险难兮独后来。
表独立兮山之上[5]，云容容兮而在下。
杳冥冥兮羌昼晦[6]，东风飘兮神灵雨。
留灵修兮憺忘归[7]，岁既晏兮孰华予[8]。
采三秀兮于山间，石磊磊兮葛蔓蔓。
怨公子兮怅忘归，君思我兮不得闲。
山中人兮芳杜若，饮石泉兮荫松柏。
君思我兮然疑作[9]。
雷填填兮雨冥冥，猿啾啾兮又夜鸣。

---

1 山鬼，山中女神。诗中的“我”即“山鬼”。
2 含睇，含情而视。睇，微微地斜视。宜笑，适宜于笑，指笑得很美。
3 辛夷车，用辛夷木作车。结桂旗，用桂枝制旗。
4 幽篁，幽深的竹林。
5 表独立兮山之上，特意独自站在山顶。表，特别，突出。
6 羌，语气词。昼晦，白日光线昏暗。
7 留，等待。灵修，即山鬼，一说指楚怀王。憺，安乐，安定。
8 晏，晚，迟。孰，谁。华予，让我像花那样重新绽放。
9 然疑作，将信将疑。然，相信不疑。疑，怀疑。作，兴起，出现。

风飒飒兮木萧萧，思公子兮徒离[1]忧。

我们来读《山鬼》，它是《九歌》中的一篇。《九歌》是一组祭神乐歌，大家都很熟悉。但这里面有一个问题：屈原所写的《九歌》的用途是什么？或者说，屈原是为什么写这组诗的？

对《山鬼》的两种理解维度

我们就以《山鬼》为例来看。这首诗里面具体描述的东西，是一种带有表演性的内容，可以用歌舞的形式来表演。我们可以推测这些作品中的那些主人公，是由一些女巫、巫师来扮演，并且由不同的人来唱。读《山鬼》，你会发现它的人称是变化的，有时候是第三人称，有时候是第一人称，那么这种变化，是不是因为在表演的时候，演出者发生了变化？这种可能性是存在的。而《九歌》其他作品也有类似情况。因此，我们可以认为屈原是根据楚地的习俗，把这种祭神的乐歌重写了一下，它仍然是祭神用的一种祭祀的作品。

但是还有另外一种理解：《九歌》仅仅是屈原利用祭神乐歌的文学形式，表达自己的感情。东汉王逸的《楚辞章句》就是这样来理解的。王逸认为屈原写《九歌》，其实是在抒发他政治上挫败以后的个人感情。也就是说，以王逸的理解来看，《九歌》就跟《九章》《离骚》完全是同样的作品，只不过是借用了祭神乐歌的形式。而王逸这样说，是因为《九歌》这组作品，大多数抒情性很强，而且情调偏于哀伤。

这两种理解，大概都可以成立，很难下一个断定，那么我们自

1　离，通“罹”，遭受。

己去理解吧。至于现在讲这首诗，仍然仅仅就诗歌的内容来讲，而不把屈原的个人的情感和身世牵扯进去，也就是说把它当作祭神的乐歌来理解。这样来看，《山鬼》有一些比较特别的地方。

山鬼的悲哀是人类所要面对的悲哀

《九歌》里面所祭的最高神是东皇太一。我前面讲《诗经》的时候，讲到中国观念中的“上帝”，在各种条件下，他的称呼会不一样。而东皇太一也是对最高神的一种称呼。太一就是伟大的“一”。汉语里面的“一”是一个非常哲学的词语，一是世界的开始又是世界的全部，他代表了世界的统一性。所以上帝也叫作一，但是他不是一般的一，他是伟大的一，所以叫“太一”。这里中国人是用一种哲学方式来理解世界的。在基督教神话里面，上帝是世界的开始，上帝也是世界的统一性。

《九歌》里有最高神，还有其他各种神，像云神、日神、黄河神河伯，等等。又有《国殇》，是祭为国家战死者的灵魂。《山鬼》是《九歌》中比较特别的一篇。泛泛地理解，《山鬼》是一个山中女神，但是她究竟是一个什么样的身份？她跟什么样的历史传说相关联呢？可能会有不同的解释，比较被认同的一个解释，是郭沫若提出来的一个看法。他说山鬼写的就是瑶姬的故事，瑶姬是炎帝的小女儿。炎帝的女儿都折腾得很厉害。在中国神话里面，精卫填海的女娃是炎帝的女儿，这个瑶姬是炎帝的女儿，还有一个一定要跟一个求仙的人走，被她爸不小心烧死了。

瑶姬的形象是什么样的呢？在古代文献里面的记载是很简化的，“未嫁而逝”。她没有出嫁就死了，“未嫁而逝”的条件设定，代表着一个美丽的生命没有完成。一个女孩的自然性的生命过程是开花结果，就是说出嫁生孩子。如果出嫁生了孩子，后来也不幸死亡了，这也是一个悲哀，但是这个悲哀没有那么强烈。未嫁而逝，我们可以体会到很多东西。在古代社会条件下，人均寿命很短，由于自然或者社会的原因，有很多生命诞生之后得不到成长的机会，这会带来一个巨大的悲哀。还有一个连带问题，无论从一个个人的历史而言，还是从人类的整体的历史而言，美好的东西不断地被毁灭。我们一生的过程几乎就是看着美好的事物被毁灭的过程，因此哀悼美好的东西的毁灭，这里面所流露出来的悲伤，是人类的很深刻的悲哀感情。世界永远不能像我们所希望的那样美好，我们自己也永远不像我们希望的那么美好，所以要有诗歌。

你理解了这些以后，再去简单地理解瑶姬的神话。在古代的记载里面说瑶姬"未嫁而逝"，所以她死了以后魂气不消散。按照中国古代的一种解释，就是人死以后，魂气会消散掉，化入整个自然的循环。如果说一个人在生前受过很大的冤屈，或者说有巨大的悲哀和不满，那么他的阴气会聚集在那里不散，会影响人类世界的正常的生活。天帝看到瑶姬飘荡的阴魂觉得很不安，就派她做了巫山的女神。"巫山女神"的传说里面包含着很多东西，一个是跟性和性的满足有关的。宋玉写的高唐神女的故事，背后其实是说一个美丽的女性，她对性的满足的期待和要求。大家不要用枯燥的无聊的道德化的词语去理解它，这些故事里面隐含着人类的一些最深刻的对生命的期待、愿望和悲伤，不要把它理解成纯粹的纵欲享乐的一种故事。这是一种解释，但是我们不能直接说山鬼就是瑶姬。这种解释从《山鬼》的故事内容以及楚辞产生的大的背景来说可以成立。从大范围来说，楚文化影响所及的地域，我们就把它作为一个背景就行了。

然后再回到作品里面来，它是描写山鬼的一个幽会，从出场开始："若有人兮山之阿，被薜荔兮带女罗。"《离骚》里面屈原描写诗中的主人公形象的时候，身上也是带着很多香花香草。山鬼出场的过程是什么样的呢？在山的弯曲之处，影影绰绰仿佛有一个人，然后她慢慢地出现。如果想象成歌舞场面的话，可以设想成一个演员的出场。她在一个隐蔽的地方，慢慢显示出来，打扮得很美丽的样子。

她有表情的显示——“既含睇兮又宜笑。”“睇”是那种眉目传神的样子，眼睛很传神。女孩子特别迷人的时候，她的眼睛飘过那种很迷人的眼神。“宜笑”，字面的意思就是适宜笑，其实就是很会笑，笑得很动人。

接着有一个人称的转换：“子慕予兮善窈窕。”

“若有人兮山之阿”是很明显的第三人称吧？“子慕予兮善窈窕”是第一人称。这也许就跟它的表演性有关，这首歌的演唱者是不一样的。就像古希腊歌剧演唱的人是不一样的，有合唱团的唱段，有演员的唱段。“子慕予兮善窈窕”，你那么喜欢我，就是因为我美丽窈窕吧？女孩子很自信的话，如果真的有人对你特别好，女生会这么说的。“子慕予兮善窈窕，是吧？”如果没有人对你特别好的话，千万别说这话。

“乘赤豹兮从文狸”。有一幅元代的画（张渥《九歌图》），画里山鬼骑在一头豹上面。这样画，主体会比较突出，但是诗原来的意思不是这样的，赤豹是拉车子的，后面跟着文狸，跟山鬼的身份联系得很紧密。

她的车是什么样的车呢？“辛夷车兮结桂旗。”是香草香木的车。

后面再转回说她身上所披戴的那种香草香花：“被石兰兮带杜衡。”有人可能会感觉是不是太多了一点儿，前面“被薜荔兮带女罗”，这里又写“被石兰兮带杜衡”，楚辞里面不嫌辞藻多，所以打扮也不嫌香花香草多。

“折芳馨兮遗所思”。她从一个隐蔽的地方出来，到一个幽会的地点，她带了她所采摘的鲜花，送给她的情人，然后很感慨地说，她觉得自己来晚了：“余处幽篁兮终不见天，路险难兮独后来。”“我”居住在山中偏僻的地方，道路又很险阻，所以来得晚了。这句话的潜台词就是她到了幽会的地方，没有见到幽会的对象，整个《山鬼》写的是一个对爱情的失望。之所以郭沫若会把它解释为瑶姬的故事，就因为瑶姬的故事本身也是爱情不能够得到满足，生命不能够得到满足。

然后是山鬼孤独地等待的场景：“表独立兮山之上，云容容兮而在下。杳冥冥兮羌昼晦，东风飘兮神灵雨。”这是一个非常孤独的场景，描写的画面感也特别强。站在一座高山之上，云飘浮在她的下面。如果我们去设想这样一个画面，能够传达这种气氛：一个孤零零的女子站在高山之上，如果没有云的话，可能是个普通的女孩，那么有云的话，就带有一些神话的意味在里面。我在上海生长，很少看到山上有云，看到古书里面写的“云从窗中入”觉得很奇特。所以第一次到高山上看到云，像波涛翻滚一样地涌过来，涌到你的脚下，然后把人整个淹没在云里面，激动得不得了。很神奇，两个人就隔得很近都看不见，整个被云雾吞没的那种感觉。

那样一种孤独又凄凉的场面，但是她仍然坚持——“留灵修兮憺忘归。”“灵修”是在楚辞里面反复出现的对男子的美称。为了你，“我”忘了回去。“憺”本来是安定的意思，在这里就是说无怨无悔。就这么久久地等待你，我无怨无悔。

整个诗里面最关键的一句话，其实就下面那句：“岁既晏兮孰华予。”“岁既晏兮”，字面的意思是年岁快要过去，但是这个“岁”它是借指两个方面的：一个是时间的流逝，一个是自己生命的衰老。古人的平均寿命是很短的，欧阳修写《醉翁亭记》的时候其实才四十多岁，你读上去觉得是个很老的老头儿。生命的这种流逝，它会带来强烈焦虑和不安，而生命是需要美丽地开放。

在这里可以看到一个文化性的问题，在人类的社会中，通常来说女性承担的功能和责任是不一样的。女性是美丽的，男性是聪慧和有力的，这不是一个自然性的性别差异，其实在动物里雄性动物才是更美的，因为雄性动物要去勾引雌性动物，所以它要更多地显耀自己。所以我看跳孔雀舞的女演员，心里面就觉得特别滑稽，因为她跳的是一只雄孔雀，可是她摆出来的是个女人的姿态。我讲这个话题是埋在这首诗后面的一个问题，在人类社会里面是有文化分工的，在女性身上她体现出来的更多是感性的和美的，在男性身上体现出来更多是理性的和力量，这是文化分工的结果。理解这个的话，你读《红楼梦》就会知道为什么世界没有意义，回到女性身边去才有意义，因为当世界没有意义的时候，回到女性身边就是回到生命的美和感性。

我们再回到这个话题，为什么说这一句是整首诗的核心句子呢？她需要一个爱人，需要一个爱人生命才能开放。一个女性有了爱情才能变得美丽，如果没有这个爱情的话，生命的美丽无法得到实现。这就是“岁既晏兮孰华予”。但是，我们知道在这个世界上生命所包含的和被期待的美丽，常常是很难得到实现的。我写过关于闰土的文章。读闰土的故事，我读来读去读不出来闰土的故事给我们带来的悲哀到底是什么。闰土真的没有遭遇什么事情，他老婆也没有被衙内抢走，说这个日子过得艰难，谁的日子不艰难呢？可是闰土为什么让我们那么悲哀？后来忽然明白：其实鲁迅就写了这么一个东西：一个被期待的生命，并不能按照期待的方式成长，他会萎缩下去，他会萎缩成蜷曲的悲哀的一种状态。这是一个敏感的人对生命的悲哀。回到《山鬼》的悲哀中来，它是一个具体的生命的悲哀，同时它也是人类所要面对的悲哀。当我们能够拥有美好生命的时候，真的要好好对待。

“采三秀兮于山间，石磊磊兮葛蔓蔓。怨公子兮怅忘归，君思我兮不得闲。”她为什么这么固执？你可能认为她就是对那个男子的爱。不是的，这里真正要表达的是对生命的爱。就像瑶姬的故事，她怨气不消，也就是所谓“阴魂不散”，为什么呢？生命如此美好而不能得到实现，这是一种无法被忘怀、无法被消释的痛苦。再回到这首诗里，她开始是“憺忘归”，然后是“怅忘归”，但是她仍然给予情人一种解释，这是非常世俗的，或者说非常日常的，“君思我兮不得闲”，好久好久地等你，你也不来，你不至于把我忘了吧，不至于在什么地方跟人跳舞吧？很朴素的“君思我兮不得闲”，你应该是想念我的，可是什么东西绊着了你。就是说她在失望中仍然给自己寻求希望，但最终发现这个希望破灭了。

她在山中一直等待她的情人，等待到夜深，最后归于绝望：“山中人兮芳杜若”，这是对山鬼的赞美。“饮石泉兮荫松柏”，喝的是石泉里的水，居住在松柏之下。用植物来映衬她。清泉和松柏在这里都表现生命的纯洁和高贵。为什么先要赞美这个女孩，再回到这个诗歌里面的那种忧郁呢？因为这个女孩是如此美好，她被抛弃，被遗忘，这是不应该的。你没有办法解释这么好的女孩，她为什么被遗忘，为什么被抛弃。这么好的生命，她为什么不能够成长？

“君思我兮然疑作。”你到底在想念我吗？你到底是故意不来还是无奈而不来？“然疑作”，就是一会儿肯定一会儿怀疑，翻来覆去翻来覆去，处在一种焦虑状态。

然后一直等，一直等到——“雷填填兮雨冥冥，猿啾啾兮又夜鸣。”到了深夜，听到凄凉的猿猴的啼叫声。在中国文学里面“听猿实下三声泪”“两岸猿声啼不住”，猿啼的声音被描写为一种悲哀的声音。谁特地注意过公园里的猴子叫吗？它会传达一种凄凉的信息吗？反正在中国文学里，自楚辞以来就这样表达。

“风飒飒兮木萧萧，思公子兮徒离忧。”白白地伤心，白白地难过。

我们读这个作品的时候，有几个理解维度：第一个理解维度，它是一个祭神乐歌，我们可以想到楚地的习俗、楚地的神话在诗歌中留下来的那种神奇的色彩。第二个维度，是我们可以把它和瑶姬的故事联系在一起，去理会诗歌中深藏的那个主题，“岁既晏兮孰华予”。这是一个永恒性的主题，就是对生命不能够成长的悲哀。我前面讲到闰土，其实是一样的。你还记得鲁迅写闰土开头一段吗？多么动人的一小段，天上黄澄澄的大的月亮，闰土拿着一把叉，脖子上戴着一个银项圈，那个画面还记得吗？那个画面就是说生命本来是美好的，可是它后来枯萎了。我们这样来读文学的时候，会从文学里体会很多东西。还有一个维度，在中国文学中，女鬼是一种特殊的类型，代表一种特殊的爱情。女鬼总是特别勇敢、特别热烈，并且在这种热烈和美好中体现出生命的一种最强烈的渴望，因为她们不是社会中的人物。比如《聊斋》里写的很多女鬼。《聊斋》里其实有两种人物，都是虚构人物，一种就是具有确实的社会身份的人，其实也是文学虚构，那些大家族的小姐或者夫人们，她们都是稳当的矜持的，循规蹈矩的。另一种类型就是花仙狐妖。花仙狐妖的特点，我曾经做过归纳，简单来说就是年轻貌美，而且无所忌讳，在爱情关系中经常采取主动姿态。采取主动姿态这一点就给男生带来很大的方便。而且她们无所畏惧，经常轻飘飘地就从窗户里、门缝里飘进来了。还有一个很大的特点，她不需要养活，而娶一个老婆是需要花钱养活她的。这种描写当然也是一种对生活的幻想，它会让一些穷寒书生感受到想象的愉悦和满足。但是我们把它放在整个文学史上来看的时候，我觉得其实女鬼的形象，是人们情感中所渴望的最热烈的生命形象，简单来说在中国文学里最热烈的女性的形象，特别是跟感情有关的最热烈的女性形象，是由女鬼来承担的。你不成鬼，你都不能那么美好。

第二讲　汉代诗歌

进入汉代以后《诗经》那种四言诗体不再流行，虽然有人写，但没有多大的影响力。汉代前期流行一种产生于楚地的歌谣，人们称为“楚歌”。而在文学史上影响最大的，一是乐府民歌，它给中国诗歌带来了一系列重要变化；一是《古诗十九首》，它代表着五言诗——古代核心诗体——的成熟。

第一节

《垓下歌》与《大风歌》

垓下[1]歌

秦·项羽

力拔山兮气盖世，时不利兮骓不逝[2]，骓不逝兮可奈何，虞兮虞兮奈若何。

大风歌

汉·刘邦

大风起兮云飞扬，威加海内兮归故乡，安得猛士兮守四方。

在第二讲汉代诗歌里面，我们首先遇到的是两个重要的历史人物的诗篇，《史记》里保存下来的，项羽的《垓下歌》和刘邦的《大风歌》。从诗歌史的角度来说，它们大概不能算是很杰出的作

1 垓下，古地名，在今安徽省灵璧县东南，项羽被刘邦围困于此。

2 逝，奔跑。

品。那为什么还选这样的诗？因为在这两首诗里面，也包含着一些理解中国文化和中国人的生活的比较大的问题。

这种诗短小容易记。我古书虽然前前后后也读了不少，但是能背得出来的就是这种简短的作品，我特不能背诗。以前在农场种地，开会感觉挺无聊的，就在本子上写《垓下歌》《大风歌》之类。所以谈这些诗，也算是有一点儿个人情感因素吧。

我们把这两首诗放在一起对照着读，先来读《垓下歌》——“力拔山兮气盖世，时不利兮骓不逝，骓不逝兮可奈何，虞兮虞兮奈若何。”

然后，我们来读《大风歌》——“大风起兮云飞扬，威加海内兮归故乡，安得猛士兮守四方。”

“兮”这个字在古代读音近似于拼音字母的“ē”这个音。如果按照它原来的近似的音读的话，就是“大风起啊云飞扬，威加海内啊归故乡”。读“xī”的话反而倒有点儿怪。

我们都知道，刘邦、项羽这两个人物有非常密切的关系，他们都是秦末反秦的楚国武装的主要领袖，在灭秦之后两个人成为争夺天下的对手。经过多年的征战，最后项羽失败了，而刘邦成为成功者。

刘邦和项羽的区别

这里面有一个非常有意思的问题。读司马迁写的《项羽本纪》和《高祖本纪》，你会看到一种很明显的性格的对照。《史记》既是历史巨著，同时也是文学性的作品，司马迁在记述历史事件，记述史实，同时又试图探究历史变化的一些内在的因素，捕捉人性中的一些东西。他试图在巨大的历史过程里面来理解人，追问人在历史中的命运。

刘邦和项羽这两个人的区别是很明显的，有几个要点。首先，简单地说，这是一个年轻人和一个中年人的决斗。我曾经说过一句话：人到中年难免有点儿无耻。有的朋友听上去可能不太喜欢，这句话是什么意思呢？就是说人在世间经历得久了以后，他不能够再像年轻人那么血气方刚，那么决绝地爱、决绝地恨。他会犹豫，他会斟酌，他会判断利弊，他会做各种各样委屈自己、违逆自己本愿的选择。这是青年人和中年人的区别。

还有一个贵族、平民的区别。司马迁非常重视这种区别，他在刘邦身上写了很多带文学性的细节。《高祖本纪》是《史记》里面写得非常成功的一篇，这个成功很大程度是在文学意义上。刘邦身上那种出于底层社会的无赖气，那种无所不为，无所畏忌，在道德上毫无约束，在司马迁的描述中，是刘邦成功的一个很重要的原因，这会令人思考很多问题。特别是由于所谓“光棍打天下”的现象在后代反复出现，司马迁的这种描述就格外引人深思。

项羽是另外一种情况。读《项羽本纪》，有人对项羽不忍在鸿门宴上杀死刘邦感到惋惜，或者觉得可笑，杀了刘邦就没有后来那么多事情。有一句诗叫“不可沽名学霸王”，意思是说项羽在鸿门宴上的表现，是为了一个好声誉。其实这里面有一个很重要的问题，一个具有贵族身份、贵族修养的人，可以在战场上杀死自己的敌人，却无法在酒宴上杀死自己的客人。这跟他的身份有关系。

刘项之争最终的胜负，深入追究起来当然很复杂，司马迁也并没把这个结果全部归结于两人个性的原因。但是，毫无疑问，这是他所理解的重要原因之一。人在历史中行动，命运不可知。但命运与个性有关系。

项羽的《垓下歌》是在面对不可挽回的最终败局时，对个人命运发出的慨叹与追问。

他不甘心于失败。因为项羽在军事上无疑比刘邦有更高的才干，项羽所指挥的战争——特别是在推翻秦王朝的过程里——所获得的成功，远远要比刘邦宏大。而《史记》也始终把项羽当作英雄来描写。整部《史记》总共五十多万字，要从黄帝写到汉武帝时代，分配给每一个人物的篇幅一定要有节制。但是司马迁在写项羽失败的时候几乎是不节制的，为什么？他就是要写出“英雄末路之悲”。

最终项羽失败了。在垓下遭受合围，四面楚歌，面临绝境。他悲歌而泣。

这样一首歌。“力拔山兮气盖世”，这是对自己能力的一种自信，项羽有充分的理由自信。所以他面对的是一个他无法理解的场面：“时不利兮骓不逝。”

我们看到古人讨论历史和历史人物的命运时经常会用到的一个词——“时运”。

英雄与时运

历史上那些所谓英雄人物，在成功的时候不太喜欢强调时运。比如《世说新语》写到的桓温，他当时征服了西蜀，打败了李势，并且把李势的妹妹娶回来做妾室，然后在李势的宫殿里置宴，邀请他的部下和当地的缙绅一起喝酒，《世说新语》说他“音调英发”，说话的声音特别流畅和响亮。“叙古今成败由人，存亡系才。”他强调事在人为，历史上一切成功都是由人来做成的，有什么样的人，就有什么样的成就。可是到了失败的时候，英雄们说那是时运。项羽在别处又说过：“天亡我也，非战之罪！”也是相似的意思。因为中国古人所理解的“天”，通常是“无声无臭”的，它并不表达明确的意志，显示明确的动作。在这样的情况下，它和“时运”是相似的力量。

如果我们一定要给“时运”一种解释的话，它就是各种你不能够预知的外在力量以不能够预知的方式结合的结果。它高踞于人类之上，无论你有多么巨大的能力，如果时运对你不利，你就必然失败。

英雄在时运面前会感觉到无奈，那么他最后能够做的事情是什么?

“骓不逝兮可奈何，虞兮虞兮奈若何？”很多人把这首诗理解为一个爱情的宣言，以为项羽在最后失败的时候，所想到的是他的爱人。这个真的是小看项羽了。

在古代社会里，优秀的女人是珍贵的财富。战争的结局，必然带来财富的重新分配，而占有敌人的女人是胜利者的最大的满足。因此我可以看到那些成功的帝王，他们的后宫里面常常罗列着他们的“战利品”。譬如唐太宗李世民打败窦建德，打败王世充，然后打败他哥哥李建成，他们的女人全在他后宫里。有时候你会想象唐太宗办完国家大事以后回到后宫，一个个女人看过去，就像欣赏战争胜利博物馆。

我们需要理解这种历史。这样才能理解项羽说的“虞兮虞兮奈若何”。但愿我的失败不要成为我永世的耻辱，我希望我的失败到我的死结束。

所以虞姬的回答就是“大王意气尽，贱妾何聊生”。大王您都没有意气了，我还能干啥呢，我只能抹脖子给你看了。

跟项羽的《垓下歌》相对应的就是刘邦的《大风歌》。

刘邦在中国历史上是特别有意味的一个人，说起他来的时候就话题特别多，议论特别多，各种各样不同的看法也特别多，是一个永远不停谈论下去的话题人物。

首先非常重要的一点，他是第一个从社会下层起家的皇帝。如果按照成分评定的方法，他们家大概是个小地主吧。刘邦做过亭长，相当于我们现在一个村治保主任那样的一个吏，谈不上是一个官。但是在秦末的动乱中，他乘着时代的风云，建立了中国历史上第一个强大而稳定的帝国。秦始皇当然也很重要，秦始皇建立了中国古代中央集权的基本体制，这个体制一直延续下来，就是毛主席诗歌里面所说的那句很有名的话，“百代皆行秦政制”。不过这个体制虽然是秦始皇创立的，但是秦王朝存在的时间非常短，使这种政治体制成为一个稳定的政治形态，那是汉代了。两汉有四百多年，这是中国历史上第一个强大的、稳定的、延续的历史时间非常长久的王朝。

你想创立这样一个王朝是多么伟大的事业。何况，刘邦又是一个非常特殊的人，他真可谓毫无凭依，所谓“提三尺剑取天下”。这个用诗的语言来说是很豪迈的，拿了一把剑取了天下。所以刘邦成为一个榜样。后来历代出于社会中下层而有宏大的政治理想和远大的个人抱负的那些人，渴望在剧烈的历史变化中——所谓“风云际会”，无不热切地在精神上追随和效仿着刘邦。成功也罢，失败也罢，他们都在中国历史的大河掀起了层层波澜。

我们在拿刘邦的《大风歌》跟项羽的《垓下歌》相对照的时候，首先一首是失败者面临覆灭时候的诗，一个是成功的人在庆祝自己顺利凯旋的诗。刘邦写《大风歌》的背景是他率军征讨英布，返师途中经过家乡沛县，在家乡宴请父老，找了一帮家乡的儿童，就是组织了一个少儿歌唱团，唱的就是他自己写的这首《大风歌》，真是意气慷慨、志得意满的那种感觉。

但是你在读的时候又会发现这里面有一种不安，这种不安跟项羽的不安是相似的。

伟大人物对于历史的不安

“大风起兮云飞扬。”这是一个象征性的意象。如果用视觉艺术来表现这首诗，屏幕上首先出现了狂风和乌云乱滚的激烈景象，这是对秦末整个国家事态的一种象征性的描述。而在“大风起兮云飞扬”这样一个动荡的过程里面，有人失败有人成功。成功的是谁？是刘邦。

“威加海内兮归故乡。”“归故乡”，而且找了一帮小孩来唱歌。那时候刘邦已经老了，因为他常年从事战争活动，负过伤，身体也比较弱。但是这并不是他的不安的根本原因。他的不安的根本原因是对成功的一种意外。为什么会成功？一个巨大的历史成功，并不仅仅是个人努力的结果，它有很多你不能够预料的因素在起作用。它既然是并非由个人努力所决定的可以预料的事件的结果，那么它的变化也包含着不可测。简单而言，历史的背后包含着一种不可测的东西，这个不可测的东西到底是什么？那是可忧的。所以他说：“安得猛士兮守四方。”

一九四九年以后，胡风写过一首诗，题目非常豪迈和具有哲学意味，就是《时间开始了》。这首诗让我立刻想到了秦始皇为什么叫秦始皇，秦始皇这个名称就是“时间开始了”，就是说历史从这里开始。后来我在一篇文章里写到这个地方，忍不住讽刺了胡风一把：当他豪迈地歌唱时间开始了的时候，他没有想到时间对他而言马上就要结束了。历史作为各种力量相互作用的过程，它深不可测。

而所谓“安得猛士兮守四方”，不能只是从字面上来理解：怎么能够得到贤臣良将来帮自己来统治这个国家，而是一种历史的不安。就是说，一种不可测的因素，它在哪里，它会带来什么？不知道。

我讲这两首诗，就是想提示在中国文化传统里面，有一种对历史的那种不可知、不可测，对历史力量的一种无奈的感觉。巨大的历史变动，它由于什么原因而起来，最终会演变到什么方向？而越是伟大的人物，越会意识到自己的无力。因为越是伟大的人物，越是创造了巨大的历史成就和历史功绩，就越是感觉到成功中的那种不确定、不可预测的因素实在是太多，这会构成一种强烈的对历史的不安。

而对历史的不安，我们可以在中国文学史上、在中国诗歌史上拉出整整的一个系列，你可以编一本书就叫《历史的不安》。

第二节

汉乐府

总　述

汉代的诗歌基本上分成两大块，一个就是汉代的乐府诗，一个就是古诗十九首，或者说“古诗”。这一节主要讲乐府诗，下一节讲古诗。

乐府的两大功能

简单地说，官方的掌管音乐的机构就是“乐府”。乐府在汉代，主要是在汉武帝时代，有非常显著的规模的扩大和功能的增加。乐府机构主要有两个功能，一个是制作乐曲和歌词，就是为了特定的目的，指定人去制作一些乐歌。这些乐歌主要用在一些重要的正式的仪式活动中。乐府的另外一个功能，就是收集和保存民间的音乐和歌词，这些音乐和歌词用来做什么呢？有一种政治性的解释，认为收集民间的歌曲，有一种观察风俗的作用，就是通过收集民间的歌谣来观察政治的良善与否，因此它是一个政治性的行为。

但是这个行为即使存在，我觉得它对乐府诗的保存与流传来说，也不起决定性的作用。

文学史的两大方向

民间的这类歌谣是随生随灭的，在产生了以后，如果没有人去记录保存，它就消失掉了。像这样的歌谣，我们可以推测在历史上不知道产生过多少，消失过多少，而只有有人去关注它，把它选择出来，把它写定，把它保存下来，它才成为一个文本形态，这种成为文本形态的东西，才在文学史上发生作用，才在文学史上具有意义。如果纯粹从政治功能去理解乐府诗在文学史上的出现的话，我觉得这是并不重要的，而且不具备决定意义的一个视角。你说歌谣可以观风俗的话，风俗是会变的，而被采集下来就成为文本形态的歌谣，它就固定在那里了，难道拿这首诗可以观风俗观十年吗？比如说我们讲《妇病行》，那个地方有一个女人生病了，临死的时候舍不得她的孩子，然后嘱托她的丈夫说，你不要打我的孩子，这个孩子会饿死的。你说它可以观风俗，那么难道就拿它这样一直观下去吗？那女人都死了，骨头都烂了，还能再继续拿它来观风俗吗？这不是从文学的角度来理解的一个方法。

我们换一个角度来理解，在汉代乐府诗里面出现的作品有一个特别显著的现象，就是对底层民众的艰难生活的关注和体现。文学史是不断发展的。而文学史的“发展”，如果把它简化来说，大致上有两个方向：一个方向就是往深度去发展，比如，对人类的生活、对人性、对人类的感情，更深入的、更细致的发现和考察；另外一个方向就是往广度上发展，原来不是文学的重要主题的东西，它成为文学的重要主题，它被文学所关注。我在编写《简明中国文学史》时讲过这样一句话，文学世界的扩大意味着人类精神世界的扩大。从中国文学史的角度来说，新的主题不断出现，也就意味着中国人的精神世界的不断扩大。这样来理解的话，我想一个重要的主题的出现，它的价值所在，就会很简明很清楚。

这里需要补充一点，以前我们对《诗经》是有误解的，很简化地就是把《国风》解释成民间歌谣，再把“民间”解释为社会底层，更粗糙简化，是把“民众”具体地落实为奴隶。这样一来，对《诗经》的整个理解就产生了非常大的偏差。如果我们比较客观仔细地去看，可以做这样一个判断：《诗经》的作品，包括《国风》在内，主要反映的是贵族生活；即使它反映的生活内容不具备明显的社会阶层的特征，整体上也是一种贵族情调、贵族趣味。因为从各种历史资料来看，《诗经》文本大致定型以后，它就成为贵族子弟的文化教材。所以孔子才会说：“不学《诗》，无以言。”

当然，在《诗经》的许多篇章里面，会描绘到一些劳作情形。譬如采集活动、砍伐活动。但你并不能说参与劳作的都是“劳动人民”，贵族妇女也需要参与采集的。你看《红楼梦》里薛家那么有钱，薛宝钗还带着丫鬟绣花呢。有些场景近似描写了樵夫的情况，如《周南·汉广》里写“翘翘错薪，言刈其楚”，我们偏向于将诗中主人公理解成一位樵夫，一个社会身份比较低的人。但诗中涉及的生活内容与生活情感，也不具备典型的底层社会特征。一个男子企慕社会身份高于自己的女性，因为无法追求她而伤感，并不是典型的底层生活的景象，是吧？

把这一点说明白了，我们才能清楚地认识汉乐府诗的价值。

对底层生活的关注扩展了中国文学的精神领域

在《诗经》里面看不到典型的底层生活，以及这种生活的艰难，在汉乐府里它显著地呈现出来。这意味着什么呢？我前面说，从政治角度去评价这些作品的价值，反而会遮蔽它的文学意义。这类作品的重要性在于人对于人的世界的一种了解和观察。用最简单的话来说：不懂得穷人的生活，你就不懂得人，不懂得自己。因为贫困生活是人类生活的一种状态，当人被置于一种贫困生活的时候，人的情感、人的精神世界，会因为这种环境的压迫而扭曲，产生很多很多的变化。当关注贫困生活的时候，你会知道那也是人的一种可能性，而在这种可能性中，人会成为一种什么样的样态。所以关注那种生活，其实从另一个角度来说，是深刻地关注自己的一个必要。不管你的家境多么优越，如果你不懂得穷人的生活，你真的是还没有真正成为一个人。因为那也是你的可能的境遇，那是你的另外一种偶然，而在那种境遇中，你会怎么成为什么样的心态？

所以，我们从文学的本位上来说，这种对底层生活的贫困和艰难的关注，是中国文学精神领域的一个扩展。它体现了中国文学非常重要的进步。并且汉乐府这一类诗歌的出现，对中国后来的诗歌产生了深远的影响。

中国后来的诗人把关注底层民众的艰难，看作是自己的一种使命，而这种使命是双重性的。一种就是政治性的，反映民生的艰难，希望政治能够有所改善，他们认为这是诗人的一种使命。而另外一个角度，实际上体现着对人的一种深刻的同情和理解。凡是这类诗写得真实而动人的时候，它就不仅仅是从政治责任来表达，而是站在人与人感情相通的角度上去理解和体会底层生活，由此闪现我们称为“人道主义”的光彩。我们在中国诗歌史上读到这样一些诗的时候会很感动。

《战城南》：一个期待被号哭的死亡

战城南

汉·佚名

战城南，死郭北，野死不葬乌可食。
为我谓乌：且为客豪[1]！
野死谅不葬，腐肉安能去子逃？
水深激激，蒲苇冥冥。
枭骑战斗死，驽马徘徊鸣。
梁筑室，何以南，梁何北。
禾黍而获君何食？愿为忠臣安可得？
思子良臣，良臣诚可思：
朝行出攻，暮不夜归。

我们在《诗经》里面读过很多跟战争有关的诗歌，读过《伯兮》，读过《君子于役》，大家还可能接触过像《东山》《采薇》那样的诗。但是没有一首诗，像《战城南》写得那么惨烈，那么刺激人心。

战争的艰难，战争的残酷，战争中人心的不安、紧张和扭曲，是远远超出我们想象的。你拿《伯兮》《君子于役》或者《东山》《采薇》这样的诗跟《战城南》比，你立刻会感觉到，在《诗经》那些诗歌里面表现的感情，它是伤感的，但它仍然是温和的，是一种贵族文化的气质所要求的东西。哪怕是反映士兵的生活，所表达的仍

1 豪：号哭。

然是一种贵族文化的气质所要求的东西，而《战城南》是不一样的。

油画式的战场景象

“战城南，死郭北，野死不葬乌可食。”“城南”“郭北”是在诗歌中按照需要来随意定名的，在城南作战，死在城的北面。古诗里面所讲的“乌”，泛指以乌鸦为主的一类鸟，这是一种食腐类的动物。尸体抛在野外没有人收葬，会成为乌鸟的食物，在即将被乌鸟啄食的时候，诗人用死者的口吻来说话。这是一种想象。但这是深刻理解战死者之悲哀的想象，由此表达出极其强烈而令人震撼的情感。

“为我谓乌：且为客豪！”请为我跟那些乌鸟说一下，“客”在这里是指客死他乡的人，暂且为那些客死他乡的人号哭吧。“号”是一个死亡仪式。死亡需要有仪式，经过一个仪式以后，人们相信死者获得了悲悯和抚慰，这个生命才算真正结束。如果没有经过一个仪式的话，死亡都没有真正结束。就像婚姻需要一个完整的仪式，死亡也需要一个仪式，那种死亡而没有仪式的人是特别可悲的。所以他希望乌鸟为他举行死亡的仪式，就是号叫。我们知道乌鸟在空中飞翔，特别在觅食的时候会发出“嘎、哇”的这种声音。

“野死谅不葬，腐肉安能去子逃？”死于荒野，想必没有人收葬，这个腐烂的肉，没有办法逃脱你的啄食。这种感情非常带有刺激性。这种诗歌，对照前面讲的《伯兮》，大家明白了吗？《伯兮》的后面有一种强烈的不安，但是没有表达出来。为什么没有表达出来？它需要克制，因为如果那一种感情表达出来的话，会产生一种对战争的质疑，会倾向于反战的一面。而在《战城南》里面，我们会发现它把战争的那种灾难非常强烈地表达出来。

后面是很漂亮的写景：“水深激激，蒲苇冥冥。”战场上有河流，河水流动的时候发出流淌的声音，绽放出浪花。河边有蒲草和苇草，在黄昏的时候，这些蒲草和苇草笼罩在一种迷蒙昏暗的氛围中。

“枭骑战斗死，驽马徘徊鸣。”那些勇敢的战马都已经在战争中死亡了。还有一些没有死去的马，它们在战场上失群徘徊发出嘶鸣。如果画成一幅油画的话，场景会非常漂亮：荒野、河流，黄昏暮色之下的大片芦草与蒲草，战场上的尸体，孤零零的马，空中盘旋的乌鸟，这样的油画会非常具有震撼力。

中间有几句很奇特：“梁筑室，何以南，梁以北。”汉乐府诗的选本里，对这几句有各种各样不同的解释，但是这几句恐怕就是不通的，没有办法解释的。汉乐府里面经常会出现这种情形。有时候民间的歌谣收集来以后，在配乐演唱的时候，歌词和音乐不一定能很好配合，唱到这个地方它没有合适的词可以唱了，会从别的地方随便剪一段东西过来，或者说有的字面就是单纯表示声音的。比如，汉乐府里面“梁”出现的时候，往往后面就是不通的。我怀疑这个“梁”就是标示声音的符号，就像现在歌曲里面“啷里个啷、啷里个啷”那种。有的书里面把“梁筑室”说成在河梁上造了房子，那么河梁就不通了。造了房子河梁也不一定不通啊，有很多桥上面就是盖亭子的。

算了，我们不在这个地方多做逗留。

在这一段以后发生了一个转变：“禾黍而获君何食？愿为忠臣安可得？思子良臣，良臣诚可思：朝行出攻，暮不夜归！”这里变成了赞美和感叹。

结尾的变化是为什么

我们注意，这首诗如果继续在原来的那种很强烈的方向发展下去的话，悲哀就要转化为愤怒。战争是由于什么原因而发生的？战争是由谁发动的？发动战争的理由是不是必要的？如果战争发动的理由是必要的，是否就意味着我的死亡就一定是必要的？我们在现代的战争文学里面会看到这样的质疑。如果诗往这个方向发展下去的话，它就太厉害了。它本来具有这样一种可能性，而这种可能性被截止了。所以后面这部分歌辞我们看到它的一个转折，转向什么呢？转向对死者的赞美和感伤。粮食收上来了，你就吃不着了；你想做一个忠臣，你也再没有机会了。但是你是值得我们怀念的。“思子良臣，良臣诚可思：朝行出攻，暮不夜归”，能够体会到这种情绪的转折吗？这种情绪的转折仍然是一个文化条件的需要。但是不管怎么样，这首诗所描写的东西非常具有震撼力，所以《战城南》后来成为一个很重要的乐府歌曲，后代写《战城南》的作者很多，都是表达战争所带来的悲哀和不幸。

《妇病行》：在穷困中死亡将不断叠加

妇病行

汉·佚名

妇病连年累岁，传呼丈人前一言。
当言未及得言，不知泪下一何翩翩。
“属累君两三孤子，莫我儿饥且寒，
有过慎莫笪笞[1]，行当折摇[2]，思复念之！”

1 笪笞，鞭打。
2 折摇，死亡。

乱[1]曰：抱时无衣，襦复无里。

闭门塞牖，舍孤儿到市。

道逢亲交，泣坐不能起。

从乞求与孤儿买饵[2]，对交啼泣，泪不可止：“我欲不伤悲不能已。”

探怀中钱持授〔交〕。

入门见孤儿，啼索其母抱。

徘徊空舍中，“行复尔耳，弃置勿复道！”

有人读了《妇病行》以后跟我说，这首诗的语言那么土、那么简陋，它也能被称为诗吗?

这是一个问题。因为按我们一般的理解，所谓诗，是一种最精致的语言，但是也不能绝对地这样去理解，诗有时候就是用很简朴的语言来表达一些生活的现象和生活中的情感。关键中的关键，还是它能不能给你带来感动。而《妇病行》能够给我们带来强烈的感动，它描写的是生活中一种很平常的景象，这样的景象在过去发生过，在汉代发生过，在唐代发生过，明代发生过，清代发生过，现在还在发生，就是贫困所带来的生活的艰难。

如果习惯的话，我们会觉得，哎呀，这是很平常的事情，是吧？你听说某个人，家里有人生病，然后因病而贫困。我经历过的亲人的死亡很多了，这方面的记忆很深的。我兄长二十九岁的时候就因白血病去世了。他的病房对面一个女病房里，一个十九岁的女孩，家里没有能力再救她，而且也没有希望，那个时候白血病是

1 乱，古称乐曲的最后一章。

2 饵，糕饼，泛指食物。

必死无疑的，现在还有骨髓移植的方法，那时候根本就没有。她家里卖到最后就只剩下一张桌子，并且这桌子是没有凳子的，家里的人站在那里吃饭。为什么呢？就是尽他们的全部的力量给这个女孩一个安慰，家里是尽力地在救助你。最后仍然把她送走了。如果你觉得这是生活的常事，你就不再去体会它，去感受它。那只是因为我们见得多了，我们麻木了，麻木是安慰，是保护我们脆弱的心灵的一种方法。我们的心灵是脆弱的，不能经常受刺激，所以它需要麻木。

但是诗人的心灵是敏感的。我经常举鲁迅小说的例子，鲁迅的小说和同时代的作家相比，最大的特点就是他是敏感的。他的学生读祥林嫂的故事给鲁迅的妈妈鲁老太太听，也不说是她儿子写的，老太太就说这种事情没什么，我们乡下很多的。老太太对这东西失去敏感了。我很小就读《故乡》，我就不知道这里面有个什么东西让我不安呢？好像真的没有什么事情，是吧？闰土说日子过得有点儿难，过得有点儿难算什么呢？有一天忽然就明白了，鲁迅所描写的，是少年时代的闰土的形象和他中年以后形象的对照，就是生命带着希望来到这个世界上，而大量的生命在它的中途就枯萎了，它不能成为一个美好的生命。

回到《妇病行》上来，它真的是生活中非常常见的景象，但是当它在中国诗歌里出现的时候，它是有着伟大的意义的，那就是我们要关注他人，关注自己，我们要关注人的存在。

粗糙的语言带来的感动

“妇病连年累岁，传呼丈人前一言。”“丈人”这个词我简单说一下，一般的解释就是“丈夫”。我们现在暂且也按照一般的解释来说下去。需要注意的是，在古代文献里面用“丈人”来称丈夫的，没有其他的例子。“丈人”通常是指长辈。这首诗完全有可能有另外一种解释的方式，这个女人死的时候，她的丈夫已经死了，她是把孩子托给家里的长辈，这种解释也可以成立。我们现在为了避免把这个话题说得太复杂，就按照通常选本的解释方法，这样讲下去。

“当言未及得言，不知泪下一何翩翩。‘属累君两三孤子，莫我儿饥且寒，有过慎莫笪笞，行当折摇，思复念之！’”托给你两三个孤儿，你不要让他们挨饿受冻，有什么过错你不要打他，他们活不久。“摇”就是“夭”，夭折。他们活不久，你想着他们活不久就不要打他们。这是它的前半段。

“乱曰：抱时无衣，襦复无里。”“乱”在乐府诗里面是一个音乐的末章，在这里它是诗歌的另外一个层次。我们暂且把诗里面的男主人公理解为她的丈夫吧，这就是没有衣服穿的意思。抱在身上没有合适的衣服，“襦”就是夹袄，夹袄它是没有里子的，那就是穿破了。孩子没有合适的穿的东西，孩子也没有吃的东西。

“闭门塞牖，舍孤儿到市”，把门关上，把窗关上，把孩子放在家里，他到市上去。“塞牖”，现在很多人没有这个生活经验，大概不能够理解了。北方的那种特别简陋的房子，它的窗户就是挖一个洞，然后用一个没底的陶罐放在这个洞里面。平时是通的，可以起到通风和采光的作用，它其实就是一个洞。到了天冷的时候，或者出门的时候，就拿个草，把这个坛子给塞住。所以关上窗实际是把它塞起来。

“道逢亲交，泣坐不能起。”“亲交”是泛指亲戚朋友。这里可以看到，这个男性也不是一个很强大的男子，是吧？路上遇到亲戚和朋友，哭着哭着就坐在地上。“泣坐”两个字，还是蛮生动的，哭啊哭啊就坐到地上去了。

“从乞求与孤儿买饵”，然后跟亲交想要一点儿钱，给孩子买一点儿吃的。“对交啼泣，泪不可止”，实在是走投无路了。“我欲不伤悲不能已。”我想要不难过，可是我做不到。

“探怀中钱持授（交）。入门见孤儿……”这个地方“交”字理解起来比较困难。有的这个版本是把它放在上面的，“探怀中钱持授交”，但是这样的话，前后内容连不起来。前面明确说“从乞求与孤儿买饵”，他自己是没有钱的。放在下面的话，“交入门”，这个朋友来到家，见到孤儿“啼索其母抱”，也不合适。所以最简单的就是拿个括号把它括掉，把它当作一个衍字，多出来的一个字，就很顺了。

这样的句子确实不像一首诗，但是你读这首诗会注意到一点，它虽然诗句非常简陋，跟口语差不多，但是它的每一个细节啊，都非常集中和具有很强烈的抒情性。所以对诗歌来说，形式固然很重要，但是像这种简陋的形式，并不能说它不是诗歌的一种形式，有时候简陋的诗歌形态，如果运用得恰当的话，也能够表达非常强有力的东西。我们把那个“交”去掉的话，就是：“入门见孤儿，啼索其母抱。”小孩子不懂事要妈妈抱。可见这几个孩子里面，有的岁数还很小。

“徘徊空舍中，行复尔耳，弃置勿复道。”在空房子里面走来走去，叹息说，很快都得死，算了，不要说了，不要说了。汉乐府里面经常有“弃置勿复道”这样的表达，就是说一切都是无可奈何。

我们从《诗经》读下来，读《战城南》和《妇病行》的话，我们会感觉它真是不一样的东西。这才是文学史的开拓和发展，文学开始关注它原来没有关注过的东西。文学最大的功能，是对生活、对人的一种发现。

《艳歌行》《十五从军征》：为什么没有家

艳歌行

汉·佚名

翩翩堂前燕，冬藏夏来见。

兄弟两三人，流宕[1]在他县。

故衣谁当补，新衣谁当绽[2]？

赖得贤主人，览取为吾绽。

夫婿从门来，斜柯[3]西北眄[4]。

语卿且勿眄，水清石自见。

石见何累累，远行不如归。

前面讲到汉乐府诗在文学史上有两个最重要的变化，一个就是对底层生活的苦难的一种关注。第二个跟前面这个要素联系在一起的，就是叙事性的加强。比如《妇病行》，它是一首完整的叙事诗，可以拿它跟《诗经》去比较。

也有人会说《诗经》里面哪些是叙事诗，但是那个概念其实比较模糊。《诗经》总体来说是抒情性的作品，它里面有的诗歌也有叙事的成分，但是这种诗歌，它关注的不是事件本身，不是通过事件和人物的活动来感染我们，因此它对细节不是很关注。即使像国风里写弃妇的诗，如《卫风·氓》《邶风·谷风》，里面有比较多

1 流宕，漂泊，流浪。

2 绽，缝补，缝纫。

3 斜柯，斜侧身躯。

4 眄，斜着眼睛看。

的细节，更接近叙事诗，但诗歌展开的基本脉络，是情绪变化，而不是事件的变化。简单地说，《诗经》里的叙事性的内容，是抒情发生的原因，它偏重的是在抒情方面。所以整个来说《诗经》中的诗歌故事性是不强的，或者说叙事的特征不强烈。而汉乐府里面有很明显的叙事性的作品，像《妇病行》，它整个都在叙述一个事件的过程。这种诗歌写多了以后，诗歌的叙事能力也会越来越强。

汉乐府里有的诗很简单，写生活中的很小的一个场面，比如这首《艳歌行》。

“翩翩堂前燕，冬藏夏来见。兄弟两三人，流宕在他县。”这个是讲离开家乡在外面打工的人。现在也有很多农村的年轻人出来打工，离乡背井，缺少亲人的关怀，在他人的环境里面生活，会感到十分孤独和不安。

“故衣谁当补，新衣谁当绽。”衣服破了谁给我们补呢？想要做新的衣服谁给我们缝呢？

“赖得贤主人，览取为吾绽。”幸亏干活儿的这人家的女主人是个贤惠之人，看到我们衣服破了，就拿过去给我们补上。

“夫婿从门来，斜柯西北眄。”这里的“柯”有另一个版本作“倚”，“柯”改作“倚”比较好。门都是朝南的，“西北眄”就是在门外面往屋子里面看。这老公觉得自己的老婆给打工仔补衣服是一件可疑的事情。这句写得很生动的，就是靠在院墙的外面，眼睛这么斜瞟着。这些打工的少年人——我们想象他们是青年或者少年人吧，于是心里很不愉快：

“语卿且勿眄，水清石自见。石见何累累，远行不如归。”你不要那么斜着眼睛看，这个事情是怎么回事，你总归会明白的。我们是干净的，光明磊落的，女主人就是给我们补补衣服，没任何其他的苟且之事。那么大家也都放心了，但是这个小心灵受伤害了。

漂泊在异乡，会受到各种各样的猜忌啊，鄙视啊，唉，远行不如归，在外面打工不如回去。

把这首诗谱成一个曲子，给农民工唱的话，也挺好的。这首诗没有描述什么重大的主题，也没有特别强烈的情感。这个事件本身不像《战城南》或者《妇病行》那样严重，仅仅是一场误会，而且这个误会也没有产生严重的后果。最终，也证明了“石见何累累”，主人公光明磊落，并无过错，大家也都承认了。它表达的仅仅是离乡生活的人们处处感觉到一种伤感，但是它整个情绪是通过事件来展开的，不是直接地抒发自己的情感。它直接抒发情感的东西很少，整首诗是通过叙事来完成的，叙事的手法简洁朴素。

跟这首诗类似的，有《十五从军征》。

十五从军征

汉·佚名

十五从军征，八十始得归。
道逢乡里人，家中有阿谁？
遥看是君家，松柏冢累累。
兔从狗窦入，雉从梁上飞。
中庭生旅谷，井上生旅葵。
舂谷持作饭，采葵持作羹。
羹饭一时熟，不知贻阿谁[1]？
出门东向看，泪落沾我衣。
十五从军征，八十始得归。

1 贻阿谁，这里指叫谁来吃饭。贻，赠送，给予。

古代有时候服役的年限没有明确的规定，底层人的利益不能够得到明确的法律保障。因此像这种从军以后一直在军队里面，到老才放回家的情形，在古代并不罕见。这首诗描述一个军人，在军中度过自己一生的士兵，他回乡的时候的那种凄凉感。我们也可以从另外一面想，他“十五从军征”居然到八十岁了还能回来，回不来的人有多少？

回到家以后：“道逢乡里人，家中有阿谁？”路上遇到同乡人，然后问我们家里还有谁？古代音信也不通，出门很久以后，也没有什么消息。我们可以看到这首诗叙事上的简洁。“十五从军征，八十始得归”，这里有两个生活过程，一个过程是士兵在军队中度过的漫长的时间，还有与此同时他的亲人在家乡度过的漫长的时间，这两个巨大的变化都浓缩在这两句话里面了。然后乡里人告诉他，你问你的家吗？

“遥看是君家，松柏冢累累。”那个地方就是你的家，很多坟墓，坟墓边上长满了松树和柏树。松柏是种在坟墓前的树。

“兔从狗窦入，雉从梁上飞。”整个房子已经倒塌了。农村的房子是用泥土垒起来的，如果这个房子长时间没有人住的话，它会还原为泥土。那些屋梁之类的木构件会被人拿走，去做别的用处，墙啊什么的就坍塌了，坍塌了就会还原为泥土。因此村落往往会比其他的地方要高，就因为在这儿不断地造房子、坍塌，然后再造、再坍塌，土地被堆高了。兔子从狗洞里面进进出出，野鸡在屋梁上飞来飞去。前面语言很简省，中间就相对铺展，因为歌谣性的作品需要在某些细节上铺展开来，才能使读者有一种进入场景的感觉。

“中庭生旅谷，井上生旅葵。”“旅谷”就是野谷。庭院中生着野谷子，井台上生着野葵菜。葵菜是中国古代一种非常重要的蔬菜，我们读汉代诗歌的时候经常会读到，但是现在很少见了，好像就在西南还有人当蔬菜吃，其他地方都没有了。中国的原产的蔬菜，最早的最有名的是萝卜、大白菜，葵菜也是最常见的。还有很多东西是从外国来的。

“舂谷持作饭，采葵持作羹。”把野谷子给舂了，用来做饭。把葵菜采下来，做成羹汤。“羹”就是带汤水的那种菜。“羹饭一时熟，不知贻阿谁？”菜要烧好了，饭也烧好了，不知道叫谁来吃？人是过群居生活的，不是独居的鸟兽，人有个家，吃饭总得家人一起吃，一个人吃饭不是个道理，这不是一个正常的生活。可是叫谁来吃饭呢？“出门东向看，泪落沾我衣。”家里人都没有了，都在坟里面。

这首诗选了一个很典型的生活场景，来描述一个士兵的悲哀。《十五从军征》的叙事能力是很强的。

接下来讲一篇比较长的叙事诗，《陌上桑》。

《陌上桑》：那家伙调戏美女丢了老脸

陌上桑

汉·佚名

日出东南隅，照我秦氏楼。秦氏有好女，自名为罗敷。罗敷喜蚕桑，采桑城南隅。青丝为笼系，桂枝为笼钩。头上倭堕髻[1]，耳中明月珠。缃绮为下裙，紫绮为上襦。

1 倭堕髻，汉代流行的一种发式，发髻向额前斜侧。

行者见罗敷，下担捋髭须。少年见罗敷，脱帽著帩头[1]。耕者忘其犁，锄者忘其锄。来归相怨怒，但坐观罗敷。

使君从南来，五马立踟蹰。使君遣吏往，问是谁家姝？“秦氏有好女，自名为罗敷。”“罗敷年几何？”“二十尚不足，十五颇有余”。使君谢罗敷：“宁可共载不？”

罗敷前致辞：“使君一何愚！使君自有妇，罗敷自有夫！”

“东方千余骑，夫婿居上头。何用识夫婿？白马从骊驹[2]，青丝系马尾，黄金络马头；腰中鹿卢剑，可值千万余。十五府小吏，二十朝大夫，三十侍中郎，四十专城居。为人洁白皙，鬑鬑颇有须[3]。盈盈公府步，冉冉府中趋。坐中数千人，皆言夫婿殊。”

《陌上桑》的解释很多，很混乱。造成混乱的一个最基本的问题就是：这秦罗敷是个什么人？

“民歌”不一定是下层民众的歌

二十世纪三四十年代以来，把这种无名氏的乐府歌曲笼统地称为民间歌谣，而说到民谣的时候，又常常把所谓“民”理解成比较下层的民众。到五十年代以后对“民”的理解就更狭义了，它就是“劳动人民”。民歌是反映劳动人民生活、劳动人民情感的。

这样一看，啊，罗敷是采桑女子，是一个劳动者。太守呢，是

1　帩头，束发的头巾。

2　骊驹，黑马。

3　鬑鬑颇有须，有一些胡子。鬑鬑，须发稀疏的样子。

统治者。太守对罗敷图谋不轨，遭到罗敷的指斥，这是劳动人民与腐朽统治者的斗争。可是，罗敷去采桑，打扮得那么华贵，她又说自己的老公是个大官，那么怎么解释呢？那就只好胡乱扯了。而这首诗的复杂的文学意蕴，它的美妙之处，就给扯没了。

其实“民歌”这个概念不一定就要理解成下层民众或劳动人民的歌谣。“民”可以泛指不确定的人群，在文学意义，“民歌”的对立面是官方制作，或著名文人的创作。古人本来就是这样理解的。

上面做一些必要的说明，然后进入我的阐释。我着重要讲的，是一个常见的或者说基本的文学主题，在不同的社会环境和社会条件下，它会发生什么样的变化。

还有一点说明：我讲的内容与法国汉学家桀溺（Diény，Jean-Pierre）的一篇文章《牧女与蚕娘·中国文学的一个主题》，有相近之处。但我在课堂上讲这个问题时，桀溺的论文还没有翻译进来；而且我讲的和他还有许多不同。

《陌上桑》的背景

《陌上桑》牵连到一个很大的背景。

在《诗经》里面可以读到很多写青年男女在“桑间”幽会一类的诗歌，我们笼统地称之为一种“桑林文学”。这种诗怎么产生的呢？

首先，桑林在古代社会中，是适合男女幽会的场所。为什么呢？《诗经》主要产生于北方，特别是中原地带，没有什么隐蔽遮掩的地方。桑林嘛，一个树林子里面很合适做那种比较私人化的活动，而且对女孩子来说，她也有一个非常好的理由，“妈！我出门了哦！”妈就会说：“你出门到哪里去？”“我采桑去了。”妈说：“哦，采桑去了。”采桑去了，就是一个很好的理由，是吧？然后她就约了小伙子在桑林里面谈一些甜蜜的话，那是生命的一种快乐。

《诗经》里面这种描写桑林幽会的诗，可以从两个不同角度去理解。一方面，它是对确实存在的生活现象的反映，另一方面，它是一种虚构，是想象中的浪漫与甜蜜。

我在讲《诗经》的时候，特地举了《关雎》和《野有死麇》做一个对照，就是要说男女之间的感情有两种情形，一种就是明确指向婚姻的，另外一种并不指向婚姻，而只是一种生命中的激情，是一种邂逅的故事。我们知道，在某些古老的习俗中，对青年男女的自由结合比较宽容，并不要求两情相悦一定与婚姻相关联。至今在有些少数民族地区，尚有这种习俗的遗存。

但总的来说，中国古代，从先秦到汉代，社会礼俗的变化，是渐渐对青年男女的自由结合加以约束和限制。

汉代有一种画像砖保存下来，称为“桑林野合图”，线条很粗糙，但是非常清楚地刻画一对男女在桑林中做性活动。这种图可能跟民间特殊的祈祷活动有关，但它和《诗经》所描绘的“桑林幽会”也一定有渊源关系。我们可以认为这是先秦古老风俗的遗存。

同时，在汉代社会文化中，又产生一种相反的力量，对以桑林为背景的男女之间的幽会，对这种浪漫的激情表示反对。因此，我们看到另外一种诗歌，警告人们不要存这种幻想，存这种幻想会出现严重的问题。其中有个很有名的故事叫“秋胡戏妻”。这在刘向的《列女传》里面有记载，汉乐府里面有一个诗题，就叫《秋胡行》。现在我们能够看到的《秋胡行》并不是写秋胡戏妻的故事，但是按照汉乐府的一般的规则来说，《秋胡行》最初的作品一定是写秋胡戏妻的故事。

“秋胡戏妻”是一个什么样的故事呢？秋胡是一个鲁国人，他跟妻子结婚不久就出门去了，过了几年才回家。他在自己家附近的桑林外，看到一个漂亮的女子在采桑，就去调戏她，遭到那个女子的拒绝和指责。等到他回到家去拜见高堂，把妻子请出来见面，妻子一看，哎呀！这个家伙就是刚刚调戏我的坏男人。没想到我在家里辛辛苦苦等，等来的老公是这么一个东西！然后她一怒之下就奔到门前的河里投水自杀了。这是很有名的中国故事，近代京剧还有这个剧目。

《秋胡行》的故事，其实就是对桑林文学的一个反拨。它告诉你：指望浪漫邂逅的幻想是不应该有的，它不仅是不道德的，而且会带来严重的后果，很可能你调戏的就是你老婆！本来你好好的一个老婆，你调戏一下，结果死掉了，是吧？

当然这个太巧了嘛。后来明清小说里面经常会设置相反的情节，做一种道德训诫：你调戏别人的老婆，有一天你的老婆也会被别人调戏。

但“秋胡戏妻”的故事又带来一个问题，喜爱美女是人之常情，是正常的感情。如果你用一个特别严重的后果来恐吓人，借以禁止这种正常的感情，就破坏了人心中这种自然的美感。因此我们看到明代有些文人在说起秋胡戏妻故事时，会把秋胡妻骂得很厉害，觉得她过分了。这其实是说这个故事过分了。

怎么办呢？想办法再调和一下，折中一下，这个调和折中的结果就是《陌上桑》。《陌上桑》告诉你，美女是可爱的，欣赏美女很正常，但是不要痴心妄想，人家是有老公的。如果不从文学史的背景上去理解，不调动很多的东西去理解，真是读不懂这首诗。

顺带补充一点。有一次学生问我一个问题，他说太守看到秦罗敷，想要跟她在一起，可不可以理解为想跟她谈恋爱？我说你这个想法太笨了，古代妇女走出门来，她出嫁没出嫁，通过头发和服装一眼就能看得清清楚楚。否则就乱了套了，那还得了？

“桑林文学”和秋胡戏妻故事的折中

我们现在来读这首诗。“日出东南隅，照我秦氏楼。秦氏有好女，自名为罗敷。”秦家的好女孩，名字叫罗敷。

“罗敷喜蚕桑，采桑城南隅。”罗敷喜欢养蚕、采桑。她到城的南面采桑去了。

“青丝为笼系，桂枝为笼钩。”这个采桑的装扮和器具特矫情。“笼”是放桑叶的篮子，这个篮子上面吊着一根青丝编的绳子，用一根木棍吊着它。这是上舞台演戏的，哪是采桑去的呢。

她打扮得特别漂亮：

“头上倭堕髻，耳中明月珠。”倭堕髻是汉代流行的一种时尚发型，是偏斜在一边的发髻。偏斜在一边有什么优点呢？走路的时候发髻会摇摆会跳动，它有一种诱惑性。拿女孩子的耳饰来比喻，女孩子如果耳朵上戴耳钉的话，那就不显眼，如果戴一对挂坠，就会比较显眼，带有一种挑逗性。这个挑逗性的意思，大家不要把它理解得很过分，就是说它在闪动的时候会产生一种对目光的吸引。这个抖动就是一个号召。倭堕髻也是一个号召，明白了吗？

“缃绮为下裙，紫绮为上襦。”这个女孩穿的衣服的色彩也非常鲜明，“缃”是杏黄色，杏黄色和紫色的颜色搭配非常非常强烈。很少有人拿这两种颜色去搭配的，因为紫是一种带有刺激性的色彩。喜欢紫颜色的女孩，一般来说内心都比较容易冲动，比较活泼。你看这个打扮，说这是一个劳动妇女，好像很不合适。但是大家千万要注意，诗歌是诗歌，诗歌不是纪实，尤其像这样的诗歌，其实带有一种童话色彩，它就是描述一个美女，她具有作者认为的一切美的特点，她不仅长得美，而且穿得也美，头发也美。至于说美成这个样子，怎么还能采桑，作者并不承担这个责任。你一定要追究，作者会说你傻不拉叽想干吗？

还有一点，什么叫“陌上桑”？在路边采桑。打扮成这个样子，她要是到桑林里面去采桑，那就没戏可看了，是吧？就要这么漂亮惹眼，吊着个篮子在路边采桑，这才有得好看，这是一个故事的条件。

后面的故事就产生了。有两种人：“行者见罗敷，下担捋髭须。”挑担子的人看到罗敷，哎呀，这个女孩多漂亮，然后把担子放下来，捋捋胡子。会捋捋胡子的话，一般来说，这个人岁数比较大一点儿，性情也比较稳当。

少年的情况就有点儿不同了：“少年见罗敷，脱帽著帩头。”“帩头”是包头发的包头布。古代小孩子头发是剪掉的，二十而冠，到了成年以后就蓄发了，头发不剪掉了，束在头顶，用一块布包扎起来，上面戴一顶帽子。怎么叫“脱帽著帩头”呢？心里不安了。就像我们年轻的时候看到漂亮女生心里有触动的时候，就会有各种各样的动作，拉衣领啊，挖耳朵啊什么的，这是一种心理不安。

还有耕田的人。“耕者忘其犁，锄者忘其锄。”耕田的人忘记了耕田，锄地的人忘记了锄地，回去的时候就互相埋怨：“来归相怨怒，但坐观罗敷。”都是因为看罗敷啊，把该干的活儿全耽误了！

为什么要“相怨怒”呢？追究责任啊！这个说：“谁开始先看的？”那个说：“我先看的怎么了？后来我叫你不要看了，你不是还看吗？”这写得很活泼。它在表达什么呢？表达对美丽的女子，人之常情，都有一种喜爱。

对这两句胡适有一个解释，比较别致。他说“来归相怨怒”这件事不是发生在耕者和锄者之间，而是他们回去跟老婆发脾气。外面看了罗敷了，回家看老婆，就觉得什么都不对劲，这个汤也做得不好，盐也放多了，反正什么都不对。这么解释跟胡适先生自己的生活经历有关吧？他跟江冬秀过得特别不踏实，总要在外面东张西望。他看了好几回罗敷。

在座的女生以后结了婚，有一天老公回家，神情颓唐又焦躁，看家里什么都不满意，你就问他一句："在外面看罗敷了吗？"

到现在为止，喜欢罗敷的男子虽然很多，但是都没有破坏礼仪的规则。"发乎情，止乎礼仪"，这是可以理解的。下面那个使君就不对了："使君从南来，五马立踟蹰。使君遣吏往，问是谁家姝？"派头很大，五匹马拉的车子。使君派了手下的人去探问，问是谁家的女孩这么漂亮。然后她就回答：

"秦氏有好女，自名为罗敷。罗敷年几何？二十尚不足，十五颇有余。"二十岁还不到，十五岁已经过了，这就是古人所理解的女性的最美好的年龄。古代女子十四岁可以出嫁。这也许早了一点儿，十六岁、十八岁出嫁就很普遍了，二十岁的话都有一点儿感觉老了。

"使君谢罗敷：宁可共载不？"能不能跟我一起坐车走？这就过了界限了。于是罗敷就代表着德性和正义，对使君给予严重的指责："罗敷前致辞：使君一何愚！使君自有妇，罗敷自有夫！"你老兄多么愚蠢！你有你的老婆，我有我的丈夫，你怎么可以随口说这样的话！

使君犯了规，理应受到惩罚。惩罚的方法，是罗敷通过夸耀自己的丈夫，把他比下去，让一个神气活现、自以为是的家伙越听越感到灰头土脸。

"东方千余骑，夫婿居上头。"一大群人里面，我老公是走在前面的，出类拔萃嘛。

"何用识夫婿？白马从骊驹。"从什么地方可以认出我的丈夫呢？他骑一匹白马，跟着一匹小黑马。我们注意一下，文学作品里面，女性爱慕的男子，骑的马通常是白的，白马王子。为什么不能黑马王子或者是赤兔马的王子，好像都有点儿不行，白马是不是显得秀气点儿？从女性这个角度来说，它要柔性一点儿，是吧？

“青丝系马尾，黄金络马头。腰中鹿卢剑，可值千万余。”有钱，有派头。但这是不够的，还得有地位和实权。

所以下面继续往下夸耀的话，就是他的地位：“十五府小吏，二十朝大夫。三十侍中郎，四十专城居。”十五岁的时候就出来做公务员了，二十岁的时候就到朝中去做官了，“侍中郎”这种职务是皇帝身边的亲信，而四十岁就“专城居”也就是太守了。这个官职和使君同等。

再夸他的相貌与风度：“为人洁白皙，鬑鬑颇有须。”汉代人描写一个美男子的时候，都是说他长得很白。一般来说，不太出门的养尊处优的人才能长得白，所以白是美的一个标志。稀稀落落地长着一些胡子。中国人描写的美男子胡须是稀稀落落的，因为中国人比较文雅，稀稀落落的胡子显得比较飘逸潇洒。

“盈盈公府步，冉冉府中趋。”做官的人专门有做官的那种特别的走路方式，叫“公府步”。非常自信，有派头，有身份，慢慢地一步一步地走。曾国藩写信给他的儿子，经常会问，“近来觉得脚头子重了一点儿没有？”“脚头子重”就是走路比较慢，不要那么轻佻，就是可以做官的一个气质。

“坐中数千人，皆言夫婿殊。”然后用“公认”来结束。

使君听了这些，是什么反应？诗中就不写了。总之他什么都不如人，还想干风流的坏事，很不要脸，很没脸。

有人认为罗敷的丈夫是她编造出来吓唬“使君”的。但诗歌文本并没有提供这种信息，阐释者自己添加条件来改编诗中故事，实在没有道理。有一位著名学者振振有词地说，罗敷“二十尚不足，十五颇有余”，怎么可能嫁给一个四十多岁的男人呢？其实婚姻关系中男女之间差个二十多岁，实在很平常，随便可以找到很多例子。学者有时候建立一个观点以后，所有的证明方式都围绕着这个观点，形成一种“自蔽”——自己遮蔽自己，这是我们要注意的。

《陌上桑》文学母题的变化

如果把《秋胡行》和《陌上桑》相互联系来看，很容易发现两者之间的沿袭和演变。在秋胡故事里，只有一个想要调戏美女结果调戏了自己老婆的坏官，到了《陌上桑》，他被一劈为二,一个做了罗敷的丈夫，但是他高贵而端雅，是罗敷的骄傲；一个成为违背礼制、想要得到一种浪漫邂逅的太守，他得到一种丢脸的结果作为惩罚。这个结果不是严重的事件，所以诗歌能够将一种轻快而幽默的调子保持到底。

我们再回过头，看到一个文学主题，从《诗经》的所谓“桑间濮上之词”转到《秋胡行》（秋胡戏妻故事），再转到《陌上桑》，其中迂回曲折，也是饶有趣味。

第三节

《古诗十九首》

总　述

我们先回到汉乐府，会发现汉乐府有一个现象，像《妇病行》和《战城南》这样的诗，都是乐府里面比较早期的作品，而乐府里面相对而言比较后期的一些作品，开始向整齐的五言诗转化。像《十五从军征》这样的诗，语言已经非常成熟，而且诗歌的结构性也很强，“十五从军征，八十始得归。道逢乡里人，家中有阿谁”，它把很多的内容都浓缩了，可以省下比较大的篇幅做铺排，歌谣式的那种铺排。“遥看是君家，松柏冢累累。兔从狗窦入，雉从梁上飞”，这样一个铺排，能够渲染出一种气氛，衬托这个老人的悲伤，所以到最后你读到“出门东向看，泪落沾我衣”的时候，会发现经过这样的渲染以后，老人的这种悲伤的情绪，你已经非常能够理解了，你的心跟他已经相通了。像《十五从军征》这样的诗，已经显示了五言诗的高度成熟的状态。

但是我们一般说到汉代五言诗的成熟，不是用乐府诗作为标志，而是用《古诗十九首》作为标志。为什么呢？因为相对而言，《古诗十九首》这样的诗有一定的量，而且主题相类，艺术水准也都比较整齐，都达到了很高的成熟的水平。同时它跟乐府诗又有所不同，《古诗十九首》的修辞性比大多数乐府诗要强很多。所以一般来说是把《古诗十九首》看成汉代五言诗成熟的一个标志。

从四言到五言诗的转化

在诗史上，五言诗的成熟是一个重大的事件，因为中国的古典诗歌的核心形态是五言诗。这里面我们可以看到一个变化。前面讲先秦的诗歌时，我们说中国诗歌有两个源头，一个就是《诗经》，《诗经》的主体是四言诗；另外一个就是楚辞这种“骚体”。但是这两个东西在诗体形式上都不是中国古典诗歌的核心形态。四言诗发展到汉代以后，慢慢就衰落了。汉代以后也有写四言诗写得好的作者，但是不多，曹操、嵇康、陶渊明，差不多就这些少量的作者还有优秀的四言诗的作品，而大多数诗人都不太写了，写了也不是很出色的。而“骚体”演化到后来往辞赋方向去发展了，也就是说它的抒情性降低，往那种“文”的方向去发展。因此我们看中国诗歌的两个主要的源头，它们的很多文学要素是往下传递的，会长期地影响中国文学的变化，但是从诗体上来说，这两种诗体后来都不流行了。

中国诗歌核心的体式就是五言诗。五言古诗到汉代成熟，以《古诗十九首》为标志，这种诗叫作五言古体。从五言古体再往下发展，到了南朝以后分化形成古体和近体两大块，近体中有五言律诗和五言绝句。七言诗的成熟要慢一步，所以也可以说它是借鉴了五言诗，或者说是被五言诗催熟的。七言诗有古体，也有近体，近体就是七言律诗和七言绝句。到南朝的时候，我们就可以看到诗体分化得相当复杂，这种分化的核心形态就是五言诗。所以大家必须注意到《古诗十九首》的特殊地位，它是中国古典诗歌的核心诗体发展到成熟阶段的标志性作品。

再来讲“古诗十九首”这个概念，《古诗十九首》本来是不该打书名号的，它是“古诗”，是一个专称概念，古诗中的十九首。“古诗”是什么概念呢？我们现在讲“古诗”，常常用的是一个泛义的概念，就指古代的诗。比如问你，你读古诗啊？读李白的还是杜甫的？哪怕你说我读龚自珍的，也是读古诗。龚自珍大概就算是古典诗歌的最后一个大诗人了。

但是“古诗”还有一个狭义的概念。是南朝时代的人称汉魏时代流传下来的无名氏的作品。请注意，“汉魏”也是一个笼统的不明确的时代概念，因为不能说得很精确。这种古诗在南朝的时候，大概在齐梁时代的时候，能够看到的至少有五六十首。在萧统编《文选》的时候，从这些古诗里面选出了十九首，作为一组。本来是“古诗”十九首，后来成为一种专名，叫作《古诗十九首》了。除了这十九首以外的古诗，也有一些流传下来。

刚刚说了，萧统编《文选》的时候，能够见到的古诗至少有五六十首，现在流传下来的也有一定的数量。这类诗的特点是歌谣性作品和文人创作的一种结合体。所谓歌谣性的作品，是说作者不明确的，在流传过程中不断被修改的一种作品。而所谓的“文人作品”，通常指的是这样的诗，具有比较高的艺术水准，不是民间的一般的作者能够写得出来的，经过相当程度的修饰的结果。所以用一个含糊的概念来说的话，我们把“古诗”理解成歌谣性的作品和文人的创作的一种结合，古诗的作者仍然是不清楚的。

这里有个比较大的问题，从四言诗到五言诗的转化。前面讲到中国最早的诗体其实就是两种，《诗经》的四言诗体和楚辞的“骚体”。骚体往辞赋那个方向转化，变成比较讲究华美的一种文章体式，而诗歌里面发生的变化，为什么会从四言诗转化到五言诗呢？简单来讲，一个是节奏的问题。四言诗的节奏相对来说是比较简单的，因为汉语的音顿，自然而然地就形成两个字一个停顿，可以把它理解为一个音乐的乐拍，两个字一拍，“关关/雎鸠，在河/之洲。窈窕/淑女，君子/好逑”，自然而然就形成这样的。你会发现，这样的一个节拍相对来说很单调。而你读五言诗的时候，会发现它的节拍比较丰富，它通常是由两个双音节和一个单音节组成的，而这个单音节的位置是可以变化的，比如说“行行/重/行行，与/君/生/别离”，它可以造成很多变化，因此五言诗的音节变得比较丰富。

还有一个是语言精练带来的力量。《诗经》是简单的双音节重叠的句式，因此它在表达特定的情感内容的时候，就要用语助词去凑音节，因而出现很多不能表达意义的语助词。比如说“愿言思伯，使我心痗”，“愿”和“言”两个字，都是语助词，其实这句说的就是“思念大哥”。你会发现这个语言不够精简，而诗歌发展到一定阶段的时候，要求诗歌的语言是趋向于精练的。语言趋向于精练才能体现出诗人把握语言的力量，更充分和精确地体现诗人所要表达的情感内容。诗人之所以跟我们不同，除了他对生活有更深的理解和更为敏感的天性以外，就是他把握语言的力量。我们读杜甫的诗尤其能清楚地意识到这一点，杜甫写出来的那种句子，你可以学他，但是你达不到他那个力量。

在《诗经》里面，用那些没有意义的语助词去凑节拍，使得《诗经》的语言表达的力量受到一定的限制。这跟音乐也有关系。在先秦时代主流的乐器是金石打击乐，相对而言它的节奏比较单纯一点儿，所以跟《诗经》配合得比较好；到了汉代以后，流行的音乐它不再是金石打击乐了，是以丝竹乐为主的，就是管乐和弦乐，比如说笛箫琴瑟这一类乐器，音乐表现会比金石打击乐更丰富。

我们回到《古诗十九首》上来，它的语言表现力要比《诗经》强很多。从整个文学史来看，诗歌一直在寻求语言的更丰富的更有力的表现。每一个民族的诗歌，都一直在寻求这种语言的最好的表达形式。诗歌是什么呢？诗歌就是这个民族的语言的最好的表达形式，最美的一种表现形式。为什么到现在为止，新诗对读者大众的影响力总不如古诗，我们还是会更喜欢古诗？道理很简单，古诗是在非常长的历史年代中形成的，中国的诗人一直不断地在寻求汉语语言的最好的表达方式。这样的一种努力，到了唐代基本上就完成了。所以唐以后的诗歌虽然也有成就，语言形式上大的创造比较少。有新创造的是词和曲。当然，在广义上词和曲也是诗。

这样我们就能够理解为什么会从四言诗转化到五言诗；为什么以五言诗为主体的古典诗歌的这种体式，到齐梁以后发生丰富的分化；为什么这种分化到了唐代达到高峰；为什么在唐以后又有词的出现。这样的一种变化过程，不只是很简单地“一代有一代文学”。“一代有一代文学”这句话虽然也对，但是说一代有一代的文学的体式，只是说了一个现象，至于为什么会发生这种变化？需要从我刚刚说的角度去理解，就是寻求这个民族语言的更完美更丰富的表达形式。这就是我们讲古诗的时候特别强调的东西。

《古诗十九首》是一种比较特殊的诗歌。齐梁的时候，人们对《古诗十九首》的评价已经非常高了，《诗品》说它“一字千金”，把它看成一种经典范式。为什么呢？因为它是两者的结合，它有很明显的歌谣的特点，清新、朴素、自然和直白。有很多话它不隐晦，直白地说出来，会给你产生一种震撼的力量。另外一方面，它的修辞程度很高，试图使用一种精致的语言去说这些东西。它看上去好像跟口语距离不是很大，但它是一种比较精致的口语。

这个问题我们以后仍然会遇到，就是语言的自然和修饰性的矛盾关系问题。比如我们读词的时候，最喜欢读的往往是李后主、纳兰性德。可是你会发现其实这种风格的词人数量不多。清词实际上水平很高，但是像纳兰性德这样写词的人很少，为什么？要清新朴素，自然而精致。你写作文就知道，追求华丽，追求字面的漂亮相对比较容易，要清新朴素自然而精致，是一个特别高的标准。

归纳一下前面的内容，一个就是诗体变化，《古诗十九首》体现出的诗体变化，代表着中国古诗的核心诗体的成熟阶段。第二个是《古诗十九首》的语言特点，它带有歌谣的特点，同时是修辞程度非常高的诗歌。

我们来读古诗十九首就明白了。

《青青河畔草》：没法爱一个不回家的人

青青河畔草

汉·佚名

青青河畔草，郁郁园中柳。
盈盈楼上女，皎皎当窗牖[1]。
娥娥红粉妆，纤纤出素手。
昔为倡家女，今为荡子[2]妇，
荡子行不归，空床难独守。

---

1 窗牖，窗户。

2 荡子，指辞家远出、羁旅忘返的男子。

“盈盈楼上女，皎皎当窗牖。娥娥红粉妆，纤纤出素手。”写一个嗲溜溜的女孩，春天的时候对着窗子。这种叠字的修辞是歌谣的一个特点，它的选择和描写，比李清照的那个“寻寻觅觅”要好很多。我女儿在读李清照词的时候，读到“寻寻觅觅，冷冷清清，凄凄惨惨戚戚”，我跟她说这个写得不好。她不明白为什么写得不好，我就说“做作、矫情”，用那么多叠字来表现自己的一种冷清孤独，很矫情，真的不如《青青河畔草》，这个读上去就很清爽的感觉。“青青河畔草，郁郁园中柳。盈盈楼上女，皎皎当窗牖。娥娥红粉妆，纤纤出素手。”很轻快地就描述出一个嗲溜溜的小女子在春天的时候对着窗。这真是显示人类生活的一种美好的形态。

它除了语言的这种朴素自然以外，表现感情的时候也很直白。这是歌谣的特点，它是不跟作者联系在一起的，因为写诗的人不会考虑到我在这首诗中呈现出来的形象，跟生活中的自我的一个关系问题。换一句话说，诗人隐身在诗的后面，不需要对诗歌的形象负责任。

它是保持了民歌的格调，可是你还能认为它是民歌吗？民间的歌谣能够写得这么细致吗？能够把一层一层的叠字用得这么好吗？你再往下看——

“昔为娼家女，今为荡子妇。”古代的“娼”首先是个文艺工作者，同时也有可能成为性工作者，跟我们现在理解的“娼妓”的概念有点儿不同。而在这一首古诗里面写这种娼家女的时候，“娼家女”这个词语本身是包含着潜在意味的，她们拥有的是短暂的青春，她们追求的是热烈的享受。“荡子”在这里是指“游子”，不回家的人。她过去是一个娼家的女子，现在嫁给了一个不回家的游子。

“荡子行不归，空床难独守。”这个老公整天在外面闲逛，也不知道要回家，要我一个人为他独守空床，等他回来，这实在是一个很难的事情。

如果这诗不是无名氏作品，诗的作者有一个明确的可辨识的社会身份，无论是一个男的借用女子的口吻来写，或者是女性写自身生活，你都会觉得过分。她就赤裸裸地说你不回家，我要找人，我不能够等待一个不回家的人。为什么呢？我的青春是有限的，我的生命是有限的。为什么？因为我是娼家女，我跟那些所谓大家闺秀不一样，我只习惯于那种快乐的生活。我的生活里面是没有你们所习惯的那种崇高和道德性的内容。大家能明白吗？娼家女的生活跟上层社会所要求的那种妇德有很大的距离，妇德不是她习惯的内容，不是她的生命价值的体现。快乐和享受是她的生命价值的体现，她需要丈夫和她在一起欢乐地度过她的生命的每一刻。

后人读这种诗的时候，会惊讶它的清新自然，朴素和精致，同时惊讶于它的直白和大胆。它会给你一种震撼感，这样的话你不敢说。仔细看的时候，开始好像是一个第三人称的叙述，到后面转为第一人称的叙述。这首诗的作者难以断定，我还是倾向于觉得他是一个男性作者，他用这样的词去描写女孩的时候，他的内心里有一种被语言所唤起的快乐。

“青青河畔草，郁郁园中柳。盈盈楼上女，皎皎当窗牖。娥娥红粉妆，纤纤出素手。”“盈盈”是脚步很轻的样子。语言里面带有一种欢快感，同时略有调侃的样子，就是这小女子好嗲好嗲的。就像一个画家在画一个漂亮的小女子的时候，一面画一面为自己的线条所感动，写诗的人一面写一面被自己的语言所感动，哎呀！怎么我能写出这样的东西来！然后转到女子的第一人称的叙述。“昔为娼家女，今为荡子妇。荡子行不归，空床难独守”，它通过这样一种个别性经验——一个女子嫁给一个不回家的人，不能够甘守这一种寂寞来包含普遍性经验，表示要追求生命的快乐，即所谓及时享乐。

生命的焦虑和及时享乐的期望

我们触及了《古诗十九首》的核心主题，生命的焦虑和及时享乐的期望。我们会在中国文学里反复看到这种带有虚无主义的情绪，这也是读《诗经》我要选《山有枢》的原因。

为什么会这样呢？人的生命必须是有意义的；中国人以儒家为代表，确认生命意义的方式是追求完美的德性，或者说德性的完成。这个我们前面已经说过了。稍微补充一点，因为达成“仁”意味着德性的完成，所以孔子不轻许“仁”。有人问孔子，他的学生比如子路啊、冉有啊这些人，是不是达到“仁”了？孔子会对他们其他方面做很多肯定，但是不许可他们已经达到了“仁”。孔子甚至说自己也没有达成“仁”。仁是这样一个东西：当你开始追求它的时候，它就和你在一起了。所以“仁”离你不远。但是你永远不能说已经达成了“仁”。

这样来确认生命的价值和意义，会遇到什么问题呢？

我们这样来说：在这个世界上，人类的历史和人类的生存没有什么外在的力量来定义，定义是我们自己的事情。一个相信宗教的人，可以认为神为人定义，但这些说的时候，本质上只是试图把人们的定义用神的口吻说出来，给它一个更为崇高的立场和更大的权威性。

如果说宗教的一个功能是通过为生命定义，给信仰者以精神上的支持，它的另一种功能，为现实的权力秩序服务的功能，会对前者造成破坏。这就是宗教服务于政治带来的肮脏污染了自身的精神价值。你看《十日谈》，就知道僧徒会有多么肮脏，这就是宗教被现世的利益污染的反映。

儒学存在相似的问题，因为它也是两面性的。儒学既有为生命定义、给人以精神性支持的作用，同时，作为国家意识形态，它又有服务于政治、维护现存权力秩序的功能。它也会被政治的肮脏所污染。而一个肮脏的人没有办法教育别人讲究卫生。

《古诗十九首》具体产生于什么年代不容易确认。比较通行的看法，认为它是东汉中后期的作品。理由之一，是到了这个时代，儒学逐渐衰退，读书人的思想获得解放，个体意识也跟着强化。《古诗十九首》的核心主题，生命的焦虑和及时享乐的期望，是在上述历史背景下产生的。这种见解可以作为参考。

生命无非是两个东西，一个是意义，一个是快乐。当意义淡薄的时候，快乐的呼声就会出来。我们现在就能明白这首诗《青青河畔草》在讲什么，你可以理解为是一个个别性经验，说它是一个女子对游子的一种责怨，但是它也是一个普遍性经验，就是生命的快乐。这是《古诗十九首》的一个核心的东西。

然后我们再读这一首《回车驾言迈》，可能会更容易感动一点儿。

《回车驾言迈》：是什么在春风里摇动

回车驾言迈

汉・佚名

回车驾言迈[1]，悠悠涉长道。
四顾何茫茫，东风摇百草。
所遇无故物，焉得不速老？
盛衰各有时，立身苦不早。

1　驾言，出游，出行。言，语助词。迈，远行。

人生非金石，岂能长寿考？

奄忽[1]随物化，荣名以为宝。

“回车驾言迈，悠悠涉长道。”“回车”就是回过车来。“驾言迈”，“言”是个语助词。《诗经》里面用这种语助词的情况很普遍，在《古诗十九首》里面已经比较少见了。并不是说用语助词就会减损诗歌的美，而是说语助词用了很多的时候，诗歌的内涵就会减少。所以在这里我们不会觉得这个语助词有什么问题。“回车驾言迈，悠悠涉长道”，它有个出发的形象，但是它并不在描述这个出发的事件。这个出发的形象，其实是象征性的。我们在世间不停地奔波，到底是到哪里去？它虽然诗歌里面没有往下说，但是它已经包含着这个东西。

“四顾何茫茫，东风摇百草。”这是一个春天，原野里一片葱绿。“东风摇百草”这是很朴素的一种感觉。“摇”，风对草的摇动，引起内心的摇动，引发我们的触动。如果你看到风吹草动的时候，你的心不触动的话，它就是一个纯粹的自然形象，风吹草动的时候，你想到万物更生，然后想到人生无常，风摇的时候把你给摇起来了，就是“东风摇百草”。

“所遇无故物，焉得不速老。”你所看到的一切都不是原来的样子。在大自然中，在这个世界中，万物都在不停地变化，你也在这个变化的过程中，你怎么能够不很快就老了呢。你注意到这首诗跟《青青河畔草》的不同了吗？《青青河畔草》的描写，语言写得很精致，但是它那个调子还是那种歌谣的比较轻快的调子，而在这首诗里，你会发现它的语言要精美得多。前面我说“回车驾言迈，

1　奄忽，急遽；匆匆。

悠悠涉长道”并不是记述一次出行，它是一个象征，是说我们在世间的奔波，一切都在变化。假定我们是在世间的奔波，这种奔波的价值是确定的，意义是确定的，奔波有明确的方向且对我们的生命来说是一种坚定的目标，那么生命的短暂的问题引发的焦虑就会被降低。假定这个意义的设定不那么确定，它甚至是可疑的，那么我们在世间的奔波就会变得可疑。为什么要奔波？

所以“四顾何茫茫，东风摇百草。所遇无故物，焉得不速老”。

“盛衰各有时，立身苦不早。”我们终究是自然中的一部分，我们跟万物一样都有盛衰，能够做到的就是有所成功，这几乎就是张爱玲说的那句话“成名要早啊”，因为到了很晚你再成名的时候，你的生命就已经没有滋味了，所以叫“立身苦不早”。

“人生非金石，岂能长寿考？”生命是一个短暂的过程，人并不是金石，怎么可能活得很长久呢？跟朱东润先生读书的时候，朱先生把这个“寿考”改成“受考”，“人生非金石，岂能长受考？”，一天到晚考试，学生都考死掉了。

“奄忽随物化，荣名以为宝。”“奄忽”就是“倏忽”，一眨眼。“物化”是《庄子》中的概念，所谓随物而化，简单说就是死亡，人死了之后化为泥土化为虫，去进入自然的另一个循环，你的尸体被虫子吃掉了，你就成了虫子的一部分。所以要“荣名以为宝”，“荣名”表明我们在这个世界的成功。

前面我说《古诗十九首》的核心就是生命的焦虑和及时享乐，及时享乐包含的东西太多，说得详细一点儿的话，就是在生命焦虑之下，寻求摆脱生命焦虑的途径。包括及时享乐，包括成就功名，包括家庭的温情和朋友的温情。回到前面讲过的《萚兮》，大家明白了吗？《萚兮》其实包含着中国文学最重要的两个主题，一个是时间所引起的焦虑，第二个是生命中的温情。

第三讲　魏晋诗歌

笼统地说，从《诗经》到汉乐府和“古诗”，诗歌主流是歌谣，作者大多是不明确的，或者说人们对这些诗的作者是谁并不很在意。而与此相关，这些诗歌的主题也是偏向于大众性的，个性的特征不强烈。

魏晋以后，具有明确个人标志的文人诗成为主流，并且，写诗也逐渐成为文人的基本素养。因而，中国古代诗歌开始呈现丰富的变化。

第一节

曹操和曹植

总　述

讲魏晋时代的诗歌，我们会先接触曹操，后面会讲曹植。

诗歌个性化的出现

建安时代的诗歌有一个重要的变化，就是诗歌的个性化。以前的诗歌基本上都是歌谣性质的。歌谣性质的诗歌，有什么样的特点呢？它表现的往往是一种公众化的感情，没有一种特异的个性在里面，而是普遍性的感情。也可以说，这种诗歌写的往往是一些永恒主题。就像孙悦唱的《祝你平安》，“你的所得还那样少吗？你的付出还那样多吗？”这就是歌谣的特点，它表达的是一种公众性的感情，所有人都会感觉到：哎！我的所得很少！我的付出很多！每个人在跟世界算账的时候，总是不会觉得世界给我太多，而是说世界给我的少于我应得的。歌谣就有这样的一个特点，因为它是在社会中流传的，因此要适应大多数人的普遍性的情感。

对诗歌来说，它会出现什么问题呢？会出现内容和主题的重复。歌谣的主题是很容易重复的，顶多稍微变换一下角度，会不断重复。《诗经》的很多作品，你如果对它的语言没有一种隔阂感，读上去的时候，它在你的内心里面没有时间感，你可以把它当作流行歌曲来看待。《诗经》中许多作品很容易改写成流行歌曲，大家不妨试试。

诗歌要发展到什么样的程度才会更加丰富呢？那就是个性化，因为当每一个人依据自己独特的个性和独特的生命经历来写诗的时候，诗就会变得很丰富。诗是跟诗人的特殊的生命经历、特殊的情感和特殊的个性联系在一起的。

写景和诗人个性的关系

后面我们要讲曹操的《步出夏门行・观沧海》。读曹操这首诗，你立刻就感觉到跟读以前的诗是不一样的。读的时候感觉会比较庄严、比较激昂，有一种很强大的情绪涌发出来。这不仅仅因为你读之前就知道它是曹操写的，而且因为诗歌的意境特别开阔宏大。而意境的开阔宏大意味着什么呢？意味着诗人的情感世界的壮阔。

讲杜甫的诗的时候，我经常讲一句，杜甫就是不登高，不写愁。为什么不登高不写愁呢？他不能面对一个广阔的世界的时候，他写自己的愁苦，这个愁苦会体现出生命的一种卑怯猥琐。这么说吧，你爬到光华楼的楼顶上临风洒泪，和躲在一楼的厕所角落里暗暗抹泪，两幅画面是不一样的。因为蜷曲在一个角落里形象传递的信息，是人的精神世界被蜷缩起来了，诗歌中类似这样的形象，会喻示人格的鄙琐。同样是抒发悲哀，当主人公面对一个广大的世界的时候，你会觉得这种悲哀是和壮阔的情感以及生命意志联系在一起的。

诗歌中的写景和诗人的个性的关系，我多说一点儿。我写文学史的时候，把许多人喜欢的林逋写梅花的那首诗，《山园小梅二首·其一》，调侃了一把。他那种风流自赏，看起来很高雅，其实特别俗气；还有那种情感的展开啊，非常扭曲，有一点儿装腔作势的发嗲的感觉。发嗲是女孩子和小孩子的特权，男人一发嗲就完蛋了。

曹操《步出夏门行·观沧海》：在人生的巅峰遥望大海

步出夏门行·观沧海

东汉·曹操

东临碣石，以观沧海。水何澹澹，山岛竦峙[1]。
树木丛生，百草丰茂。秋风萧瑟，洪波涌起。
日月之行，若出其中；星汉灿烂，若出其里。
幸甚至哉，歌以咏志。

曹操这首诗中的景象非常开阔宏大，是景物描写，也是诗人胸怀的象征。

我们先讲曹操写这首诗的背景。曹操的父亲曹嵩官至太尉，是所谓“三公”之一。但他是宦官曹腾的养子，这种家庭又被传统世家大族看不起。所以从曹操来说，他可以依赖的社会背景与资源，

1　竦峙，耸立；挺立。

并不是很强大。在中国崩溃和动乱的过程，曹操凭借自己的毅力和智慧，平定了中国的北方，成为中国北方的实际的统治者。接下来曹操要做的是什么事情呢？就是南征，进攻荆州，平定东吴，准备完成统一中国的大业，而在完成中国统一大业之前，他又要做一件什么事呢？北征乌桓。之前曹操在中原最大的对手就是袁绍，他平定了中原以后，袁氏势力的残余部分流窜到辽西去，和辽西当地的少数民族乌桓的军事力量结合在一起，经常袭击他的背后，所以当曹操决定南征的时候，他必须首先解决后顾之忧。征讨辽东之战打得非常艰辛，但终于大获全胜。这一仗打成了，回兵到河北碣石这个地方，写下了这首“东临碣石，以观沧海”之作。

这时曹操处在一生事业的顶点，因为第二年他南征没成功。他在群雄混战中崛起，奠定了中原，然后北征乌桓，一切都成功，第二年就要准备南征了，他当然觉得没有任何力量可阻挡他。这个时候真是踌躇满志。碣石这个地方号称海门，就是海之门，陆地和大海交接的地方，这是秦始皇、汉武帝祭海的地方。现在明白了吧？这个地方秦始皇来过，这个地方汉武帝来过，这个地方俺曹操曹孟德来也！这是一种创造历史的感觉。我说到这里，不知各位有没有想起毛主席的那首《浪淘沙·北戴河》词，“往事越千年，魏武挥鞭，东临碣石有遗篇。萧瑟秋风今又是，换了人间。”毛主席是有历史感的。

所以我们看到这首《观沧海》诗气象宏阔，是前所未有的。虽然诗中没有写人，但你似乎能够看到作者意气慷慨的形象。壮阔的大海奔涌不息，象征了一个伟大的历史人物的一种豪迈壮阔的胸怀。

曹操《短歌行》：悲凉慷慨的两重奏

短歌行

东汉 · 曹操

对酒当歌，人生几何！譬如朝露，去日苦多。
慨当以慷，忧思难忘。何以解忧？唯有杜康[1]。
青青子衿，悠悠我心。但为君故，沉吟至今。
呦呦鹿鸣，食野之苹。我有嘉宾，鼓瑟吹笙。
明明如月，何时可掇[2]？忧从中来，不可断绝。
越陌度阡，枉用相存[3]。契阔谈宴，心念旧恩。
月明星稀，乌鹊南飞。绕树三匝，何枝可依？
山不厌高，水不厌深。周公吐哺，天下归心。

这首诗跟曹操诗歌的一个特点有关，所谓悲歌慷慨，或者说悲凉慷慨。慷慨就是情绪很激烈的一种状态。为什么他是悲凉的又是慷慨的？所谓悲凉跟整个时代背景有关系。中国历史上出现过多次的人口的大丧亡。我曾经读浙江长兴的县志，那是一个很富裕的地方。长兴的人口在太平天国之前曾经接近三十万，在太平天国之后的人口登记数量是两万，这就是战争的影响。汉末到三国，中央政权崩溃，军阀混战，加上大规模的瘟疫，形成中国历史上人口丧亡最严重的时代。中国古代的统计数字不是很准确，从历史数据来说，丧失的人口差不多是总量的百分之七十，不管怎么说，这都是

1 杜康，借指酒。
2 掇，假借为“辍”，停止。
3 相存，互相问候。

非常惊人的。而且瘟疫的袭击是无差别的，不像饥荒，社会地位高的家庭容易躲过去。我们看到建安七子的生平，你会发现好几个人是同一年死的，为什么同一年死？瘟疫。那个时候流行的是一种什么瘟疫，我不知道有没有人研究过。

社会的动乱和人口的丧亡，这种时代的变化，给人精神上带来的打击是非常沉重的。汉末很多诗人的诗歌，包括曹操的诗歌，都有一种悲凉的气质。而所谓慷慨是指什么呢？是一种激昂的情绪。悲凉可能导致人情绪的消沉和绝望，而慷慨是表现出一种奋发有为的志向。这种混乱的时代，也给那些有志者带来机会。《世说新语》里记乔玄对曹操的评价，是所谓“奸雄”，“治世之奸贼，乱世之英雄”。什么叫乱世之英雄呢？在世界处于稳定的状态的时候，获取成功、获取权力的过程是受既有的权力秩序的抑制的；而在动乱的时代，一个具有强大的拥有创造性力量的人物，他获得成功的机会会更高，历史将会成为他表现自己的舞台。

悲凉和慷慨的对撞

曹操这首诗可以看成两重奏，悲凉慷慨是它的两个音乐主题，就像我们听贝多芬的《第九交响乐》一样，它是两个主题不断地对抗。

“对酒当歌，人生几何！譬如朝露，去日苦多。慨当以慷，忧思难忘。何以解忧？唯有杜康。”生命是非常短暂的，生命的短暂给我们带来很多的焦虑，只有喝酒能够消解内心的愁闷。

“青青子衿，悠悠我心。但为君故，沉吟至今。呦呦鹿鸣，食野之苹。我有嘉宾，鼓瑟吹笙。”这段完全是用《诗经》的原句，用得非常漂亮，他就把《诗经》的一节整个装进去。用在这里，诗人是说什么呢？《诗经》里“青青子衿”原来可能是一首情诗，但是在毛诗的解释里，已经不把它当作情诗来看了，而是把它看作对友人的期待。曹操借《诗经》的内容，是在说在建立功业的过程里面，他需要依赖别人，他需要得到帮助。老子讲“上善若水”，要点是容纳。一个伟大人物之所以是伟大人物，是因为他能够使其他人的力量成为他的力量，像百川归海一样，他能够容纳。能够容纳才能够成就事业。你读这段的时候，会感觉到主题的转换。“青青子衿，悠悠我心”，你们这些有才华的人啊，就是我思念的、我期待的人。“但为君故，沉吟至今。呦呦鹿鸣，食野之苹。我有嘉宾，鼓瑟吹笙”，有那么多好朋友来到我的身边，我要奏起乐来。

下面又是转换：“明明如月，何时可掇？忧从中来，不可断绝。”“掇”是停止的意思。月光洒满大地。在这里，月光形容内心的一种忧伤感。这种忧愁是从我内心发出的，就像月光无穷无尽一样，我的忧愁也无穷无尽。

“越陌度阡，枉用相存。契阔谈宴，心念旧恩。”这里再度转回。但是有了你们我会有所不同，你们走过遥远的道路来到我的身边，唤起了我们旧有的感情，我们曾经那样相知，我们曾经互相期待。而这种期待，包含着行动的力量。

然后又回到另一个调子上：“月明星稀，乌鹊南飞。绕树三匝，何枝可依？”通常把这句解释为那些前来投奔曹操的人，在没有投奔他之前，那种茫然无所依归的状态，就像深夜中的乌鹊找不到栖息之地。但是从诗意的流动来看，这个解释不一定好。它仍然是我刚刚说的双重主题，就是一种人生的失落和无所依归之感。我们在这个世界上，如果你对自己的人生目标或者人生的价值和意义的确定，没有那么坚定，尤其在世界无常的变化过程中，一切都不那么坚定，不那么确认，不那么有信心的时候，你会产生一种无所着落的感觉，生命是没有着落的。这就是“月明星稀，乌鹊南飞。绕树三匝，何枝可依”。

但是即使如此，人仍然有另外的一面："山不厌高，水不厌深。周公吐哺，天下归心。"这个很牛的。山不以它的高为满足，海不以它的深为满足。就是说再多的人归集到我的身边来，我都能够容纳。我越是容纳，越是宏大，而当我充分地容纳之后，我就实现了我自己的伟大。伟大是这样来的。"周公吐哺，天下归心"，周公忙于国务，有人来访的时候，他把吃在嘴里的饭吐出来。为什么呢？为了天下归心，为了成就自己，为了能够实现他所想要的那样一种境界："日月之行，若出其中。星汉灿烂，若出其里。"

用高山大海来比喻自己，用孔子心目中的圣人周公来比喻自己，这就是曹操。

读了曹操的诗，我们立刻能感觉到诗人的诗跟歌谣是不一样的。它是一种独特的生命、独特的经验，这种生命经历和这种经验在以一种非常特殊的方式打动我们，它唤起我们内心里的一种情感期待。

曹植《名都篇》：享乐生活与生命活力

名都篇

东汉·曹植

名都多妖女[1]，京洛出少年。

宝剑值千金，被服丽且鲜。

1 妖女，美女。

斗鸡东郊道，走马长楸间。
驰骋未能半，双兔过我前。
揽弓捷鸣镝，长驱上南山。
左挽因右发，一纵两禽连。
余巧未及展，仰手接飞鸢。
观者咸称善，众工归我妍。
归来宴平乐，美酒斗十千。
脍鲤臇胎虾[1]，炮鳖炙熊蹯。
鸣俦啸匹侣[2]，列坐竟长筵。
连翩击鞠壤[3]，巧捷惟万端。
白日西南驰，光景不可攀。
云散还城邑，清晨复来还。

前面说到诗歌到了建安时代有一个重大的变化，从歌谣性的诗转化为个性化的诗歌。这对诗歌世界的展开和丰富非常重要。中国诗歌的历史非常长，写作诗歌的诗人非常多，诗歌一个很常见的现象就是重复前人的主题，重复前人的语汇，变化有限，这是非常普遍的现象。但是另外一方面，那些杰出的诗人，总是在试图找到一种跟别人完全不同的独特的表达方法，因此我们在诗歌的世界里，可以看到星光灿烂，每一颗星都有它自己的光彩。

杜甫出现以前，曹植是中国诗歌的王者

建安诗歌的领域里面中，最重要的诗人就是曹操和他的儿子曹

1 臇胎虾，烹煮虾仁。臇，少汁的肉羹，也指烹煮。

2 匹侣，同伴。

3 连翩，连续不断。鞠壤，鞠和壤，古代两种游戏用具。

植。在古代人的眼光中，曹植的文学成就要远远高于曹操。借日本学者吉川幸次郎话来说，在杜甫出现以前，中国诗歌世界中的王者就是曹植。这当然是一个比较笼统的带有比拟性的手法，但是从里面可以体会到曹植在诗歌史上的重要性。

那么这种重要性体现在什么地方呢？简化地说，到了曹植的时候，诗歌的修辞性显著提高，明显地趋向于一种精致和华美，而这种修辞性的提高，这种精致和华美，成为很长时间里面中国诗歌发展的主要的趋向。其实整个来说，魏晋诗歌一直到唐代诗歌，都把精致和华美看成诗歌追求的目标，一直到宋代以后才得到扭转。如果说它的开端是曹植的话，他在整个诗歌史上的地位自然而然就凸显出来了。

我们今天选的这首《名都篇》从歌谣传统向文人化传统的转化过程中，包含了多层面的视角。它仍然带有歌谣的调子、铺排、夸张。但辞藻华丽，描写准确，有很高的语言修养。它传达贵族少年风流自赏的情调，也明显有着作者个人的特色。

直接感受到的情感状态才是最真实的

“名都多妖女，京洛出少年。”他写的是贵族少年的快乐的享受的生活。“妖女”就是美女。用美女来做陪衬，这个享乐就更有一种浪漫的气息。你读下去会感觉到这首诗是对享乐生活的一种赞美甚至夸张。

以前的文学史通常会把这样的诗理解为一种讽刺性的作品。因为在中国固有的传统，特别是在儒家的文化传统里面，是把节俭视为一种德性的，而把享乐视为对德性的破坏。因此赞美享乐生活很容易被理解为是不应该的、不恰当的。如果写赞美享乐生活的诗人是一个大家比较喜爱的、比较尊敬的诗人，自然而然产生一种逻辑推导，说他其实不是赞美，其实是讽刺。这是在社会文化规则的力量下形成的一种逻辑推导。

可是我一再强调的是，一首诗或一部小说，不管批评者怎么去解说它，也不管作者怎么去解释它，都没有用。你从这个文学作品里面直接感受到那种情感的状态，才是最真实的。文学内在有一种情感的信息，它会打动你，让你体会到作者的趣味所在。比如《海上花列传》，清末韩邦庆写的一部小说，因为写的是妓院里面的生活，作者在这本书的前言里面，很严肃很正经地说：我在风流场里面看到很多年轻不懂事的人被妓女所欺骗，在这种生活里面遭到很大的损伤，所以我要告诫他们。他就把自己打扮成一个道德教师似的，其实这是按照社会的文化规则，社会的道德价值，来给自己找到一个冠冕堂皇的理由和正面的立场。而这小部说的价值完全不在他自己所解说的道德教化上。这部小说之所以有成就，恰恰就是因为它不是在做道德教化。《海上花列传》写在妓院里发生的情感故事，它是一种浮浅的梦。如果说人生如梦的话，男女情感的欢乐也是一场梦，但是它是一种深层的梦，这个梦可以做得很久。在妓院里面所发生的男欢女爱也是有感情的，并不只是拿钱去买一种性行为的完成，它是有感情的。但是这个感情是浮浅的，一个在梦的进行中就知道它是梦的梦，但是它虽然是梦，仍然有真实的悲欢。这就是对人性、对人的情感的一种把握，是很微妙的，所以张爱玲喜欢它。

对热烈美好的青春生命的歌颂

我们回到这首诗，诗里面有一种对享受的赞美，体现出心情的快乐。“宝剑值千金，被服丽且鲜。”“被服”就是穿在身上的衣服。“丽”是漂亮。“鲜”是有光泽有光彩。其实就是“鲜丽”，把一个形容词拆开来。

“斗鸡东郊道，走马长楸间。”在东郊斗鸡。斗鸡是贵族子弟的一种娱乐。你感觉到他们整个的一天生活描写下来，就是无所事事，到处寻欢作乐，斗鸡，走马。“走马”就是跑马，在古汉语里面，走就是快跑，不是慢腾腾的意思。

“驰骋未能半，双兔过我前。”在林道里面驰骋，才走了一会，兔子在眼前经过。然后就：“揽弓捷鸣镝，长驱上南山。”拉起弓就去打那只兔子，打兔子这个动作还没有结束，“长驱上南山”。你注意到这首诗的特点了吗？它节奏变化非常快。

上了南山又怎么样呢？“左挽因右发，一纵两禽连。”猎杀了兔子以后马好像没有停下来，接着又上南山了，上了南山以后拉开弓又去射鸟了，一箭出去就射了两只鸟。

“余巧未及展，仰手接飞鸢。”打猎的才华还没有充分体现出来，一伸手就抓住了天上的飞鸢。这种夸张的快节奏转换的动感，强烈的描写，你会觉得它带有一种卡通气息。而这种卡通气息真正要表达的是什么呢？就是青春生命的活泼。青春生命的活泼，在这种享乐的生活中，以一种非常快的节奏展现开来。

“观者咸称善，众工归我妍。”看到我们这样游玩的人都说，啊呀，了不起！“妍”是美的意思。这个“妍”字放在这里，最好的解释就是上海话说的“嗲”，美妙、好看。“妍”本来指女子姿态的美，但在这里指的是动作的漂亮。它是一个青春的生命勃发的姿态。然后，“归来宴平乐，美酒斗十千。”回来就在宫殿里面设宴，喝的酒都是最贵的。大家还记得李白的《将进酒》吧，“陈王昔时宴平乐”，典故就在这个地方。

“脍鲤臇胎虾，炮鳖炙熊蹯。”这里的“鲤”“虾”，都是鱼类。“脍”是切碎了煮的。“臇”是煮成汤汁。“熊蹯”就是熊掌。反正就是各种各样的山珍海味，美味一一陈列。

这首诗最大的特点就是有非常强烈的动作感。所以它不是说大家一起安安静静地在喝酒，而是“鸣俦啸匹侣，列坐竟长筵”。长长的一个筵席，叫那些年轻的朋友一起来。那个时代贵族的宴饮，是每人一个桌子，人多了当然排列得很长。“鸣”“啸”都是那种很自在很响亮的声音。简单地说，它就是描写一种张扬的姿态。为什么呢？生命力太旺盛，没有一种强烈的姿态、一种迅速的节奏，不能够表现这个生命的力量和欢快。喝完酒干吗呢？喝完酒又做其他的游戏。

“连翩击鞠壤，巧捷惟万端。”“连”是连续不断。“翩”是动作轻灵。连续不断地动作轻灵地去玩什么呢？玩蹴鞠。有人说足球起源于中国，蹴鞠就是踢球。汉代的这种蹴鞠，要详细考证可能还比较困难，宋代的蹴鞠已经可以考证得很清楚了，就是一群人围成一个场子，拿一个球在那里盘弄，传来传去，做各种好看的动作。“壤”是指“击壤”，也是一种游戏。在这一种“连翩击鞠壤”的过程里面体现出来的生命的姿态是“巧捷惟万端”，“巧”和“捷”是青春生命的特征，老头子是迟重的、稳当的，而巧捷就是青春生命的特征。“惟万端”就是各种各样的情形，各种各样的姿态。一天玩到晚，从早上起来就玩，上山打猎，打兔子、打鸟，然后奔马，回到家里喝酒，喝完酒以后再踢球，踢完球以后太阳下山了：“白日西南驰，光景不可攀。”时间是过得很快的，一天很快就过去，时光流逝，你不能够追及它。这里面背后隐藏着跟曹操的“对酒当歌，人生几何”同样的主题，就是时间的流逝、生命的流逝。

生命是短暂的，在短暂的生命里面要尽情地享受。所以“云散还城邑，清晨复来还”，一群年轻人都分散了，明天早上大家再聚在一起。

说这首诗是一个讽刺的话，这个立场也能成立，你会觉得这种一味享乐的生活难道是生命的美好的姿态吗？但是如果换一个角度去看，它真正要表达的其实不是对享乐生活本身的赞美，而是对青春的生命力量的赞美。这样的诗实际上构成了中国古典诗歌的一个流脉，就是所谓“贵游少年”的那种生活，我们在唐诗里面可以找到很多。这种生活表面上写的是一种享乐的生活，实际上着眼点不在这个地方，着眼点是歌颂一种热烈的美好的青春生命。

当然我们都希望年轻人有远大的理想，刻苦学习，为国家、为人民的事业做出自己的贡献，这都是对的。但是如果年轻人喜欢在球场上打球，在大路上一群人放声唱首歌走来走去，固然跟努力工作、刻苦学习，为党和人民做出贡献没有太大的关系，但它难道不是很美好的吗？这就是青春生命的美好呀。从这个角度去理解这些诗的特点，我想不需要把它说得很复杂。

回到我一开始说的，诗歌你要体会它本身的情感。这样的情感你说它是讽刺的？哪怕最初是讽刺的，讽刺到一半也不讽刺了，已经变成赞美了，因为它体现出来的这种情态是美的。

第二节

阮籍与正始诗歌

总　述

正始是魏废帝曹芳的年号。但习惯上所说的“正始文学”，还包括正始以后直到西晋立国这一段时期的文学创作。

正始时期，玄学开始盛行。这是中国思想史上一个很大的变化。玄学的一个特点是从日常生活经验中讨论抽象原理，它不停留在日常的生活经验之中，而是讨论事物的内在的规律、普遍性的原理。“玄”的本来的意思就是虚，所谓玄虚。而所谓“玄虚”的意思，是说它喜欢讨论一些抽象的问题。玄学中包含着一种穷究事理的精神，破除了拘执、迷信的思想方法；同时，玄学崇尚自然，也就强调适情、适性。但是，当人们把个性自由作为重要的甚至根本的生存价值时，就会发现抑制的力量无所不在。这就导向了对社会现象、人生处境的深入思考。

而从社会政治背景上看，正始时期司马懿和曹爽集团为争夺权力而展开了激烈的斗争，最终司马懿以突发的政变击败曹爽而控制政权。这以后十多年间，司马氏父子相继执政，酝酿着一场朝代更替的巨变。他们大量杀戮异己分子，对拥戴曹氏王室或不愿意附从司马家族的人来说，造成了恐怖的政治气氛。

由于周围环境危机四伏，也由于哲学思考的盛行，正始文人很少直接针对政治现状发表意见；他们把从现实生活中所得到的感受，推广为对整个人类社会生活和历史的思考。这就使正始文学呈现出浓厚的哲理色彩。

正始文人有著名的“竹林七贤”，我们这里只选了阮籍。阮籍在诗史上，代表了诗歌由于哲理的渗透而带来的显著变化。

这可以从两方面来说：一方面，诗歌不会仅仅因为包含了哲理就会变得更好。一首诗变成一个哲学讲义，谈论哲学道理，这样的情况是有的，后来晋代的玄言诗这个倾向就很明显。一个很明显的道理就是，如果只是为了阐释哲理的话，那么散文——我这里所说的“散文”是泛义的散文，就是非韵文——散文要比诗歌有效得多。另外一方面，诗歌有可能因为包含了哲理，变得更加厚重。这会给诗歌带来非常大的改变。简单来说，诗歌是可以包含哲理的，并且诗歌包含哲理对诗歌的发展和变化，以及对诗歌的特别的一种美感，是有效的、是有意义的。

《咏怀》第十七：深刻地感受孤独

《咏怀》第十七

魏晋 · 阮籍

独坐空堂上，谁可与欢者。
出门临永路[1]，不见行车马。
登高望九州，悠悠分旷野。
孤鸟西北飞，离兽东南下。
日暮思亲友，晤言用自写[2]。

我们选的《咏怀》第十七首，是成功的哲理诗，非常有特点。

从日常经验推导到抽象玄理

“独坐空堂上，谁可与欢者。”一个人坐在空空的厅堂中，没有可以相与为欢的人。当你一开始读这两句的时候，会感觉它没有什么特殊的地方。正好今天家里没人，是吧？只是一个日常生活经验。

但是再往下看的时候，你会发现它不太像日常经验：“出门临永路，不见行车马。”出门以后来到大马路上，路上车也没有，人也没有。你会发现这是有问题的，但是你还可能觉得，这还是一个日常经验，就正好此时此刻他遇到的情景是没有人。

但再往下，你就发现不对了：“登高望九州，悠悠分旷野。”登到一个高处去看这个世界。九州就是中国，中国就是天下，我们

1 永路，长途，远路。

2 写，通“泻”，发泄，排解。

古人的概念就是天下国家。登上一个高高的地方去看这个世界，这个世界一片荒茫。

当然，没有一个地方登上去能看九州的，这是一个哲学的高点。在这个哲学的高点上看到的世界是一个荒凉的世界，那么它就不是日常经验了。你可以感觉到，这就是一个从日常经验往抽象的方向上推导的过程。这样它能够保持诗的特质。诗的什么特质呢？诗的特质是：首先它是从日常经验中产生的，因为诗歌中的经验是情感经验。情感经验不能产生于抽象的原理，情感的经验要产生于日常生活。但是它又是一首玄学背景下的诗歌，它会把日常经验推导到一个哲理上去。你就明白了这种孤独，它不是生活中的孤独，它是一种哲理性的孤独。所谓哲理性的孤独就是人归根结底是孤立的，是孤单的。

而孤独具有双重性。一方面它给人带来压迫和焦虑，另一方面它是我们体认自我的一种方式。当我们越是感受到自己的孤独的时候，我们也就越是感受到我们自身的独立性的存在。我们的独立性不能被世界上任何东西融化的时候，我们是最孤独的。

孤独的双重性

我们回头来谈这个原理性的问题。人是一个个体性的存在，也是群体性的存在。人的群体性越强，人的个体性会越弱，譬如说成千上万人在一起举行一个非常大的热烈的仪式的时候，很多人在一起唱歌的时候，个体会融入这个群体，个体会消失掉，个体会把这个群体的存在方式看成自己的生命方式。所以有的研究者很简明地告诉我们，这种场合其实包含着巫术的作用。“巫”文化并不只是一种原始文化，它是存在于人的生命中的，跟人的生命根本相连的一种文化。

而另外一种情形是个体性的凸显。当个体性越凸显的时候，人的群体性会越淡薄。于是在那种欢闹的场合里面，你会听到这周边全是无意义的声音。你会忽然感觉到，在这个世界上，你听到的只是一些声音，你看到的只是一些影子，它没有任何意义。

这两种情况在人的生命里面会交替地出现。有时候我们会融入一个群体，有时候我会从这个群体中孤零零地凸显出来。它跟一个人的生活方式，跟一个人对世界的理解，对个人与世界关系的理解有关系，跟一个时代的文化有关系。而越是崇尚自我，或者说越是把自己看得重要的人，把个体的存在看得重要的人，他那种孤独感会越强烈。因此我们会看到伟大的人物都很孤独，或者自己认为自己伟大的人也都很孤独。比如说鲁迅很孤独，你读鲁迅的小说和散文，你觉得他是真的非常孤独。我们可以认为鲁迅首先他是伟大的，他是对自己的生命的个体的存在体会得特别深刻的一个人。但是有的人他也整天写孤独，并且一定要把这个孤独告诉你，是不是这只是因为他觉得自己伟大?

我们继续读这首诗。我们知道这个时候它已经不是一个讲日常经验的内容，它是一个哲学化的表现。人在这个世界上根本就是孤独的。我刚刚把它稍微延伸开来一点儿，说到人的群体性和个体性的问题，至于说人的这种群体性的削弱和人的个体性的强化，当然在不同的时代里面，会有不同的原因和不同的条件。在很多思想史著作中，比如李泽厚的《美的历程》里提到魏晋时代的特点，他强调的就是魏晋时代是一个所谓个性发现的时代。这背后的东西很多很多，最简单地说，人类生活在一个语言构拟的意义世界里面，这种语言构拟世界，给出了历史的意义和个人的意义。所谓历史的意义，就是从群体的发展来说，现存社会结构与秩序、利益分配方式的合理性，以及它的美好的未来。这就是历史的意义。所谓个人的意义，就是在这一个历史的意义中，我们自身的存在价值。这是一个语言所构拟的意义世界。它是受条件限制的。因为人其实没有能力预言未来，因为我们不知道那些还没有发生的变化。

举一个例子。早几十年，就是我还年轻的时候，我们看科幻小说，看科幻电影，看到里面描写未来机器人试图统治世界，把人都改换掉，改成机器人。我们觉得那是一种很奇妙的幻想。而现在很多人已经不再这样认为了，很多科学家很严肃地担心的一件事，就是机器人是不是有一天真的会主宰世界？人之所以是人，就是因为人会问这个问题："我是谁？"当机器人要问"我是谁？"的时候，大概我们就差不多要完蛋了。而机器人统治世界这类问题，绝不是古人能够意识到的。

人没有能力预言未来，人只是在当下的条件下构拟这个世界的意义，以此构建这个世界的秩序，使这个世界在一个有序的状态中存在和运转。但是这个意义世界会被破坏掉。

当"意义"化成了碎片

我们看魏晋时代，就会看到两汉经学所构拟的意义世界，在魏晋时代被破坏掉了。很多那种神圣的东西、崇高的东西，变成了一种可笑的东西，或者说满天飞舞着语言的碎片。这个时候，人们一方面产生一种虚无感，原来构拟的这个意义世界，其实它是不存在的，它只是一种假设，它没有根本的根据。人会产生这种虚无感。而且在这种虚无感的笼罩中，人会更强烈地感受到什么呢？生命仅仅是一个个体性的存在，或者说个体性的存在才是生命的真实存在。对个性存在的这样的一种认识，导致了魏晋文化的一些很重要的变化和发展。但同时这种个体性的凸显，也给人的精神带来很大的负担。因为要一个人完全凭借他自己的精神力量来承担这种生命存在的全部的意义以及由此而产生的各种精神负担和焦虑，他是有困难的。而阮籍是一个感受非常敏锐，思维又非常深刻的人，同时在现实生活中又是一个缺乏决断和很犹豫的人。因此在他的生命中，有很多这种情感的纠缠。

阮籍的很多故事都像哲理性的寓言。一个就是很有名的“穷途恸哭”。阮籍经常驾着车，漫无目标地在外面走，走到“穷途”也就是路不通的时候，就大哭一场回来。驾车在世界上漫无目标地走，你可以理解为一个哲学的描述，就是世界本来就没有什么意义，人生本来就没有什么目标，但是为什么还要驾着车走呢？因为即使世界没有意义，人生没有目标，但是人的存在就是一种行动性的存在，人不能不是行动性的存在。没有意义，人仍然是一个行动性的存在。就像舞台表演一样，你说人生如戏，那么戏的特质就是什么呢？戏的特质就是动作性，只要是个戏，就是有动作的。人生即使没有目标、没有意义，但是人必须有动作，这就是没有目标的驾车远行的哲理性阐释。但是即使没有意义，没有目标的人生，仍然是要碰壁的。因为只要你处于动作中，动作是无法完成的。你选择一个动作，这个动作也无法完成。这是“穷途恸哭”故事所包含的一种哲理性的阐释。然后我们再回到这首诗里面，这个世界是一个什么样的世界呢？

“孤鸟西北飞，离兽东南下。”不仅看不到人，看到的野兽也是孤零零的，失群的鸟和失群的兽。一切都是孤零零的，彷徨在荒茫的世界之中。这种哲理性的孤独和日常性的孤独的最大的不同，我想是很容易明白的。日常性的孤独，如果改变这个日常场景，它就会改变，它就不再孤独了。而哲理性的孤独不能改变。在众声喧哗之中你会越来越孤独。你坐在一个酒筵上，一大群人都快乐得不得了，在那里谈天说地、欢声笑语的，你会觉得这些东西跟你一点儿关系都没有，你觉得你坐在这里，就坐在一片声音之中，有时候人会有这种感觉。即使你不得不跟别人说句话，你好，这个酒不错，你发觉你发出的仍然是无意义的声音。这就是阮籍告诉我们的一种生命感受。但是这种生命形态，是没有办法忍受，没有办法负担的，所以他要改变它。改变它的方式是什么呢？

“日暮思亲友，晤言用自写。”这个“写”就是“泻”。到了黄昏的时候思念亲友，想跟他们在一起相对而言，有所解除。“泻”就是把水倒掉，那个状态。在这里你会忽然发现一个矛盾，如果说“独坐空堂上，谁可与欢者”不是一个日常经验的东西，而是哲学性的一种感受，是对人生的抽象性的一种描写，那么为什么又要“日暮思亲友”呢？你会发现一个矛盾，是吗？如果有了亲友，难道就可以解脱了吗？如果有了亲友以后就可以解脱，那就又回到日常性经验上去了，那又不是一个哲理性的东西，也就是这个孤独到这里好像最后又被否定掉了。

你需要注意一点：这种哲理性的孤独，其实不能够用日常生活的方式来排除，所以“晤言用自写”，被排除的不是孤独。这是以一种无聊赖的方式去遮蔽这种不可解的孤独。无聊不是浪费时间，而是防御孤独的盾牌。

有一天晚上我忽然读懂了这个东西，或者说我认为我读懂这个东西的时候，真的是有一种浑身惊颤的感觉，他写得很可怕。就是当我们体会到我们是一个孤独性的存在的时候，我们会体会到这个孤独是我们无法承担的，因此我们需要转换它，转换它的方式就是把我们的存在转化为一种无聊的废话，当你跟亲友在一起的时候，你能够解除的，不是你的那种生命的孤独，而是把你的孤独转化为一种无聊。你可以跟朋友在一起说一些废话，忘记你的孤独。整个过程就是我们在人群中越来越孤独，找不到存在的真实的意义，也找不到存在的真实的归属，体会到的是人仅仅是一个孤独的存在，但是最后我们又感觉到连这个孤独也是无法承担的，还要转回人群中，而转回人群中去的时候，我们成为一个说废话的人，“晤言用自写”。

我们这样读这首诗的时候，会发现诗歌里面的思想含量非常高。中国的诗歌就是因为阮籍的出现，或者说以阮籍为代表的正始诗歌的出现，而变得厚重。它不再只是描写日常经验，而是把日常经验推导到人的生命的一种根本状态和根本属性上去，试图追究人究竟是什么，人和这个世界的关系到底是一种什么关系。

《咏怀》第七十一：生命几何时

《咏怀》第七十一

魏晋 · 阮籍

木槿荣丘墓，煌煌有光色。
白日颓林中，翩翩零路侧。
蟋蟀吟户牖，蟪蛄[1]鸣荆棘。
蜉蝣玩三朝，采采修羽翼。
衣裳为谁施，俛仰[2]自收拭。
生命几何时，慷慨各努力。

1 蟪蛄，蝉。

2 俛仰，即俯仰。

这首诗是写各种各样的短暂的生命，它们存在的过程。

“木槿荣丘墓，煌煌有光色。”木槿是开花周期很短的一种花朵。这个生命周期很短的花朵，开在坟墓边上，当它开放的时候，“煌煌有光色”，闪烁着明亮的色泽。“煌煌”形容明亮的。大家看日本的樱花，日本人喜欢樱花。一来是樱花在春天盛开的时候非常美。在日本看樱花跟在中国看樱花还是不一样的，因为在日本的樱花往往一大片一大片种植，看上去就像鲁迅说的像一片粉红的云一样。一来是樱花凋落得非常快，樱花的美丽和它的凋零，会使人产生一种对生命的感想，所以日本人非常喜欢。我一九九七年在日本教书，住宿的边上有一条小街，人不是很多。日本人习惯樱花掉落下时不扫掉，走在路上风起来的时候，樱花像雪片一样一片一片飞。走在像雪片一样的樱花之中，人的感觉确实是蛮特别的。我们参照这个来读解阮籍所写的这首诗，就是这种感觉。木槿跟坟墓相对照，一面是死亡，一面是生命的美好。

“白日颓林中，翩翩零路侧。”当太阳落下去的时候，这些木槿花就已经“翩翩零路侧”了，飘零在路边。然后又用其他的意象来展开：“蟋蟀吟户牖，蟪蛄鸣荆棘。”“户”是门，“牖”是窗。“蟪蛄”是蝉。蟋蟀在人的住所旁边吟唱着，蝉在灌木丛里面鸣叫着，它们都唱得非常好听。越是生命到了快要结束的时候，它们越是唱得动人。

再转化到什么呢？“蜉蝣玩三朝，采采修羽翼。”蜉蝣是一种生命很短暂的昆虫。蜉蝣的特点是翅膀非常漂亮，生命非常短，蜉蝣变成成虫以后就在天上交配，很多蜉蝣实际上当天就死掉了。蜉蝣玩三朝，古人认为蜉蝣只有三天的生命。其实很多蜉蝣三天都没有，化为成虫以后只有一天，但是尽管它的生命这样短，它“采采修羽翼”。“采采”是光泽漂亮的意思。这里“修”变成一个主动的行为，好像蜉蝣美丽的翅膀是它修饰的结果。当然蜉蝣并没有自己去修饰自己的翅膀，从这里要引发的是一种人生的感想。我们这么说吧，春天来了，学校就会变得漂亮，一个很重要的原因不是因为草绿了、花开了，而是女生打扮得很漂亮，我们在这里面可以感受到一种生命的美好。作为男生啊，我也是男生，男生对春天的这一种眷怀，很多时候就是因为女生很美好，在校园里走来走去。但是也可以从另外一面说：啊！“蜉蝣玩三朝，采采修羽翼”，生命那么短，美丽也很短。

“衣裳为谁施，俛仰自收拭。”“衣裳为谁施”，这种美丽是为谁而存在呢？这个美丽的生命有它的归属吗？人在世界上会有一种荒凉无所归依的感觉，人是一个孤独的存在，而这种孤独感跟无归属也有关系，就是说人无所归依。“收拭”本来是指不断地修改，在这里就是打扮。这个动作非常生动，女生对着镜子画眉毛，这么画，画了再擦一擦，擦一擦又画一画，这就是“收拭”。“俛仰”就是俯仰。生命很短，俯仰之间。古诗里面经常用这样一个形容，“俯仰之间”，短暂的一抬头一低头。在一抬头一低头之间，你还在努力地打扮自己。

“生命几何时，慷慨各努力。”“慷慨”是情绪激动、情绪激昂的意思。生命是那样地短暂，每一个生命在存在的过程里，都慷慨努力，都这样存在过。这背后最大的问题就是我刚才说的，生命是不是有一种确定的意义和可以使人安然归属。生命如果是没有意义和没有归属的，生命就是一个无目的的孤独的存在。那么这是阮籍对他的生命的一种理解和认识。从诗歌史上来说，这样一种诗歌的出现，让人感受到一种很深重的东西。我们把它放回到一个诗歌系列里去理解，这种生命的焦虑，生命的无所归依，难以确认生命的意义，这种焦虑其实在汉末的诗歌里面就已经很明显了。在东汉中后期以后流行起来的《古诗十九首》里面，我们就已经看到生命的这种短暂的焦虑，而克服这种生命的短暂的焦虑的方法是什么？在《古诗十九首》里面可以看到多种假设，归纳起来主要就是这三类：亲情友情、及时享乐、追求荣名。如果我们往下延伸去看的话，我们可以看到这种生命焦虑在建安诗歌里面有一个转换，在建安诗歌里面比较强烈表现出来的是追求一种不朽事业。生命虽然是短暂的，但是当你完成一个不朽的事业之后，你的生命就转化为另外一个形态，你生命就以你的不朽的事业来体现出来。

我们可以认为到建安诗歌这一种对生命的理解更积极一点儿，它所表现出来的情绪也比较热烈一点儿。尽管它有一个晦暗的背影，就是“对酒当歌，人生几何。譬如朝露，去日苦多”，但是写到最后“山不厌高，海不厌深。周公吐哺，天下归心”的时候，似乎又转化为一种很热烈的生命感情，就是当我们能够把生命寄托在一个伟大的事业中的时候，我们生命可以获得不朽。“不朽”也是建安诗人经常使用的一个词。但是到了阮籍，前人设想的解脱方式全都被排除了，阮籍试图告诉你，这些东西都是没有意义的，亲情友情是不可靠的，朋友可能会成为陷害你的人，因为在一个不稳定的社会结构，在一个充满动荡的时代里面，每个人如何保全自己，如何获取利益，各人各有打算。每个人都有欲望，各种欲望互相冲突。尤其是在社会变化剧烈的年代，人的欲望的冲突就显得更加残忍，所以亲情友情是不可靠的。建功立业也是不可靠的。建功立业的不可靠就在于首先它不是任由你选择的，不是你想建功立业就能建功立业，也不是说你有能力建功立业，你就能建功立业。关于阮籍有个很有名的故事。阮籍登广武涧，就是“鸿沟”，项羽跟刘邦当年作战的战场，他发了一个感慨叫“时无英雄，使竖子成名”。他这个“竖子”是指谁呢？指刘邦吗？如果是指刘邦和项羽的话，那么这个牛也是真的吹得很大，但是他自己心里面可能是这样的：如果没有合适的机会，没有合适的条件，你有再大的本领也没有用。这就是“时无英雄，使竖子成名”。如果有合适的机会，有合适的条件，那么无能的人也可以成名。这个感慨也是后来杜牧写的“折戟沉沙铁未销，自将磨洗认前朝。东风不与周郎便，铜雀春深锁二乔”（《赤壁》）所表现的感情。杜牧所要表达的就是，周瑜有什么了不起？周瑜讨了漂亮的老婆，获得了历史性的成功，打败了曹操，无非就是有一种历史的条件，“东风”在这是个象征，就是一个机遇。那么我哪一点不如周瑜呢？要帅，我不比他帅吗？要文采，我不比他有文采吗？要智慧，我不比他有智慧吗？我们大家都知道杜牧也是一个风流才子。但是“东风不与周郎便”哪，你有东风，我没有东风啊，我只好“十年一觉扬州梦，赢得青楼薄幸名”。我没有办法，只好做这些无聊的事情。

焦虑是对生命的敏感

再回过来看阮籍的诗。所谓建功立业，所谓生命不朽，也不是一个人可以追求的东西。那么及时享乐，更是没有什么实在的意义。追求荣名，那是追求一个虚伪的、外在于自己的东西，并且在追求荣名的过程里面，你会遭遇更多的危险。

阮籍的咏怀诗啊，实际上就是把前人提出来的各种各样克服生命焦虑的方法一一排除，生命在阮籍看来就呈现出它的本质：生命的孤独和无意义。在他的理解里，生命只是在焦虑中走向死亡的一个过程。阮籍的诗意有时候可以跟西方现代哲学的内涵直接联系在一起。我曾经把阮籍的诗歌翻译出来，跟叔本华的一段话放在一起，感觉他们写的是一样的东西。你在叔本华的书里面很容易找到这样的表达：生命就是一个充满焦虑的走向死亡的过程。这是阮籍诗歌的一种表达，也是叔本华哲学的一个表达。

人有时候会凝视着生命的这种焦虑灰暗和无望，不能把它理解为一个纯粹的消极现象，因为从中我们看到的是一种对生命的敏感，这是魏晋文学的一个非常大的特点。我在复旦做过一次讲演，《鲁迅与魏晋》。鲁迅也是非常敏感的，敏感是一种生命力量的表现，而凝视着生命的孤独和它的价值缺失，仍然是有生命力量的表现，生命没有力量的人不能够去这样体会一种生命真实，所以这样的诗我们不能简单地把它看成消极的。我们读建安诗歌，读曹操的诗，诗歌里发奋的、健康向上的力量是容易感受到的。我们读阮籍的时候，会觉得他太晦暗，但是这个晦暗仍然体现出一种人的精神力量。没有精神力量的人是麻木的。这个状态很简单，我老是说很多人不懂巴金晚年的时候为什么要写《随想录》，因为巴金的生命曾经沉落到一种污秽和麻木之中，他失去了他曾经有的那种对生命的敏感和精神力量。因为周围的力量实在太强大，他根本无法抵抗，他就沉落到一种麻木之中。有一天他忽然醒过来的时候，他不是说他为那一段生命中所遭受的打击的惨重而感到痛苦，真正痛苦的是生命如何在这种压力之下变得那么地卑贱和麻木，所以他要把这个卑贱和麻木从自己的生命中剔除出来，从骨缝里把自己的肮脏给洗刷掉，那是个非常痛苦的过程。

阮籍的诗歌有几个要点。第一个，在魏晋之际玄学的发展，社会处于激烈变动的背景之中，中国的诗歌开始渗入一种哲理的色彩。第二个，作为诗歌而言，这种哲理的色彩不能够离开日常经验和日常情感。成功的诗歌是从日常情感推导到一种抽象玄理之中去的，因此它的这种抽象哲理对我们来说不是哲学讲义，而是生命感受。第三个，我讲的要点是怎么看待阮籍诗歌的这种灰暗。

第三节

晋宋之际，陶渊明与谢灵运

总　述

从正始以来，诗歌中开始大量融入老庄哲理，这一方面深化了诗的内涵，另一方面也出现因议论过多而损害诗的形象性和抒情性的弊病。晋室南渡后，玄学清谈盛行，诗歌普遍使用抽象语言来谈论哲理，变得枯燥无味。这类诗被称为“玄言诗”，在文学史上一直受到严厉的批评。

但问题还有它的另一面。玄学清谈和悦情山水是东晋士人普遍的双重爱好，这两者又是相互联系的。在玄学之士看来，人生的根本意义不在于世俗的荣辱毁誉、得失成败，而在于精神的超越升华，对世界对生命的彻底把握。宇宙的本体是玄虚的“道”，四时运转、万物兴衰是“道”的外现。所以对自然的体悟即是对“道”的体悟，人与自然的融合即意味着摆脱凡庸的、不自由的、为现实社会关系所羁累的世俗生活，从而得到高尚的生存体验。所以玄言诗每每从体察自然发端。穆帝永和九年（353）王羲之与谢安、孙绰等四十余人于山阴兰亭修禊事，留下一批《兰亭诗》，便是很好的例证。王羲之诗“寥朗无厓观，寓目理自陈”，就是说由体察自然可悟得造化之理；他同时作的名文《兰亭诗序》也表达了同样的意趣。

一方面，从魏晋以来，诗歌中对自然之美的关注不断增长，另一方面，玄学风气的催风，终于催成了田园诗、山水诗的兴起。其代表人物就是陶渊明和谢灵运。

需要说明一下：谢灵运习惯上不放在“魏晋”这个历史范围来讨论。但实际上他和陶渊明是同时代人。为了叙述方便，我把他们放在一起了。

《饮酒·其五》：自然中的人生真谛

饮酒·其五

魏晋·陶渊明

结庐[1]在人境，而无车马喧。
问君何能尔？心远[2]地自偏。
采菊东篱下，悠然见南山。
山气日夕[3]佳，飞鸟相与还。
此中有真意，欲辨已忘言。

---

1 结庐，构筑房舍。

2 心远，心情超逸；胸怀旷达。

3 日夕，傍晚。

我很早以前写过一篇文章，《从〈古诗十九首〉到陶渊明》。从《古诗十九首》开始，我们看到一种很显著的生命焦虑，这个生命焦虑的原因就是生命短暂，而人之所以为生命短暂而焦虑，是因为人的个体心理的突出。

当人的个体性比较淡薄的时候，生命的焦虑是不强烈的。当你很明确地意识到你自己从属于一个群体，并且你认为你的生命意义完全就体现在这个群体的事业之中的时候，你即使活得很短，也没有怎么焦虑。或者说你有一种很明确的精神寄托，假定说你是一个基督教徒，信仰上帝，你有一个精神寄托，你的生命的意义是由上帝赋予的，并且你的生命意义的完成是由神决定的，生命短暂它也没有什么焦虑。只有在生命没有归属，又难以确认它的意义的时候，生命的这种个体性才会变得强烈。而个体性一旦变得强烈，简单地说，个人要凭借自身的精神力量，面对着整个世界，面对生，面对死，面对宇宙，这会产生一个很沉重的负担。这个时候焦虑就会变得严重。我们可以看到从《古诗十九首》开始的这种对焦虑的解脱的寻求。从《古诗十九首》开始，诗歌的一个重要的主题就是寻求这种焦虑的解脱。

我们在《古诗十九首》里面看到集中地描述亲情友情、及时享乐、追求荣名。在建安诗歌里面，也看到类似的一种表现，比如《名都篇》，也是在歌咏及时享乐。因为在歌颂及时享乐的时候，更多的是赞美青春生命，所以欢乐的情绪要多一点儿，但是仍然有这个影子，最后不是说“光景不可攀”吗？到了阮籍这里就把这些解脱办法一一排除掉，这样产生的重要结果是什么呢？凸显了生命意义的缺失和生命的孤独，使得焦虑变成一个特别强烈的东西。

如果你仔细地读阮籍的诗，就像读鲁迅的《野草》一样的，你会觉得巨大的压力。你要体会鲁迅是很难的，因为他是一个精神力量特别强大的人，对生命特别敏感的人，对生命的无望感受特别深的人。读阮籍的诗歌跟读鲁迅的这种散文，我感觉非常相似，就是有那种无望、敏感、执着，那样的一种精神力量。我只是说他们相似的地方，我不是说他们全部都相似。如果有解脱的门，《古诗十九首》就是给你开了几扇门，亲情友情，饮美酒，追求荣名。这些门在建安诗歌里也存在，但是和《古诗十九首》相比，有些东西被降低了，因为建安诗人的身份比较特殊，像曹操、曹植，他们是历史舞台上的主角，所以他们有个更大的门，追求不朽，“天下归心”。然后阮籍跑到这里把一扇扇门都关上，跟你说这些门是假的，全走不出去，你就一个人坐在黑暗中去想你的人生吧。你会觉得好像无路可走了，然后陶渊明来了，他给你打开完全不同的一片天地，豁然开朗。

陶渊明打开的世界

我们来读陶渊明《饮酒》。我选的都是你背得出来的诗，想讲出你不知道的东西。在这里，陶渊明描写了另外一种人生境界，自在自如，几乎是一种飘逸的境界。

“结庐在人境，而无车马喧。”“结庐”，就是造房子，在这里指居住。“人境”就是平常的地方。居住在平常的地方，但是并没有车马的喧闹。

汉乐府里面就是有一首《门有车马客行》，在古代社会里面，有车马的人通常来说是社会身份比较高的人。什么叫“门有车马客”呢？就是你的门口一直有车马停来停去，表明你是社会的上流，你是社会的中心，是一个被社会所尊重的人。

那么“结庐在人境，而无车马喧”其实表达两个意思，一个意思是说他跟这一个为着荣名而竞逐的世界，为着社会的荣誉和地位而竞逐的世界没有关系，所以没有人来探望他。也可以理解为另外一层意思，“车马喧”对他来说是不存在的东西，对他来说没有任何感动。为车马所动，也就是说为世俗的荣耀所触动。而陶渊明告诉你，不要去为这些东西所感动，当你不为这些东西所感动的时候，你的生活是另外一个样子的。那么，怎么能够做到呢？

“问君何能尔，心远地自偏。”这个“问”是自问了，我怎么能够做到“结庐在人境，而无车马喧”呢？你的心离这个世俗的世界远了，那么你居住的地方自然而然就偏了，也就是说我们不需要把自己放到一个与人世隔绝的世界里，首先要在精神上与这个世界隔绝，“心远”。“远”是玄学里面一个非常重要的词语。简单地说，我们生活在各种各样的社会关系之中，也就生活在各种利益关系之中，而社会关系和利益关系构成了我们的生命的压力。在大学里，教师一般表现得比较超脱，争工资争奖金那是很少的，觉得丢份。但评职称这一关就比较紧张，因为这牵涉到身份和荣誉，牵涉到社会评价。有些人会有被压得走投无路的感觉，吃饭上厕所都想着它。这个就是“近”。“近”就是你在这个世界中，你跟你的社会关系和你的各种利益关系勾得太紧，会受这种力量的压迫，你的生命会处在不安之中。当你“远”的时候，对这种社会关联和利益关联看得很平淡，看到它若有若无的时候，你的心就会安静，你就不再焦虑。

所谓“心远”就是对世俗生活的，对世俗荣耀和利益的，以及由这种世俗的荣耀和利益而产生的纠葛的一种隔远的态度。当你对世俗的荣耀和利益采取一种隔远的态度的时候，就可以从这种所谓名与利的羁绊中摆脱出来，获得一种超越性的立场。在这种情形下，“地自偏”，无论你住在什么地方，你都是远隔世俗的，所谓“偏”的。

心一旦跟世俗的荣耀和利益隔远，跟什么就近了呢？就跟大自然相近，所以：“采菊东篱下，悠然见南山。”这个是陶渊明诗歌里面特别有名的一句，大家都非常熟悉。“悠然见南山”当中的一个字，有一个版本是写着“悠然望南山”，然后苏东坡对陶诗的用字也有自己的见解，他说“悠然见南山”只能是“见”，如果说“望”的话，“一片神气索然”，就是说“望南山”的话，就没有那个精神了，没有那种韵味了。苏东坡最佩服的古代诗人就是陶渊明，在苏东坡的眼睛里无论屈宋还是李杜都没有办法跟陶渊明相提并论。他和过陶渊明的所有的诗，像临帖一样一篇一篇临过去，因此他能够体会得出来。从版本的考据的立场上来说，这个字本来应该是“望”还是“见”，简单地说，争论是没有结果的。因为早期的诗文的流传过程中，会发生一些讹变，抄写的人会对古诗有所改动，最有名的就是“黄河远上白云间，一片孤城万仞山”，那个版本是可以考定的，它原来肯定是“黄沙远上白云间”，可是“黄沙远上白云间”给人的感觉是不舒服的，所以“黄河”反而更为流行。

“悠然望南山”还是“悠然见南山”

我们回到苏东坡所说的问题上，为什么“见南山”是好的，而“望南山”就效果很差呢？这里面有一种很细微的区别，“望”是一种有意识的关注，你特意地注意它，去“望”。“见”是无意之间的目光的相遇。那么，有意识的关注和无意识的目光的相遇有什么区别呢？区别就在于这个“悠然”。“望”就不悠然，而“见”就很悠然，无意之间的目光的相遇。为什么这样悠然呢？它要表达的就是人的心灵和自然的一种相通。如果说把自然当作一个恋爱对象，“望”的话是一方对另一方作用的一个动作，“见”的话是一触即合，自然而然就两情相合的一种很美妙的状态。在“悠然见南山”，他要表达的就是人和自然的一种感觉相通。

那么“见南山”见了什么呢？“山气日夕佳，飞鸟相与还。”看到黄昏的时候山岚非常“佳”。“佳”是一个很简单的词，有时候我们觉得描写一个事物要描写得具体，这种“佳”“好”之类词都很浮泛。但这也不是绝对的，这里的“山气日夕佳”，是没有很费心地去描写它，就是一种心情的感受。看到这个山岚，就觉得心里面很舒服、真漂亮！为什么漂亮？怎么漂亮呢？还没有去细想。它是很自然的一种情绪反应，而在“山气日夕佳”之中，看到的是飞鸟结伴而回。

“此中有真意，欲辨已忘言。”在这个景象中，蕴含着人生的真谛。我想要把它解说清楚，可是已经忘了怎么去说，不知道怎么去说。

这个结尾非常有意思，我们可以从几个不同的角度去理解它。一个，这是饮酒诗，“欲辨已忘言”就是喝醉酒了以后说话说不明白，说不清楚，昏昏然。这可以是一个理解的角度，就是表现一种醉态。换一个角度来理解的话，所谓“真意”就是一种可以意会不可言传的感受，想要把它说清楚，就没办法说清楚，我能够体会到的，我没有办法告诉你，这个东西是每一个人的自己的感受。面对着同样的山，面对着同样的水，每个人都有自己的感受，所以我没有办法去解释它。这也是一个角度。还有第三个角度，对诗歌来说，当它从自然中或者生活中感受到一种哲理性的东西的时候，对这个哲理性的过度的展开，会破坏诗的那种感性的特征。诗是一种感性的东西，诗是表达情感活动的，所以这个地方如果拉开来说一大串的话，会让人从诗意中摆脱出来，进入一种很枯燥的哲理思辨或者说一种逻辑思维的过程里面去，会破坏诗歌的美感。文学史里面经常会把陶渊明和谢灵运的诗做比较，谢灵运的诗的一个很大的弱点，他常常在诗结束的地方来一大通感想，而这种感想对诗歌的美没有什么益处。

我们再回头来讲这首诗，陶渊明说“此中有真意，欲辨已忘言”，他不打算告诉我们。但是如果你把陶渊明的所有的诗文都合在一起来读的话，会发现就是说所谓“真意”在陶渊明其他诗文里面可以追索，或者说可以彼此印证。这个“真意”到底是什么？《归去来兮辞》里面有一个很好的对句，我就拿那个对句来做一个解析的切入点，就是“云无心以出岫，鸟倦飞而知还”。这个“鸟倦飞而知还”，和《饮酒》诗里面所写的“飞鸟相与还”是同样的景象。我们再看“云无心以出岫”，会看到什么呢？云离开山了，云为什么离开山呢？你会发现这是个人类的问题，不是自然的问题。云没有为什么离开山，云就是离开山了。我们可以在陶渊明诗歌里面看到自然事物的存在状态与人的存在状态的不同。人的存在状态就是人需要追逐外在的目标，人在外在的目标中实现自己，人要成为另外的一个东西。比如说你要成为一个教授，成为一个科学家，或者成为一个老板，而这个成为什么呢，又不是由你自己来决定的，而是由社会的力量来决定的。社会的力量决定了什么样的一种状态，什么样的一种身份，什么样的一种地位是有价值的，是荣耀的；在什么样的状态下人是耻辱的，或者是值得羞愧的。“云无心以出岫”，实际上是陶渊明从自然中所体会的一种状态，自在自如自足。它是“自在”的，它是以自身的方式来存在的，不以外在的力量的要求而存在，它不是为了符合外在的一种力量的要求而存在的，它是自在的。它是“自如”的，它不受外力的影响。它是“自足”的，就是它自己就可以满足自己，不需要外在的力量来满足。所谓“自在自如自足”，总而言之就是一个无外求的东西，所以叫“云无心以出岫”。陶渊明试图从体会自然中去理解人生，提出他所理解的一种最高状态的、最有美感的、最符合生命本质的生存状态。

在讨论这些问题的时候，我们会发现实际上陶渊明接触到人的存在的一个严重的问题，这个问题其实从庄子就已经开始提出来，就是人受制于外在的条件，然后在这种外在力量的制约下而生存，生命会变得扭曲，而且由于这种扭曲的力量的影响，生命会呈现出一种荒诞的状态。

我们拿陶渊明的诗和阮籍的诗做比较，阮籍把摆脱生命焦虑的方法都否定掉了，使得生命成为一种无法摆脱的绝对的孤独、晦暗和焦虑，为什么到陶渊明这里又豁然开朗了？“结庐在人境，而无车马喧。问君何能尔，心远地自偏。采菊东篱下，悠然见南山。”这诗是没有焦虑的。

关于“望”和“见”的讨论，在版本上我们无法确认，但苏东坡认为“见”比“望”要好得多，这肯定是对的。因为“见”才能够体现出一种悠然，“悠然”就是完全摆脱焦虑的状态。那么悠然是怎么完成的？是人和自然的融洽，在人和自然的融洽中，人处于一种悠然状态。所以，“悠然”到底是描写什么，描写人还是描写南山？按照古诗的语法习惯，“悠然”可以是描写南山的，“见悠然之南山”；可以是描写人，“人悠然地见到南山”；也可以同时兼指，一个悠然的人，目光与南山相遇，自然是悠然的，人也是悠然的。

那么，何以达成这种悠然呢？实际上在魏晋时代的玄学里，已经开始逐渐出现这样一种认识：人是一种双重的存在。第一重，人是一种社会性的存在，或者说世俗性的存在。人在这种社会性的存在或者说世俗性的存在中，人在这个世界上有荣辱毁誉成败得失，而且这些都不是由你的意志所决定的。《庄子·养生主》一开始就在说这个道理，社会制约人的力量有两种，一种是暴力，一种就是荣耀。荣耀为什么会成为一种制约性的力量呢？因为在社会给予你一种荣耀的时候，它就强迫你去遵循一种社会规则。我们在这个世界上获得一种成功，获得一种荣耀，希望别人看到我们的成功，看到我们的荣耀。但是从老庄的思想来考虑问题的话，因为这个荣耀不是由你来决定的，意味着当人追求荣耀的时候，就失去了主体性。而一切紧张焦虑的形成，归根结底是人把自己放置在这种社会的网罗之下，而形成的对生命的一种破坏。

但是，人还有另外一重存在，就是人在天地自然中的存在，一个独立的生命面对着整个世界，面对着天地自然的存在。所谓人面对天地自然的存在，说起来很抽象，它其实包含着两层意味：一层是把它当作感性的一种经验来理解，你摆脱你的社会关系，来到山水之中的时候，你会发现那种紧张的生活，其实不一定就是真实的，有时候我们会发现它像一场虚幻的演出，当你投入剧情的时候你很紧张，当你摆脱剧情的时候，你就失去了这种紧张。

我年轻的时候喜欢旅游，而我旅游比较自由散漫，也没有什么计划。我记得最清楚的是一次在火车站买票，排了好长好久，我说我要买一张票的时候，售票员说：你排错队了，你应该排那个队。当时我就很生气，我说你手头有什么票，拿一张最近要开车的票给我就行。然后拿了张票就走了。我也不知道火车的到站是一个什么样的环境，下来以后再找合适的地方，那次就上了天柱山。在天柱山上逛了一圈，从山上下来的时候，在半山腰忽然看到一个湖泊很漂亮，然后我就在那个地方停下来了，在那个湖边又住了一天，这就有点儿“云无心以出岫”的那种意思。你并没有什么目标，所以可以感觉到目标是一个外于自我的东西，没有目标的状态才是纯粹自我。

还有一层是哲理性的理解，当生命处在世俗的价值或者世俗的规则之下，它都是在时间条件下成立的。比如，我讲善和恶的话题时，经常举汉代儒生对“关关雎鸠”的解释做例子。汉儒解释“关关雎鸠”，他说《关雎》是“后妃之德也”，“乐得淑女以配君子”，意思是《关雎》是赞美周文王的王后的美德的，也就是说汉儒认为周文王的王后是妇女的伟大榜样，“乐得淑女以配君子”，非常高兴看到有好的女人跟自己的丈夫相配，也就是非常高兴看到自己的丈夫能够有好的妾室。而且这是说得一本正经的，你觉得他很荒诞，他并不荒诞。荒诞的东西不是因为它自身荒诞而荒诞，荒诞的东西是因为它跟社会和历史的变化不相合而荒诞。在它存在的历史条件下它是合理的，这背后跟中国古代的社会制度，多妻制的合理性的问题有关，简单来说，各种婚姻方式、各种婚姻形态在一定的历史和社会条件下都是具有它的合理性的，但这个历史条件消失了以后，它就是不合理的。

人在社会性的世俗性的存在中，不仅是充满焦虑和紧张的，并且这种生命状态是不可靠的，因为它是在变化的条件下的存在，受制于变化的条件，人在其中不能够体会到生命的根本性的价值和根本性的意义，也就是所谓永恒性。生命是一个短暂的存在，但是人天然地试图寻求到生命的永恒价值。在世俗状态下的存在，是对人的这种永恒价值的否定，而在自然状态下的存在，构成了对人的永恒价值的一种肯定。我们在天地宇宙中存在，并不是仅仅在此时此刻存在。社会的变化，历史的变化，风谲云诡，瞬息万变，昨天被赞美的东西，明天被嘲笑，昨天是英雄，明天是一钱不值的浑蛋。社会的价值和历史的价值不断地变化，社会本身的力量的运行，也并不是很明确的。那么人就渴望另外一种存在，渴望精神永恒，这种渴望使他试图设想自己和天地自然的一体性。

陶渊明也焦虑，但提供了一种精神生存空间

当陶渊明试图描述人在天地自然中的存在，从这个存在中追求生命的真谛，就是说“此中有真意”的时候，阮籍的那种焦虑就消失掉了。当然这里面又产生一个追问，人真的可以摆脱他的社会性和世俗性的生活而存在吗？人是关系中的存在，用马克思的话来说，人的本质就是人的社会关系的总和。人怎么可能把自己从这种社会关系中摆脱出来，而成为一个超然的，面对着天地宇宙，面对着永恒的存在，试图跟永恒融合为一体的存在。我只能说那是一种诗意的对生命的可能性的向往，是对生命的一种美感的追求。它的价值就在于给我们提供了一种精神生存空间。如果你要告诉我，你看陶渊明很超脱飘然的样子，其实陶渊明有时候也很庸俗，陶渊明有时候也很焦虑，陶渊明说“死”“老”“病”比其他人说得都多，他其实也焦虑的，只是他创造了一种诗境。经常有一些学者告诉我们，李白也很庸俗，陶渊明也很庸俗。我觉得这个没有什么重要，也不稀罕。你要在世上找一个完全不庸俗的人出来，也找不到。庸俗就是人性的本质属性之一，至少是人性的一部分，而李白和陶渊明对我们来说之所以重要，是因为他们创造了不庸俗的诗境，提供了一种精神生存空间，给予我们一种对生命的更深的更富于美感的体会。

陶渊明诗歌里面我更喜欢的，其实是表现日常生活的《读〈山海经〉》这种。

《读〈山海经〉·其一》：朴素的与荒诞的

读《山海经》·其一

魏晋·陶渊明

孟夏[1]草木长，绕屋树扶疏。
众鸟欣有托，吾亦爱吾庐。
既耕亦已种，时还读我书。
穷巷隔深辙，颇回故人车。
欢言酌春酒，摘我园中蔬。
微雨从东来，好风与之俱。
泛览周王传，流观山海图。
俯仰终宇宙，不乐复何如。

虽然在《饮酒·其五》中陶渊明已经尽量避免谈论哲理了，但还是暗示“此中有真意”，最后是指向这种所谓真意的，它的宗旨是体会这个真意。所以你回过头去再理解它的每一层，它都向那个所谓真意方向去展开他的诗意，只不过到了最后的时候他就不说了。而像《读〈山海经〉》这首诗里面，就没有这种试图要解说所谓人生真意的意图，它只是描写一种生活常态，而所谓人生真意，也就是陶渊明所喜欢的生存方式、人生态度，是完全融合在这个生活常态里面的，它非常非常美。

1 孟夏，夏季的第一个月，农历四月。

平淡生活的快乐

陶渊明诗歌的美在很长的时间里面没有被人们所重视，因为魏晋以后的诗歌，从曹植开始，趋向于华丽的和重修辞的特征。陶渊明的诗总体看来就比较平淡，但是他有另外一种美，这种美大概到唐代的时候被人发现了，到了宋代的时候被大力推举，特别是苏东坡。

“孟夏草木长，绕屋树扶疏。”“孟夏”就是初夏，草木繁盛，放眼看去让人很欣喜的样子。“绕屋树扶疏”，“扶疏”是枝叶繁盛的样子。围绕着屋子一圈的树木也长得很繁盛。

“众鸟欣有托，吾亦爱吾庐。”在自然的怀抱，鸟得到了自己的生存的依托。就像“众鸟欣有托”一样，“吾亦爱吾庐”。鸟在树上很舒服，我在我的草庐里面也很开心。

“既耕亦已种，时还读我书。”地也耕了，种子也撒下去了，农活就显得比较清闲了。“时还读我书”，经常还能够拿书来读。这里面当然有一个问题，陶渊明在种地上到底要消耗多少时间和精力？陶渊明的种地是一种经济意义上的种地，还是一种哲学意义上的种地，这是一个可以讨论的问题。大家去读托尔斯泰的小说会发现，托尔斯泰也特别喜欢农业劳作，并且从农业劳作中感受到很丰富的人生体会、人生哲理，大家可以去看看《复活》和《安娜·卡列尼娜》。陶渊明的种地跟托尔斯泰的种地有相似的地方，这种农作在经济意义上来说是不重要的，更重要的是一种生活态度，是一种哲学性的种地。现在很多城里人，明明十块钱可以买到一堆菜，可是他非要花一千块钱去种一堆菜，把菜种出来当然很开心，因为这是富有美感和哲学意义的。农民就看得很奇怪，看不懂，因为农民只能从经济意义上去理解种地。城里人，特别是读陶渊明或者读托尔斯泰读得多的人，会比较多地从哲学意义上去理解种地。你千万不要认为陶渊明种地就体现出跟劳动人民很亲切、很亲近，他几乎已经用农民的方式来考虑问题，这绝不可能。

“穷巷隔深辙，颇回故人车。”这就是“结庐在人境，而无车马喧”的意思，跟社会的那些有身份有地位的人疏远了。“颇回故人车”，即使那些老朋友想来呢，也劝他们不要来，我在种菜呢，你忙你的。

这里的快乐是什么？“欢言酌春酒，摘我园中蔬。”我特别喜欢这个句子。很开开心心的，把春天酿的酒打开来喝，这酒呢，大都是米酒，酿的时间不太长。如果酿的酒精度低的话，其实跟酒酿的味道差不多，甜甜的。要配点儿菜，到院子里面去摘一点儿菜。我在乡下种地的时候，过过这种日子，夏天一下过雨，河边上都有蘑菇，随便到河边采蘑菇。如果兴致好一点儿嘛，跳到河里面去掏两个崇明的大闸蟹，像我这种技术很差的人，一个中午可以掏到一斤到两斤的大闸蟹。田边上还有豌豆苗，我当时在一个菜园班，经常打豆子，豆子飞散以后，自己会长出苗来，随手就可以摘一点儿苗。最有趣的是，农民家的鸡不回家生蛋，它们在草堆里生蛋！在草堆里生蛋，那么我吃这个蛋就不能理解为偷农民的鸡蛋。然后这么搁一块水煮，就可以做出好吃的汤来。

“微雨从东来，好风与之俱。”你能从诗里面直接感受到，这种虽然平淡，但是很欢欣的愉悦的生活情绪。细雨从东面飘过来，舒服的风跟雨一起吹过来了。

“泛览周王传，流观山海图。”“周王传”就是《穆天子传》，神话气息的故事，《山海经》一样，谈的是渺远地方的荒诞传说。为什么要读这些书？

过去有段时间，生活很紧张，很多人整天在那里忙着唱歌啊或者写检讨啊，我就嫌有点儿烦，我就到医生那边去让他给我开个病假，然后我就到乡下去，以前在上海的一个老朋友，他在乡下成家了，有一个很大的屋子，周围一圈树林。夏天，搬个躺椅在树林里半躺着，听听鸟叫，看什么书知道吗？金庸武侠小说。他们家也没电视机，我一到那里去就把他家的有线广播喇叭关掉了，就什么信息都没有了，就跟世界相隔远。不看那些令人紧张的书，不看那些跟这个世界发生关联的书，生命飘摇在这个世界之外。所谓“泛览周王传，流观山海图”。

“俯仰终宇宙，不乐复何如。”你看陶渊明在说这种很飘然的话的时候，背后的影子其实还是那个生命的问题。一低头一抬头之间，我们就在这个世界上结束了。生命是一个短暂的存在，宇宙是一个宏大的时空。这个句子我看了很多的注释，好像都是不对的，你要体会宇宙是一个宏大的时空，生命是一个短暂的存在，在这个巨大的时空中我们曾经出现，但是我们出现的时间很短很短，只在俯仰之间。不快乐，你还想干什么？你为什么要让自己那么焦虑？

把这首诗跟《饮酒・其五》比，《饮酒》那首看上去很浅，其实是精心设计的，它的每一层意思都指向最后的“此中有真意”，然后他告诉你“欲辨已忘言”。而《读〈山海经〉》不是很精心的一个结构，更多地体现出一种日常生活的情趣，所以它更优美一点儿。我在乡下的那段时期，特别能体会这首诗的那种愉快，觉得特别亲切。

我们讲陶渊明的时候，一方面就延续阮籍的诗歌往下讲，另外一方面就转到了魏晋玄学的一种人生观。而魏晋玄学的这种人生观，跟中国文学的一个大的变化有关，就是山水诗、田园诗或者说合称为田园山水诗的形成。中国诗歌有各种流派，如果把田园山水诗看成一个流派，它无疑是中国诗歌最大的流派。如果把田园山水诗看成一个诗歌主题，它也是中国诗歌最大的主题。而这样一个流派或者这样一个主题，就是在陶渊明和谢灵运两个诗人之间成立的，这两个诗人的出现，在中国诗歌中开辟了一个新的方向，引起了非常丰富的变化。

《登江中孤屿》：诗如何发现自然

登江中孤屿

南北朝・谢灵运

江南倦历览，江北旷周旋。
怀新道转迥，寻异景不延。
乱流驱孤屿，孤屿媚中川[1]。
云日相辉映，空水共澄鲜[2]。
表[3]灵物莫赏，蕴真谁为传。
想象昆山姿，缅邈区中缘[4]。
始信安期术，得尽养生年。

陶渊明跟谢灵运其实是同时代的人，晋末刘宋初，两个人的年岁相差也很小。但在文学史上我们一般把陶渊明归为东晋诗人，把谢灵运归为刘宋诗人。这其实是中国古代正史对人物归属的一种常见的处理方法，在朝代更迭之际的那些人，如果说他在旧朝代做过

1 孤屿，孤立的岛屿。中川，江中。
2 空水，天空和水色。澄鲜，清新。
3 表，显现。
4 区中缘，尘世的俗情。

官，而到了一个新朝的时候就不再做官，那么他就归属于旧朝。就像我们讲张岱是晚明小品的代表作家，但是张岱的最有名的小品文都是在清朝写的，包括《陶庵梦忆》。而且张岱活的岁数特别大，他在清朝活的时间很长，但是习惯上仍然不把他看成清朝人。如果在原来的朝代也做过官，但是到了新朝仍然出仕的，那么他就归属于新的朝代。谢灵运因为在刘宋时代做过许多官，所以他就变成了刘宋诗人。这个实际上是以跟政治变化有关的标准来划定诗人归属的方法，这个方法不是一个好方法，只是一个习惯，也是我们在接触这一类王朝更迭之际的文学家的时候，需要注意的事情。

谢灵运是东晋高级贵族的后裔，是谢玄的孙子。简单地说，东晋时代实际上存在着士族权力和皇权并行的一种状态。士族的权力并不来源于皇权，所以也并不受制于皇权。实际上朝政主要是掌握在大士族联盟手里。到了刘宋以后逐渐就出现了变化，皇权不断地强化，士族的地位就不断地下降。但是下降当然也有一个过程，因此像谢灵运这样的人，他就面临着一个特殊的处境。他仍然习惯于高级士族的那种高傲和尊贵，而事实上在整个政治结构里面，他是受到猜忌，而并不被重用的。最后下场很悲惨，是被杀的。

文学史上一般把他推举为中国山水诗派的创始人，山水诗派的成立是以谢灵运的诗歌创作为标志的。或者把谢灵运跟陶渊明放在一起说，称为所谓田园山水诗派。这个地位在文学史上来说是非常显赫的。谢灵运之所以集中了很多力量去创作山水诗，除了因为山水诗的文学因素在诗歌的长期演化中越来越凸显，同时也有他的纯粹的个人因素。

谢氏的庄园，在现在的浙江嵊州一带，那地方的风景非常漂亮。嵊州、新昌一带是东晋很多士大夫聚集的地方。另外，他做过永嘉太守，永嘉就是现在的温州一带。温州是一个自然环境非常优美的地方，那个时候还没有经过比较大的开发，山野还处于一种荒莽状态。谢灵运就带着自己的下属或者说是家人（这里指跟随他的那些人），在山中开辟道路去游览。所以，文学史的这种演变，他个人的生活经历，再加上他个人的才华，奠定了中国山水诗的最初的格局。

谢灵运山水诗的结构

我们先来读这首《登江中孤屿》。“江中孤屿”是在现在温州旁边，瓯江中的一个岛。这首诗是他游览江中孤岛的过程和感想。

“江南倦历览，江北旷周旋。”这个“江”都是指瓯江，又叫永嘉江。在江南游览过很多地方了，所以已经有点儿倦了，而江北那一带则是好久不去了。“旷”就是持久，所谓“旷废”，好久不去游览了。下面说寻求江中孤屿的过程。

“怀新道转迥，寻异景不延。”“怀”就是想念，想念那些新异的景象，想要找到那些新异的景象，结果路越来越险、越来越长。“怀新”和“寻异”是同样的意思，寻找那些不同寻常的风光。这个“景”不是“景色”的景，是指时光的意思，字面的意思就是日光。“景不延”是说时光已经很晚了。整个前四句是说在江南游玩了很多，江北长久不去了，那么想到江北去寻求一些新异的景色，为此走了很多路，都没有发现令人惊喜的东西，渐渐地就已经到黄昏了。

忽然看到了一个非常漂亮的景观：乱流趋孤屿，孤屿媚中川。“乱流”就是截流横渡。“趋”本来是快步走，这里就是赶紧。赶紧把船划到那个孤屿岛。“孤屿媚中川”，这是谢灵运的一种修辞性很强的写法。“媚”本来是鲜丽、美丽的意思，在这里用成一个动词，就是“显耀出它的美丽”。用土话来说，就是嘚瑟，就是显摆，这个孤屿在江中显耀着它的美丽。这个“媚”字，谢灵运用过好几次，还有首诗里面写到“绿筱媚清涟”。（《过始宁墅诗》）“绿筱”是绿的小竹子，绿色的小竹子在水边摇晃，显示它的美丽。在谢灵运的诗里，我们看到一种修辞的精致化。

“云日相晖映，空水共澄鲜。”“云日相晖映”，云和日互相映照，互相衬托。因为有云彩，所以太阳显得更加明亮；因为有太阳，云彩又显得更加鲜丽。“空水共澄鲜”，天空和水都是那样纯净。“鲜”在这里有“丽”的意思，漂亮，澄静而美好。谢灵运被人们激赏有很多原因，其中一个最直接的原因就是他的诗歌中常常出现这种非常漂亮的对句，以致有时候你都忘了这首诗，这些句子却一直不会忘记。

以一种热爱与敏感的心情去发现自然，然后以精练华丽的对句去呈现自然，使读者在这种新鲜的表达中惊叹语言的神奇，并通过语言重新认识了自然，这是谢灵运对中国诗歌的最大贡献，其影响极为深远。在谢氏以后，创造精美的写景对句几乎是所有诗人追求的目标，这也成为对诗人才华的一种考验。我前面说过，诗人或者文学家的一个伟大之处就在于他能够获得语言，我们普通的人不大能够获得语言。在文学家具有活力和创造性的语言表达中，世界未被发现的美和这种美的意义，奇妙地展示出来了。没有伟大的文学家，很多东西我们是看不到的，我们对世界的认识也始终很粗浅。

后面是一段的议论，这是谢灵运写诗的一个习惯。谢灵运的诗的整个结构，就是写旅游从开始到结束的过程，在这个过程中描写他所见到的新奇景物，最后发一通带有人生哲理的感慨。

“表灵物莫赏，蕴真谁为传。”“表”是标示、显示的意思。“灵”在这里面就是说“灵异”，一种很神奇的景色。“物”在这里面是指外界的意思。我们经常说“物我两忘”，大家注意这个

“物”不是“东西”的意思，就是跟我相对应的，指外界。孤屿显示出它的灵异，但是外界并不能真正欣赏它。谢灵运走了很久，谁也没告诉他这边有一片漂亮的景观，寻了很久才找到它，才发现它原来是这么漂亮，这就表明“物莫赏”。“蕴真谁为传”，假如说在孤屿中曾经有仙人或者修道者，那些特殊的人曾经在岛上居住过，那么谁去传播他们存在的信息呢？

这样一个神秘的小岛令人想象到什么？“想象昆山姿，缅邈区中缘。”“想象昆山姿”，是指由这个小岛联想到昆仑山。昆仑山在中国古代传说里一直是一座神山，神仙聚居的地方。为什么会从一座小岛联想到昆仑山呢？这种与世隔绝的美好的地方，虽然很小，但是它跟昆仑山一样，可能也蕴含着一种神奇的内涵。“缅邈区中缘”，“区中”就是“世俗中”，跟世俗的这种关联。“缘”在这里就是关联性。从这个小岛体会到这种隐居的超脱的生活，于是跟世俗的关联就因此而变得淡薄，变得遥远了。

“始信安期术，得尽养生年。”安期即安期生，道家传说中修炼成仙的人。由此而更加坚定地相信，修炼安期生传下的道术，可以延年益寿，可以使自己度过愉快的一生。而所谓愉快的活得更长久的生活，它的前提是什么呢？就是跟世俗的世界相悬隔。

大自然的美好进入诗歌

我们来说一个大的问题：中国的山水诗究竟是在一个什么样的背景下发展起来的？

魏晋时代，特别是到了东晋以后，文学家对山水的关注显得强烈起来，越来越多的文人关注山水的美好，并且试图去描绘它。在《世说新语》里面我们可以看到很多材料，比如王羲之、顾恺之对会稽山水的描摹。因此产生一种说法，是因为北方的文人来到了江南以后，发现了江南山川的美，由此引发了山水诗写作的热情。这样说的时候，隐含着一个潜在的认知，似乎中国的北方的山水是不足以引发人们对自然山水的热情的。这肯定是不成立的。

我们不妨说得远一些。欧洲文学史上第一个大量的描写自然环境美的作家是卢梭，卢梭的散文非常漂亮，他的小说里面也有大量的自然景物描写。为什么到了卢梭以后会出现这种对大自然之美的热情呢？前人不也是生活在这种美好的自然之中的吗？其实背后有个大的问题，就是个体生命和永恒存在的一种关系。在一个宗教思想系统中，人和世界的永恒的力量的关联是这样的：上帝派遣了他的圣使来传播源于上帝的福音。为了传播福音而形成了教会，这样才能把上帝的意志转达给信众。那么信众如何建立和上帝的关系呢？很简单，通过教会追溯到圣使和福音，然后通过圣使和福音追溯到上帝，建立了他和上帝的联系。因此我们这个生命的渺小的短暂的存在，就和这个世界的超越的永恒的力量联系在一起。这是人本能的追求，追求超越自己的生命的有限性的一种力量，追求精神主体和永恒绝对自我的一种联系。

卢梭所处的时代，随着启蒙运动的展开，教会不再被知识者信赖，它被描述为一种混乱、肮脏的没有价值的存在。圣使和福音其实也被取消了。在卢梭的著作里，虽然表面上不对《圣经》直接加以攻击，其实他的意思是很清楚的，《圣经》所传播的上帝的消息，是不可靠的。他说他坚信上帝是存在的，但是上帝以什么样的方式存在，我们并不知道。既然如此，那么《圣经》所描述的上帝存在方式当然是不可信的。

于是就出现了问题，一个个体生命试图跟绝对、超越的永恒存在建立一种联系的话，中间通道没有了。如果按照卢梭的见解，人们都无法知道上帝的存在方式，又怎么能确认上帝的存在并保持对他的信仰呢？

卢梭提出有两个途径。一个是自然，自然是我们感受上帝存在的一个途径。世界无比广阔，宏大而壮丽，万物又森然有序。自然是令人震惊和崇敬的。面对着如此宏大的自然，人常常会感觉到它背后的那种神秘性，会想这背后应该有一个伟大的创造性力量。还有一个是人性中向善的力量，卢梭认为这是神内置于人性中的神性。

大家可能会想起康德墓志铭上的话，世界上有两种存在是值得敬畏的，一是我们头顶的星空，一是我们内心的道德律。康德最钦佩的思想家就是卢梭，他的书房里只挂一个人的像，就是卢梭。康德的墓志铭上写的这两句话来源于卢梭。为什么这两种存在最值得敬畏的呢？头顶的星空和我们内心的道德律是神存在的证明。

在中国文化系统里面，这个超越性的力量，有时候会被叫作“天”，有时候也叫“上帝”。我在讲《诗经》的时候已经讲过，“上帝”是中国固有的一个词语。“天”是一个隐在的力量。他的意志是怎样得到实现呢？通过天子和纲常。天授命给天子，把权力委托给天子，同时以天的意志为依据，建立了纲常。天子代表着权力系统，纲常代表着伦理秩序，它们的力量都源自天。这样就形成了一个社会结构和秩序，把所有人固定在他的社会位置上。在这样一个系统里面，一个生命个体，要建立跟超越的力量的联系的话，他遵循纲常，服从天子的意志和体现天子意志的社会秩序，这就是符合“天意”了。

但是到了魏晋以后，这套东西被破坏了，起码是不再像原来那么神圣和有效。有时人们承认它，也仅仅因为它是功能性的。皇帝是一个功能性的存在，纲常也是功能性的存在。这种功能性的存在没有绝对性，因此不能够建立我们跟那种超越的有绝对性的力量的关系。

在这种情况下，一个生命个体如果仍然要寻求和绝对永恒之物的联系，有什么途径呢？和卢梭的理论相似，首先是自然。用魏晋时代流行的道家学说来理解的话，就是作为万物本源的道，化育万物之后仍然内在于万物之中。而大自然的运行变化，最容易让人感受到这种永恒力量的存在。当人们亲近自然的时候，就是在亲近造化，亲近大道。人也凭借着这样的力量，得以超越世俗社会的虚荣以及种种迷惑。后世的山水诗虽然经历了繁复的变化，但在根本上，它总是内含着一种对超越的精神力量的追求。

从《登江中孤屿》诗中，我们可以体会到这样的一层意味。人在感受自然之美的时候，也在感受自然所蕴含的那种超越性的力量。而这种超越性的力量会给我们生命带来新的意义。所谓“缅邈区中缘”，说的是亲近自然以后，隔远了我们和世俗的关系，降低了我们对这种关系的依赖。这个“缘”就是关系性的存在吧。每个人都是一个关系性的存在，由于我们是这种关系性的存在，我们在世俗的世界中去求取成功、求取荣耀、求取利益。但是当你面对自然，渴望和永恒绝对力量相关联的时候，你会跟所谓“区中缘”相“缅邈”，这和陶渊明说的“心远地自偏”是同样的道理。

这样理解以后，我们会把陶渊明的诗和谢灵运的诗合在一起来看。还有，在文学史上评价很低的东晋的玄言诗，就是在陶渊明、谢灵运稍前，关注山水，从山水中追溯自然之理的一些诗歌，由于偏重议论，诗味寡淡，诗的艺术效果不那么值得欣赏，但它也是中国山水诗产生过程中的产物，它也告诉我们很多有意思的东西。

第四讲　南朝诗歌对形式的追求

在偏重文学的政治与道德功能的时代，对南朝文学最常用的评价是“形式主义”。在这个时代，形成了形式上最为精致的骈文，也形成了形式上最为精致的律诗。简单地说，经过南朝文学，无论后人怎样宣扬“复古”，诗和文都已经不可能回到原来的状态了。

文学其实就是不断在寻求更完美的形式，也就是最能体现这种语言的特质的形式。你批评某个时代的文学主题单调，情感淡薄，这当然是可以的。但追求形式总不是什么过错。

关于南朝诗歌怎样发现汉语的特质，利用这种特质造就最精美的诗歌，我们要讲三个问题，一是声律的问题，二是结构的问题，三是诗体的分化。

第一节

诗歌声律化的过程

诗歌的声律化是中国古诗变化一个非常重要的过程，这个过程是比较长的。

声律化的原因其实很简单。汉魏诗歌主要是歌谣体的，虽然也有徒诗，就是不演唱而单是诵读的诗，但配乐演唱的“歌诗”是主体，是大量的。

配乐的诗有一个特点，它的音乐性源自一个外加的形式，由乐曲决定了诗歌的音乐性。所以歌谣体的诗对语言本身的音乐性的要求不高，因为它的音乐性是由外加的乐曲赋予的。而当诗歌越来越脱离歌唱，诗歌本身变成一种可以用来阅读的和吟诵的作品，那么它需要追求语言本身的内在的音乐性。这样就开始出现声律化。

声律化的第一个阶段

从文献资料来看，声律化的过程，有人认为最早可以追溯到曹植、王粲，因为从他们诗歌里能找到少量近似后代律诗的句子，即所谓“律句”。但这是一个暂且存疑为好的问题，我们不能肯定也不能否定它。因为这些所谓“律句”的太少，它也有可能是一种纯粹的偶然。

我们现在可以确定的第一个运用声律的诗人是陆机。陆机确定了声律的第一个重要的原则：一联的两个句子，句尾的平仄是相反的。这里要说明一下，所谓“平仄”是唐代以后普遍使用的一个概念，这个概念在整个魏晋南北朝时代都没有，但是这个现象是存在的，只是名称不同。在陆机的诗歌里面，我们可以明确地看到对这一声律规则的普遍的运用。因为汉语诗歌，特别到了五言诗，自然而然形成两句为一组，用后来的说法就是两句为一联。它是以两句为一个单位的，你可以把五言诗的两句理解为两个相连的乐句，那么这两个乐句的句尾的声调是不一样的，这样读这首诗的时候，在它的句尾会出现一个明确的声调变化，这种声调变化就是诗歌音乐性的一个体现。

陆机的诗歌比较多的情况，是前一句尾字平声，后一句尾字仄声。我们知道后来到了律诗里面，一联里面通常前一句是仄声，而后一句是平声。这也有它的道理，平声的声调会比较平静安稳一点儿，仄声比较不平静，平声结尾的句子，平衡感要强一点儿。

总之，我们以陆机代表诗歌声律化的第一个阶段。

声律化的第二个阶段

第二个阶段是永明体，又称为新体，也就是齐永明时代的一种诗体。它是由众多优秀而有影响的诗人参与的一种文学潮流，代表了中国古典诗歌明确地往声律化方向转变。所以永明是中国古典诗歌声律化的一个转折时期。

永明新体的出现有一个学术背景，就是当时学者对汉语四声现象的研究有了重要的成果。

四声现象在汉语里面是一个天然的存在，跟汉语的特质有关，汉语大部分是单音节词汇，汉语的词跟字几乎是等同的，它的每一个字只有一个音节，每一个字都有独立的意义，所谓单音单义。单音节词汇为主的语言，意味着什么呢？因为人的发音系统能够发出的一个一个的单音的数量是有限的，如果是多音节可以是无限的，而单音节是有限的。因此汉语对用来区别词义的这种声音的要素，就会考虑得更仔细。外国人学汉语有一个很难的地方，是四声老掌握不好，因为在外语里面一般不用声调来区别意义。声调可以表达情绪，不表达意义的区别。

四声现象在汉语中一直存在，但是对四声做仔细的辨别，一个字一个字确定它的四声，这是一个学术研究工作，最具代表性的就是沈约的《四声谱》。所谓《四声谱》就是确定每一个字的声调，以及这个字在不同的意义上使用的时候，它的声调的差别，比如说“困难”的“难”和“责难”的“难”是同一个字，但它在不同声调下会变成两个意义，实际上变成了两个词。《四声谱》这一类的著作本来属于独立的语言学的研究范畴，但是这个研究当时是跟诗歌的写作联系在一起的，实际上就由此引出了古典诗歌的内在的声律变化关系。当时有所谓“四声八病”之说。这个问题详细讨论起来挺复杂，学术界没有统一的结论。简单来说，所谓“四声八病”，就是讲究四声的调和，避免八种毛病。

我们知道古代的四声跟现代的四声不是同一个概念。我们现在讲的第一声、第二声，阴平、阳平，都是平声。第三声、第四声才是入声。古人说的四声是“平上去入”，入声在现代的普通话系统里面已经没有了。中华民族的形成是一个不断融入其他外来民族的过程，这种融合多发生在北方。在北方，外来的文化和外来的语言的因素对汉语的冲击比较大。由于外来的这些语言的影响，四声中的入声消失了。但是在方言里面，特别是南方方言里面，入声字依然存在，越偏南可能越常见，广东话和闽南话里面声调就特别复杂。

对永明体中复杂的问题我们也不多去探究，只把它看成声律化过程中的一个枢纽阶段。如果只讲究平仄，那是两元的。所谓“两元”，就是把四声分成两组，阴平阳平是平声，上去入都是仄声。两元的区分比较简单，容易把握。而四元的会搞得很复杂。我们知道音乐的起伏，就是强拍、弱拍、强拍、弱拍，两元的，如果把音乐搞成四元起伏的话，交错起来就会很混乱。我们现在不太清楚，永明诗人写诗的时候是怎么样去调和四声的，这个恐怕很难确定。

沈约在《宋书·谢灵运传论》有一段话，讲到声律问题：“欲使宫羽相变，低昂互节，若前有浮声，则后须切响。一简之内，音韵尽殊；两句之中，轻重悉异，妙达此旨，始可言文。”这段话说诗歌应使高低轻重不同的字音互相间隔运用，使语音具有错综变化、和谐悦耳之美。他又把不同的声调分为“浮声”“切响”，两大类。所以有些学者认为他说的“浮声”是指后人所谓的平声，“切响”是指仄声。要是这样看的话，永明声律既是两元的，也是四元的。不管怎样，现代人去考察的时候实际上也只能按平仄去衡量。我们讲永明诗人，比如说王融诗歌的声律，沈约诗歌的声律，其实是用平仄，也就是两元的分法去衡量的。

我们把永明新体视为南朝诗歌声律化的第二个阶段。

声律化的第三个阶段

梁代的宫体诗时代，是南朝诗歌声律化的第三个阶段。“宫体”是梁代一度流行的诗体，那些诗人对声律也很讲究。

宫体阶段，声律两元化的规则已经明确。我们用后代通行的概念来讨论汉语诗歌的这种声律规则，它是什么样的呢？就是：一句之中平仄交错，两句之间平仄对立。

比如说“仄仄平平仄，平平仄仄平”，同一句之中平仄是交错的，上下句之间平仄是对立的。这是一个基本原理。

到南朝的后期，又多了一个“粘”的规则。为什么会有“粘”呢？因为假定只有我们讲的上一条规则，一句之中平仄交错，两句之间平仄对立，它会导致一个什么结果呢？每一联它全部是重复的。比如如果第一联是“仄仄平平仄，平平仄仄平”，那么第三句又是“仄仄平平仄”，第四句就又是“平平仄仄平”，你会发现两联的平仄是重复的。

这个“粘”的规则是什么呢？就是第三句的平仄不重复第一句，而是重复第二句。就是三和二“粘”住了。当然粘也不是完全重复，所以第三句标准的基本的句型是“平平平仄仄”，第四句跟它对应，是“仄仄仄平平”。这四句就是五言律诗最基本的四个句式。

格律的问题，你要推究得很深的话，它非常复杂，你要简单地知道它的要点的话，它非常非常简单。有一句话叫“一三五不论，二四六分明”，就是一个七言诗句的平仄，二四六要严格讲究，一三五可以马虎一点儿（句尾当然要严格，这个不用说）。为什么“一三五不论”？因为它的调音点是在二四六。以两个字为一个音顿的话，第二个字的读音读得特别清晰响亮，这是汉语的一个特点。

这样来看，一首诗中第二个字平仄出现的时候，全部诗的格律就出现了，明白了吗？因为第二个字决定了第四个字，第一句决定了第二句；再按“粘”的规则，因此第二句又决定了第三句，而第三句决定了第四句。

当然我这是大概而言，毕竟还有许多精细讲究。王力先生的《汉语诗律学》我多年以前做过笔记，那本书有四五百页呢。但这个“大概而言”已经包括了诗歌声律的基本原则。

七言诗很简单，在前面加两个相反的音调，“仄仄平平仄”变成“平平仄仄平平仄”，“平平仄仄平”变成“仄仄平平仄仄平”，“平平平仄仄”变成“仄仄平平平仄仄”，“仄仄仄平平”变成“平平仄仄仄平平”，简单吧？很简单。这样就形成诗歌内在的音乐感。

我们现在读古诗已经不太能够充分体会到古诗的音乐之美了。我们现在用普通话去读，没有办法读出原来的韵味。古代声调比我们现在复杂，而且古人读诗不是读的，是吟唱的，所以音乐感是很丰富的。唐诗用方言读可能比用普通话来读要美一点儿。古汉语里面入声字很重要，入声字的发音有一个特点，它是阻塞音，发音以后立刻就堵住了，这个音非常急促和短，因此会显得很强烈。《登鹳雀楼》用上海话去读它就不一样了，上海话发音和普通话差别很大。这里面有“白”“日”“入”“欲”“目”“一”六个入声字，在全诗中造成很大的起伏。

第二节

诗歌结构形式的成型过程

诗歌声律化的过程，也就是古体诗向近体诗转化的过程。但所谓“近体诗”或“格律诗”，不仅有声律的规定，还有诗歌语言结构形式（每句的字数，每首的句数）的规定和对偶的要求。简单来说，律诗八句，分五律（每句五字）和七律（每句七字）；绝句四句，分五绝和七绝。诗的长短就此固定下来，除了排律。排律就是按照格律模式无限制地延续下去，到一个韵部的字用完为止。主要是指五言排律，多人联句时常用。譬如《红楼梦》里海棠社的诗会，首先是王熙凤出了一句“一夜北风紧”，然后第二个人先对这一句，再出一个出句。下面的人再对再出，对出、对出……一直写到这一个韵部的字全部用完，就结束了。

在诗歌格律化的进程中，诗歌的结构、写作方法都发生了重要的变化。由于整个南朝诗歌的形式的变化核心是五言诗，我们就拿五言诗来做例子。

首先值得注意的是，律诗的形成，并不是有人预设了一个规则说这个律诗应该是八句，而是在写作的过程中，最后形成了所谓约定俗成的这样一个结果，最后它被确认下来。这意味着什么呢？这意味着人们在写作实践中发现了八句的模式最能够呈现一个精致完美的结构，它是在实践过程里被发现和总结出来的。

我们在前面说永明体是声律化的关键的转折阶段，实际上永明新体诗的话，有八句、十句、十二句的，也就是说刚开始的时候，大家并没有都有意识地去写八句，但是越到后来八句越多。因为从声律的变化来说，“对”的规则和“粘”的规则反复了以后，八句的变化，正好是一个完整的循环过程。句子再多，就不能避免重复，结构的完美性就差了。

从诗的句式结构来说，一首五律的诗句可以简单分为散句和对偶句。散句的结构，是一联的两个句子构成一个完整的意义句。与散句相对的是对偶句。对偶的句子除了流水对以外，都是独立成句的，它们在形式上关系非常密切，在意义上可以是没有关系的。比如黄庭坚很有名的对句“桃李春风一杯酒，江湖夜雨十年灯”，前面的“桃李春风一杯酒”和后面的“江湖夜雨十年灯”，意义是各自独立的。你抽换掉一句，另外配一句上去，也完全没有问题。所以一首诗中间两联对偶，是由两组短句组成的。一首律诗通常是这样的：第一联可以把它看成一个完整的长句，第二联、第三联是两组短句，第四联结束的时候又是一个长句。当然不是所有的诗都是这样，但这是一个主要的结构模式。这样的一个结构，有一种很匀称很平衡的建筑美感。

律诗模式对诗歌内容的表达的影响

诗歌形成了一种格律模式以后，会对写作产生一个什么影响呢？由于总篇幅的限制，诗不能写得太长，不能写得太拖沓，也不能连得太紧密。如果你一句一句都连得非常紧，中间没有跳脱的话，篇幅会延展开来，你没办法很好地控制它。所以写作的时候需要一层一层之间有一种跳脱。跳脱可以更好地控制篇幅，增加了想象空间，由此给阅读带来一种刺激。

但是，并不能说完全是由格律化、形式的强制，带来了写作方法的变化。这种变化，另外还有一个力量在推动，就是诗人在创作实践过程中对诗歌艺术理解的深化；也就是说，人们越来越明白，什么样的诗歌是“好的诗歌”。

晋宋的文人诗歌，普遍运用的是一种线性结构，它是由作者本人的视线和思路组成的。譬如我们前面讲到的谢灵运的《登江中孤屿》，诗人的游历过程、思考过程构成了诗歌的主线。这样的诗，如果议论过多，主观性特别强，读起来会让人有一种疏隔感，它会造成对读者的排斥。

诗歌是一个诗人和读者共享的公共空间

说到这个话题，我们需要注意到：诗歌不是在写作中获得最后完成的，它的最后完成是阅读。一首诗是一个语言的场域。读者进入这个语言的场域以后，会去用他的情感和经验激活这首诗，使这首诗中诗人所表达的情感和经验和读者的情感和经验结合成一体，重新以一种鲜活的方式呈现出来，这朵花再度开放。这就是所谓共鸣。读者是不一样的，因此一首诗歌会被无数次完成。如果说诗歌是一朵花的话，它会一次又一次地开放。

这意味着什么呢？意味着诗歌是一个诗人和读者共享的公共空间，这个空间是诗对读者的一个期待。诗歌是对阅读的期待，对欣赏的期待，是诗人的感动对共鸣的期待。

但是，诗的这一特质，不是一下子被意识到的。当诗以一种线型的脉络向前推进的时候，它更多体现出诗人对诗歌空间的占有；而诗人占有的诗歌空间越大，读者就越感到被拒斥，对诗歌的兴趣也越淡。这样的诗是有缺陷的。

我在前面说过，南朝到唐代诗歌的最重要的发展，就是找到汉语的特质，以及由这种特质构成的最完美的诗歌形式。从南朝到唐代，一方面格律化限制了诗歌过度的延展，而对诗歌的美的认识又进一步地限制了诗人对诗歌空间的过度占有。人们逐步接近美妙的诗。美妙的诗是这样的：它是有个性的，但是这种个性又是有待于你发现和欣赏的。诗有一种特异的美在吸引着你，但是同时它又是有期待的。每一首好诗都是有期待的。当你读一首好诗，你被它深深感动的时候，你就回应了诗人的期待，从而完成了这首诗。

我们举一个有趣的例子。东晋帛道猷有一首《陵峰采药》诗，这首诗在逯钦立的《先秦汉魏晋南北朝诗》里面收录的是这样：“连峰数千里，修林带平津。云过远山翳，风至梗荒榛。茅茨隐不见，鸡鸣知有人。闲步践其径，处处见遗薪。始知百代下，故有上皇民。”我从孔延之的《会稽掇英总集》和张淏的《会稽续志》里面找到这首诗后面的四句，现在把这四句也加上去：“开此无事迹，以待疏俗宾。长啸自林际，归此保天真。”这首诗现在有十四句，可能还不是完整的。你一路读下来，不会觉得它有多么好。

但是白居易有一篇文章《沃洲山禅院记》，引了这首诗中的四句：“连峰数千里，修林带平津。茅茨隐不见，鸡鸣知有人。”这个四句比那个十几句的不知好多少。明代的杨慎说这首诗，“此四句古今绝唱也”。“古今绝唱”恐怕夸张了，但这是一首好诗是毋庸置疑的。

东晋时候一首十四句（或许更长）的诗，被不知道什么人删减了，到了唐代只剩下四句，却成了一首好诗。这不是偶然现象。

从魏晋、南朝到唐代，人们对诗歌的美的认识有很大的变化。变化的中心问题就是更加注重诗歌的一种结构性的美。人们越来越清楚地认识到，诗歌是一个艺术品，诗歌不只是记载自己的生活经历、抒发个人情怀的一种工具，诗歌首先是一个艺术品，艺术品需要有一种特殊的结构。寻求诗歌的结构和语言，这是从南朝到唐代诗人所做出的一个最大的努力，就是获得语言、获得形式，使诗成为一个精美的创造。

我们再拿南朝梁代诗人何逊的《慈姥矶》和上面分析过的谢灵运的《登江中孤屿》来对读，也可以看出这种变化。尽管何逊的诗用唐诗的标准来看，还是有许多缺陷，但是你能感觉到它跟谢灵运的那首诗是不一样的。

慈姥矶是在现在安徽当涂县北长江边的一座小山。何逊为什么来到慈姥矶，为什么晚上到慈姥矶，他想干什么，诗里面没有交代。他一开始就写景："暮烟起遥岸，斜日照安流。"非常漂亮的景，在农村生活过的朋友才有这个感觉，它有乡村的一种生活气息。到了黄昏的时候，炊烟往上升起，妈妈做饭了，这是生活中的一个快乐的时刻，非常温馨。所以，黄昏的时候在遥远的水岸边升起了炊烟，斜晖照在水波上，微光闪烁。它是一个生活景象，这个生活现象你不一定需要从何逊那个角度去理解。诗人发现了这样一种美的要素的构图方式，并且找到了一种好的语言把它表达出来。但是诗人并没有占据它，你读这首诗时完全可以凭自己的感觉去读。

下面一句，诗人出现了。"一同心赏夕，暂解去乡忧。"这是个流水对。古诗里面写得好的流水对会特别漂亮。流水对是一个长句，由两个对仗的短句表述一个完整的意义层次。"一同心赏夕"，当我们能够共同欣赏黄昏水边的景色的时候，"暂解去乡忧"，暂时消除了离乡的忧愁。我们从这句诗知道了何逊这个时候是离乡的状态，他跟朋友在一起。但是他为什么离乡还是不清楚。他一定要说得很清楚吗？他早上八点钟从家里出发，带了两个大饼，路上啃了一个，现在又啃了一个，肚子还是有点儿饿，但是风景很好，于是肚子就不饿了……他要写那么多吗？他没有必要写那么多。他就用很美的句子把这个时刻、这个环境、这个感受写出来。需要注意一下，“一同”的“一”是说一旦，它和“暂解”意义相呼应，所以是一个长句。一旦我们能够共同欣赏这个黄昏的景色，我们在这个时刻就忘记了离乡的忧愁，友情的温暖使我们的生命的忧愁得到了消解。

然后又是写景。“野岸平沙合，连山近雾浮。”黄昏时光线变暗了，水岸的景象模糊了，连成一片了，“平沙合”。这时候山也变得虚起来了，远处的山变得虚淡了，好像浮在雾之上。这首诗更多是在呈现一种自然景色的美。当然诗里面是有人的，但是这个人自身的表达、完全属于诗人一个人的东西并不很强烈。

最后来一个结句：“客悲不自已，江上望归舟。”“不自已”，就是不能自我克制的意思。离乡的悲哀，自己不能够克制自己。在江上看到返回的舟船，心潮澎湃。这是一个抒情，但是这个客愁我们也是可以理解的，或者说我们也是可以去体验的。还可以加上知识的因素，古时通信不发达，因此离乡以后会产生一种对故乡的疏隔感和漂泊感。

但离乡的诗歌，不仅仅有对家乡的思念，同时还在表达一种人生漂泊感。我们有一天会发现，我们在世上走过所有的路，好像都没有一条路是回乡的路，我们只是在世界上漂泊。当我们把这样的一种感情融入进去的时候，我们会用自己的方式理解这首诗。

这首诗里面关于诗人自身的很多问题，诗人都没有交代。大家会发现，诗句和诗句之间有跳跃。这是一首从古体向律诗转化的诗。律诗一个最基本的特点，就是它不是线性发展的，而是由若干个层面结合起来，中间有很大的跳脱，而这个很大的跳脱形成的空白，是有待读者去体会和补充的。诗是对阅读的期待，而对诗的这个认识，是逐渐变得清晰起来的。在唐诗里面我们很少看到像谢灵运那样的线性的诗歌。律诗对一个事实过程的叙述交代是很弱的，并不把它看得很重要。

当然还有一种类型的诗歌，它不向律诗这个方向发展。它索性依然保留五言古体诗的记述功能，甚至发展成很大的长篇。最经典的就是后来杜甫的《自京赴奉先县咏怀五百字》和《北征》一类，在这种叙述、抒情、议论结合在一起的磅礴大气的诗体里面，诗人在寻求诗歌的另一种美。下一节我会具体讲这个诗体分化的问题。

第三节

诗体的分化过程

简单地说，南朝以前的诗歌，诗体是单一的。《诗经》的诗体主要就是四言诗体，汉代诗歌就是五言古体。诗体是单一的，无论用诗来说什么事情，都是同一种诗体。但是在诗歌发展的过程中，当诗表达感情越来越深入、越来越细致，诗歌创造的美感越来越丰富的时候，诗人会发现需要不同的诗体来承担不一样的抒情功能。这就造成了从南朝到唐代诗体的分化。

诗体分化的根本原因

有一点要强调一下，大家不要看报纸上登的马虎的诗看多了以后，认为律诗跟绝句的区别就是：律诗是八句，绝句是四句；七言律诗跟五言律诗的区别就是：七言律诗是七个字，五言律诗是五个字。这还算什么诗呢？每一种诗体，由于形式不同，适应于不同的情感表现，当你注意到形式和情感表现的一种密切的关系的时候，会对诗的形式会有更多的感受和更多的关注。

诗体的分化意味着什么呢？意味着诗歌的世界越来越丰富，也意味着情感的表达越来越细致，也意味着诗歌中的情感的世界越来越美。这就是诗体分化的根本性的原因。

杜甫、李白各自擅长的诗体

我们先说浅的例子，大家就会很容易明白。大诗人一般来说都是擅长各种诗体的，比如杜甫可以说擅长各种诗体，但是杜甫写得最好的是律诗，尤其是七律，别人无法比拟。在整个唐代，七律写到跟杜甫可以相提并论的，就一个李商隐，找不到第二个人了。杜甫还擅长五言古体，就是《北征》和《自京赴奉先县咏怀五百字》这样的诗。再剩下来的诗体他已经不是特别好了，比如杜甫的好的七言绝句就不多，尽管他写了很多七言绝句，一般人记得的大概就是"两个黄鹂鸣翠柳，一行白鹭上青天。窗含西岭千秋雪，门泊东吴万里船"（《绝句》）。这诗也还不错，但是放在唐诗的绝句还是算不上第一流。这是所谓性情的问题。天才类型的诗人比较适合写绝句。因为绝句常常是一个瞬间灵感迸发的结果，具有非常强烈的突发性。大多数绝句是用来写一个片段的，在一个生活片段过程中的一种感受。像杜甫这种性格非常沉稳，写一首诗要反复琢磨的人，他就跟这种天才的诗歌模式不亲近。

反过来再看李白。李白最擅长的毫无疑问就是《将进酒》这一类杂言古体或者乐府体。为什么他特别擅长这个诗体呢？这家伙喝了酒以后，感情像潮水一样哗地一下就喷出来，你要叫他写律诗的话，他就苦死了。他就要写这样上下起落的、热情澎湃的、浪潮汹涌的，一浪一浪打过来，打得你晕头转向。好，你死了，他活了。李白擅长的还有绝句，李白的绝句写得非常漂亮，因为绝句特别适合天才类型的诗人写。李白写律诗呢，就有点儿难了。"凤凰台上凤凰游，凤去台空江自流。"（《登金陵凤凰台》），写得还可以，其实有点儿像顺口溜，拿到杜甫那里去看的话，都是不起眼儿的东西。

从这里李杜擅长诗体的对比，你就能够明白，诗体分化的根本的原因就是不同的诗体适合于表达不同的情感，能够造就不同的美感。如果这样来理解的话，我们把前面三个问题放在一起来说，我们就知道一点，南朝确实是中国诗歌发展的非常重要的时代。

中国的诗歌形式在南朝发展起来

有一次开会，我说中国的诗歌形式主要是在南朝发展起来的，唐人在诗歌形式上所做的贡献是很有限的。另外一所高校的一位老师忽然很不能够理解地说："那么你说唐诗好，还是齐梁的诗好呢？"我说这跟好不好是两回事。比如说试验过程，九百九十九次试验，都没有最后成功，一千次那个人试验成功了。你说对整个实验来说，是前面那个九百九十九次重要呢，还是那个第一千次重要？毫无疑问是整个过程才是最重要的。有了南朝诗的尝试，唐人的努力方向就很明确了。至于从成就上来说，唐诗比南朝的诗歌当然要高得多。

按照鲁迅先生的话来说，"我以为一切好诗，到唐已被做完"[1]。鲁迅的意思是说唐以后的诗没什么看头，这跟鲁迅本身的性格有关。鲁迅是一个性格很热烈的人，骨子里很浪漫，而且鲁迅喜欢华丽，你们能体会到吧？看《野草》你就知道，鲁迅喜欢一种语言的魔力，一种魔鬼式的那种力量。所以鲁迅觉得唐诗是最好的。而喜欢宋诗的人一般来说性情比较温和，对一首诗的体会更细致。

南朝以后对诗歌形式的探索，到唐代完成，中国的古诗的诗体基本形态已经形成。最大的分法是分为古体和近体。近体就是格律

---

1 《鲁迅全集·第十三卷·致杨霁云》，鲁迅著，人民文学出版社，2005年，第307页。

诗，古体就是不受格律约束的诗歌。实际上到了唐代以后，古体诗也受格律的影响，但是没有严格的格律要求，作者可以随意地选择。

古体里面分出了五言古体、七言古体。五古比较单纯，就是从汉魏的五古发展过来的，就是不往律诗那个方向走的一条线；没有律化的五言古体，叙述性更强了。七言的古体就比较复杂，它有两种不同的情形。一种是齐言的，每一句都是七个字，大多是四句一转韵，在转韵的过程里面来寻求一种韵律变化。它的句子一般都有一种比较柔曼的声调，推进过程也很特别，不是跳跃式的推进，而是连绵的婉转的推进，比如后面我们要读的《春江花月夜》。七言的古体里还有一种杂言的古体诗，按照中国古诗的分类法，其实是把各种各样不整齐的诗都归成七古杂言，所以“前不见古人，后不见来者。念天地之悠悠，独怆然而涕下”（陈子昂《登幽州台》），这里面没有七言句是吧，但是它属于七古。所谓的杂言七古其实就是一种自由体诗。

近体诗也分五言和七言。五言的分为五言律诗和五言绝句；七言的分为七言律诗和七言绝句。标准体的律诗是八句的，还有一种特殊的体式叫排律。排律现在我们读得很少，但是在古代排律是一种很重要的诗体。

到了唐代以后，诗歌形式上没有新的变化。一定要说变化的话，那就是词。词是诗的一种变体，所谓“诗余”，从广义上来说词也是诗。从狭义上来说，古诗的所有的体式，经过南朝到了唐代全部都出现了。所以后来的诗人也很难找到一个新的形式，除非去写词。

还有一个白话诗和古诗的问题，也值得一说。为什么有很多大学生喜欢写白话诗而喜欢读古体诗？喜欢写白话诗，因为白话诗比较自在、轻松，但是喜欢读的还是古体诗。因为古诗是经过长时间的发展，寻求到的这个民族语言的最完美的形式。要从白话这个角度去找汉语的最完美的诗歌形式，任务非常艰巨，需要经过的历史是非常长的。而白话诗的历史本身就很短，而且它的“投资”很小。任何一种创造都要“投资”的，对文学来说，它的“投资”就是才华，要大量的才华投进去，才能有成果。写诗是古代中国文人的基本的工作之一，大量的有才华的人都把自己的才智投入诗歌创作，所以“投资额”大啊。现在聪明的人首先他不去写诗，去炒股票，去做生意去了，大量的才华没有投资在语言里面，没有投资在诗歌里面，那必然收获就小。好歹出了一个海子，是吧？出了一个海子的诗，如果海子这样的诗人是二十年出一个的话，那么一百年也就是出五个，过了三百年以后，你可能会觉得还蛮多的。

简单小结这一讲的这三节。在整个南朝，中国的诗人一直在寻求最符合汉语特征的完美的诗歌形式是什么，造成了这样三个大的进展：诗歌的声律化，诗歌形式结构的精致化，诗体分化。

第五讲　唐代诗歌

唐代是中国古典诗歌的黄金时代，是群星璀璨、华章迭出的时代。在讲课的方法上，我是把南朝与唐代的诗组合起来讲的。在前面讲南期诗时，我主要讲当时文人对形式的追求，但很少具体解读作品。现在讲唐诗了，我尝试用诗体来分，每种诗体下解读若干首名作。这样组合当然有课时限制的原因，但理由也是成立的。就是南朝对诗歌形式的追求，在唐诗中得到了最好的实现。

前面我已经说了，不要把这种诗体的分化看成一种简单的形式问题，好像七律就是比七绝多四句，我想要写个七律，没写成，写到四句没劲了，就写成七绝了。各种诗体都有不同的抒情功能，它的差异性是很大的，而且这种差异性又是很微妙的。

但想要用不同的诗体来分，突出各种诗体不同的抒情功能，这其实有点儿冒险。比如你说七绝的特点是什么？杜甫写的七绝，跟李白写的七绝还是不一样。但是我觉得还是要这样谈，这样我们对诗体的认识会清楚一点儿。

第一节

齐言七古诗体的特点

齐言的七言诗这种诗体开始于齐梁，到陈代已经流行了，在初、盛唐的时候，成为一种非常流行的诗体。齐言古体的特点，一个就是不受格律的约束。诗歌格律化以后，有的诗人在写古体的时候，也会重视声韵上的美感，但是没有成为一种强制性的规定。第二个就是这种诗体基本上都是四句一转韵，这会使得音乐美的变化比较丰富。古诗里面五言的句子和七言的句子给你完全不同的感受，七言的句子比较委婉曼妙，声调比较柔和。写这种齐言的七言诗的时候，这个特点就很突出。再加上它的韵是不断转换的，基本上是四句一组，这样就有一种非常美妙的声调的美感。而且这种诗体又经常用来写一种比较唯美的主题，写得好的诗歌就会非常动人。

用这种诗体写的诗歌，常常是一种柔和的诗歌，它的情绪的变化，一层跟一层之间，不是一种跳跃性的变化，而是转折性的变化，这个转折的优美是要看诗人的创造力和才华的。

我们读《春江花月夜》的时候，会感到非常惊讶的就是它一层一层的转折，全是连在一起的。整首诗没有一个剪断的地方，用电影方法来表现，就是从头到尾一个长镜头。连接很紧的诗很容易显得死板，对吧？但这首诗却特别空灵。这是因为它的连接非常奇妙，妙到不可思议。

《春江花月夜》：谁是那个被月亮等待的人

春江花月夜

唐·张若虚

春江潮水连海平，海上明月共潮生。
滟滟随波千万里，何处春江无月明！
江流宛转绕芳甸[1]，月照花林皆似霰；
空里流霜不觉飞，汀上白沙看不见。
江天一色无纤尘，皎皎空中孤月轮。
江畔何人初见月？江月何年初照人？
人生代代无穷已，江月年年望相似。
不知江月待何人，但见长江送流水。
白云一片去悠悠，青枫浦[2]上不胜愁。
谁家今夜扁舟子？何处相思明月楼？
可怜楼上月徘徊，应照离人妆镜台。
玉户帘中卷不去，捣衣[3]砧上拂还来。

---

1 芳甸，芳草丰茂的原野。

2 青枫浦，长满枫林的水边。

3 捣衣，古时衣服常由纨素一类的织物制作，质地很硬，需要用杵反复舂捣。后也泛指捶洗衣物。

此时相望不相闻，愿逐月华流照君。
鸿雁长飞光不度，鱼龙潜跃水成文。
昨夜闲潭梦落花，可怜春半不还家。
江水流春去欲尽，江潭落月复西斜。
斜月沉沉藏海雾，碣石潇湘无限路。
不知乘月几人归，落月摇情满江树。

我们来读这首《春江花月夜》。

五个要素组成一个唯美的图景

主题就是字面上的五个字，“春江花月夜”，就是五个要素组成的一个唯美的图景，但是并不是纯粹地写一个唯美的景色，而是从这里面推导到有限的人生和无限的宇宙的一种对应。人是一个有限的存在，而自然是一个无限的存在。由此引发出许多人生感想。

这并不是一个很新鲜的主题，在中国古诗里面很早就有这一种个体生命的短暂和宇宙空间的无穷的对比。但是这样的一种对比引出来的情绪会不一样，有时候它会导致一种比较沮丧的颓废的心情，或者导致一种及时行乐的倾向。我们在《古诗十九首》里面就可以看到。而《春江花月夜》有一个比较特别的地方是什么呢？它在描写宇宙的宏大和生命的短暂的时候，往另外一个地方推动：正因为生命是短暂的，所以它特别美好。它往那个方向去推动，最后归结到爱情上去。我们只有一个短暂的过程，因此我们需要做的事情是使这个生命变得更美好，而能够使生命变得更美好的，几乎是唯一的途径，是有美妙的爱情。于是我们就可以看到，这首诗是自然、宇宙、人生、爱情这样子的几个层面组合起来，而这几个层面的关系非常密切。

“春江潮水连海平，海上明月共潮生。滟滟随波千万里，何处春江无月明。”有时候一个天才诗人，或者说一个诗人以他的天才面貌出现在你面前的时候，你真是只有惊讶。这首诗一开始就是很惊人的。他要写“春江花月夜”，那么他现在要把几个要素推动出来，春天、江水、花、月亮，是吧？那么月亮怎么升起呢？月亮可以在各种条件和各种环境下呈现出来。“月上柳梢头，人约黄昏后”；“破墙的后面／月亮露出了她的寡妇的脸”（这句是我写的），都可以。在这首诗里，诗人是从写春江开始，把它引到海上。因为在辽阔的大海上月亮升起，足够壮观，足够华丽，同时也会让人心胸开阔。“春江潮水连海平，海上明月共潮生”，你面对的是一个宏大的世界，而在这个宏大的世界里面，你所体悟到的东西是不一样的。月亮升起以后，月光就投向大地，投在水波之中。所谓“一月生而千江明”，所有的江上都泛动着水波，然后“滟滟随波千万里，何处春江无月明”。

“春江潮水连海平”，不是具体地指某条江，有一条江水流向大海，把你的目光引向大海，大海上升起月亮，当月光投射下来的时候，这个世界上所有的江水都泛动着月光的美。这确实非常空灵，也非常有哲学意味，宏大、唯美。在万象的背后，在一轮月亮映照在千江万水之中的时候，它会引导出一种感受，就是这个世界统一于某种我们所不能够确切理解、确切把握的力量。

“江流宛转绕芳甸，月照花林皆似霰。空里流霜不觉飞，汀上白沙看不见。”到这里，五个要素就已经全部出来了。如果是用镜头去表达《春江花月夜》的话，你会发现《春江花月夜》从头到尾是一个长镜头，中间完全没有停下来。因为它的所有的要素都是连环地转折的。从“春江潮水连海平”开始，这个镜头是没有断绝的，这个声音本身就是委婉曼妙的，这个诗歌的流动性也是非常委婉曼妙的。

月光下的生与死与爱

月色是一个很奇妙的东西，在中国文学和世界文学里面，月光下的世界特别美好，而且带有一种神秘性。我们讲《诗经》时讲过《陈风·月出》，一个女孩在月光下缓缓走动的时候，给人带来的一种美妙的感想和一种伤感性。在世界文学里面也能找到很多类似的例子。因为月光的这种朦胧，会带来一种幻想性。人对这个世界的认识，既是当下的和感性的，又是飘逸的和联想的，月光把当下的和感性的、飘逸的联想的东西融合在一起。

这个时候整个世界笼罩在月光之中，然后来写这个月亮。“江天一色无纤尘，皎皎空中孤月轮。江畔何人初见月？江月何年初照人？”

“江天一色无纤尘”，没有一点儿雾霾。这时镜头聚焦在月亮上，发生了一个主题的转换。我前面说过，这首诗歌是由几层内容组合成一个中心主题的。那么当“春江花月夜”这些唯美的要素都一一呈现出来，并且组合成一个几乎完美的自然图景的时候，它再往下推动到哪里？推动到人和这种世界的关系中去。在这个江边是谁最初看到月亮？江上的月亮是从什么时候开始照耀着人的？当然现在有所谓科学的方法去解释人类的起源、世界的起源、宇宙大爆炸、猴子怎么变成人之类。但是这些个解释是不是就是很充分的，也还是一个问题。对古人来说，他们没有这样的一种解释，世界的宏大深邃是人无法真正去把握，真正去理解的，它是一个神秘的存在。有时候我们走到深山里、走到高山上，在半夜里我们对着夜空的时候，那些自然科学知识就足以消解我们对自然的那种神秘的感觉吗？我们还回到这首诗里去。

“人生代代无穷已，江月年年只相似。不知江月待何人，但见长江送流水。”

世界是一个无穷的存在，自然是一个永恒的存在。这里有一种很亲切的感觉。它是拿一个生命的短暂和无穷的世界做对照，做这种对照的时候会产生两种结果：一种结果就是宏大的宇宙对短暂的生命造成一种压迫感，会使生命显得孤独、焦虑和无望；但是从人和世界的一种亲切的关系上去看的时候，你会产生另外一种感觉，我们和这个世界是非常亲密的。“不知江月待何人”这句话是很亲切的。江上的月亮在等待谁呢？每一个人都是被这个世界所等待的，从个体的独一无二这个角度来说，世界之所以有意义，是因为你用你的方法去认识了世界，每个人都用自己的方法赋予世界以意义，因此每一个人的生命都是无比珍贵的。当我们看到江上的月亮的时候，我们就可以这样去想，我正是那个月亮所等待的人。因为我到这里，世界才是这样美好。这是另外一种认识人生的方法。虽然诗歌没有明确这样说，但是从诗歌所描绘的这种意象中，我想是可以引出这样的情绪的，人和世界有一种亲切的关系，并且是因为我们赋予了世界一种美好的意义，它才是如此美好的。

再往下看的话，就从抽象的这种人生的感受，转入具体的人的生活环境。但所谓具体的生活环境，仍然不是指某一个具体的人，只是一种实在的生活环境。简单来说就像音乐剧一样，音乐剧里面有人物的活动，这个人物的活动是人类生活的一种体现，但是这个人物的活动是没有姓名的，没有身份的，它要表达的是一种人类共同的感受，所以不需要一个具体的身份。它只是说世上有这样的人，他们这样的生活。这首诗的美妙全在于这种转折的连贯。连贯中间的转折需要非常的优美、空灵和出人意料，出人意料是非常重要的，你想不到它会这样转。如果说前面的连接我们还觉得很自然的话，这个地方的转折就非常漂亮。

“白云一片去悠悠，青枫浦上不胜愁。”天上不是有月亮吗？

有月亮就有云，有云云就会飘，云飘到哪里呢？故事就在那个地方开始。你有没有想过这样的写诗的方法？有了地点就有人物。“谁家今夜扁舟子？何处相思明月楼？”谁是这个晚上不归的游子？谁是这个晚上相思的思妇？这两个提问就可以把一个抽象的理念的东西转换到具体的人生中去。这个场景中间没有断掉。“可怜楼上月徘徊，应照离人妆镜台。”月光照着思妇的梳妆台。“玉户帘中卷不去，捣衣砧上拂还来。”在古诗里面月亮是美的，同时月亮常常是触动相思之愁的物象，所以这个时候看到月亮的人就容易产生一种忧愁感。所谓“玉户帘中卷不去”，月光照在帘子上，让人很烦，把帘子卷起来，但是帘子卷起来，月光还在那里。“捣衣砧”跟思妇的身份是相联系的。古代游子在外的时候，连接游子和思妇的中间的一个重要物件，就是寒衣。到了天寒的时候，女人要为她的丈夫制作衣服，古代的衣服是用葛、麻之类材料做的，要通过捣，通过捶打，让它柔软保暖。丝也要捣，去除胶质。捣衣是古代妇女的一个重要的活动。捣衣，也是写思妇的一个常用意象。

“此时相望不相闻，愿逐月华流照君。鸿雁长飞光不度，鱼龙潜跃水成文。”

“望”是一个动作，但是在这里这个“望”其实是“思念”的意思，实际上就是彼此思念，但是又不能看到。前面从月亮要过渡到人间，“不知江月待何人，但见长江送流水。”这个非常哲学的东西要转换到人间的具体生活去，诗人怎么转呢？“白云一片去悠悠”，就去了。这个“飘”得太厉害了，读到这个地方的时候，你就会很震惊，觉得这个诗只能这样写，但是叫你写你永远写不出来。到这里又来一个：彼此思念，但是没法看到，怎么才能看到呢？“愿逐月华流照君”，让我追随着月光到你的身边，让我化作一片月光，洒落在你的胸膛。什么叫作诗啊！

诗要过渡，写男方那边。怎么过渡呢？“鸿雁长飞光不度”，太漂亮了！什么叫“光不度”？就是不能穿越，整个世界都在光之中。这个景象很漂亮，大雁在夜空中飞，并且始终在月光之中。“鱼龙潜跃水成文”，从大雁的视角，看到下面水域的变化，特别有镜头感。

从“愿逐月华流照君”开始，女子的相思就化成一片月光了，又从月光转化成大雁，大雁在光中飞翔，还有飞翔过程中的风景，“鱼龙潜跃水成文”。飞啊飞啊，飞到哪里了？飞到游子身边去了，然后诗意就落实到游子。

“昨夜闲潭梦落花，可怜春半不还家。江水流春去欲尽，江潭落月复西斜。”

“闲潭”是安静的水潭。为什么是“闲潭”呢？潭是特别安静的，这个水是非常安静的，所以“潭”的美就在于它的“静”。那么这个“静”被什么东西打破呢？这个落花飘下来。你如果用镜头去表达的话，那个花不能大片大片地飘落，只能一片一片地飘，轻轻地，轻轻地飘下来，掉在水上好像有一点点声音的那种感觉。这个就是“昨夜闲潭梦落花”。“可怜春半不回家”，春天过去了一半还没有回家。“江水流春去欲尽”，这个江水流动的时候，时光也在流动，“江水流春”这四个字大概只有汉语是能够这样组合的，用其他语言要形成这么简单的组合很难吧？他说江水不停地流，时光也不停地流，春天就慢慢地流失了，是这样的一个意思。“江潭落月复西斜”，月亮升起以后月亮又要落下去了，这个结构非常完美，对吧？前面是“海上明月共潮生”，从思妇的忧愁，写到游子的哀伤，然后月亮开始要往下落了。月亮落下去的时候你要做一件什么事情呢？

“斜月沉沉藏海雾，碣石潇湘无限路。不知乘月几人归，落月摇情满江树。”

“斜月沉沉藏海雾”，月亮又要回到海里去了。“碣石潇湘无限路”，“碣石”和“潇湘”在中国古诗里代表着北方和南方。“潇湘”是一个有意蕴的词，这个词联系着舜帝二妃的故事、湘妃竹的故事。所以《红楼梦》里面，林黛玉要住在潇湘馆。“碣石”代表着游子的漂泊之地，就像北漂；“潇湘”代表着思妇的居住之地，“碣石”和“潇湘”相隔着无限的道路。“不知乘月几人归”，不知道这个月下有多少人匆匆地赶回去。为什么趁着月光赶回去？再不赶回去，春天就没有了。因为“江水流春去欲尽”，美妙的青春也是“去欲尽”的，生命也是“去欲尽”的，所以有一个人在这个世上等你，你赶紧回到他身边去。因为世界是如此美好，生命是如此美好，而这个美好是不长久的，就是因为它不长久才美好。

这首诗的主题和结构，就是从春江花月夜到宏大的宇宙和短暂的人生，以及由这种人生的短暂感所引发的一种情感内涵。特别表现在“不知江月待何人”，就是说，在这个宏大的宇宙面前，生命并不产生一种被压迫的焦虑，而是被唤起一种对生命的珍惜。当月亮升起来的时候，这个世界充满着月光；当月亮落下去的时候，这个世界充满着爱情。当我们为人所爱，我们也爱我们所爱的人，在这样的时间里面，我们享受到这个世界的美好。很多解释这首诗的人，往往忽视了这首诗最大的要点，它的连绵和它的转折，以及这种转折的空灵。好像是异想天开的，但是又很简单，它不是一种很奇特的转折，只是出人意料的，但又非常自然。出人意料的自然，诗歌里面大概最难得的就是这种东西。

第二节

杂言七古的诗体特点

这一节讲七古里的另外一种，杂言七古，实际上是古代的自由体。看胡适写《白话文学史》，我觉得有一点他会非常困难，就是诗歌其实没有文言和白话的区别的，诗歌是由诗人的趣味和爱好所决定，可以口语用得很多，也可以书面语用得很多，可以写得很典雅，可以写得很浅俗。你读杜甫的时候就能够感觉到，他的诗歌的语言空间非常大。他典雅的诗就非常严整、典雅，但是有时候又非常口语化。比如“两个黄鹂鸣翠柳”，如果小学或者中学老师出题目，让把这首文言诗翻译成白话诗。诗歌没有白话诗和文言诗的区别啊，怎么能翻译呢？“两个黄鹂鸣翠柳”怎么去翻译？杜甫还有更厉害的，“楼上吃酒楼下醉”，还要翻译吗？你再翻译不就死掉了吗？像李白《将进酒》这一类诗，其实都是口语化的。

《将进酒》：落寞与狂放

将进酒

唐·李白

君不见，黄河之水天上来，奔流到海不复回。
君不见，高堂明镜悲白发，朝如青丝暮成雪。
人生得意须尽欢，莫使金樽空对月。
天生我材必有用，千金散尽还复来。
烹羊宰牛且为乐，会须一饮三百杯。
岑夫子，丹丘生，将进酒，杯莫停。
与君歌一曲，请君为我倾耳听。
钟鼓馔玉[1]不足贵，但愿长醉不愿醒。
古来圣贤皆寂寞，惟有饮者留其名。
陈王昔时宴平乐，斗酒十千恣欢谑。
主人何为言少钱，径须沽取对君酌。
五花马，千金裘，呼儿将出换美酒，与尔同销万古愁。

《将进酒》这种诗解说起来感觉有点儿多余。

当然你可以说，诗中写了李白怀才不遇的怨愤，同时他又很骄傲，表现出一种狂放的人生姿态。它有特别的地方。从来没有人将喝酒的事情说得如此义正词严、慷慨热烈。说起享乐生活，一般人总要为此找到在享乐本身之上的较为高尚的理由，但李白觉得享乐就是生命的权利，并不需要做什么掩饰。喝酒的人不喜欢做作和虚

1 钟鼓馔玉，鸣钟鼓、食珍馐。形容富贵豪华的生活。

饰，酒把自然的人性从礼俗的拘禁中解放出来，恢复了本有的真诚。

但无论怎么解说，都不如大声读一遍。《将进酒》大概是唐诗里最常被用来做朗诵表演的诗篇。你读就行了，一读情绪就起来了。

而且各人读会读得不一样。读诗就是这样的。李白的诗歌的情绪是这样的，但是你去读的时候，你会把你的情绪、你的情感经验注入这首诗歌，诗的这个起伏是由你现在的情绪决定的，它不是由李白的情绪决定的。当然，它的语言本身有一种形式在那里。杂言七古的诗体节奏是自由变化的，你用你的情感去理解这首诗，它产生一种自由的节奏，很美妙的。

《久别离》：李白的婚姻故事

久别离

唐・李白

别来几春未还家，玉窗五见樱桃花。
况有锦字书，开缄[1]使人嗟。
至此肠断彼心绝，云鬟绿鬓罢梳结，愁如回飙[2]乱白雪。
去年寄书报阳台，今年寄书重相催。
东风兮东风，为我吹行云使西来。
待来竟不来，落花寂寂委青苔。

1 开缄，拆开信函。

2 回飙，旋转的狂风。

《久别离》是一个古乐府的诗题。诗人用古乐府的诗题来写诗的时候，有时候跟自己贴得很近，有时候离得很远。所谓离得很远就是写一个虚构的情节，所谓离自己很近就是写自己生活的内容。这首《久别离》很像是李白的生活的内容。

李白一生有过好几次婚姻，其中有一次比较特别的，似乎不像是正式的婚姻。在魏颢的《李翰林集序》里面讲到李白在南方的时候有一次“合于刘”的结合。《李翰林集序》说到李白的婚姻的时候，其他都是说“娶”谁，这个说的是“合”，然后“刘绝”。就是李白跟一个姓刘的女子“合”，这可能是指没有正式的婚姻关系，用现在的词来说就是同居了。而且“刘绝”，这个关系的结束是由女方决定的。这女的不要他了。

我们把它假想成一个小说情节。李白活着的时候就很有名，《李翰林集序》的作者魏颢就是他的一个超级粉丝。魏颢为了追上李白，跑遍了大半个中国。因为古代通信设备很差，李白又是漂泊不定的。魏颢听说他在某个地方，赶过去，他已经去了另一个地方，追了老半天，追了大半个中国才追上。李白跟他在一起喝酒，夸了他一通，跟他谈起生活里面很多事情。如果那个时候有人在姓刘的这位女子面前说起李白怎么了不起，这位女同学可能就笑一笑，说：“嘿，了不起啥呀？不就像破鞋一样被我扔了吗？”

我们从这首诗的内涵来说，可以感觉到李白跟这个刘姓的女子的关系一度是很密切的，他们有感情。

“别来几春未还家，玉窗五见樱桃花。”两人分离的时间很长，“五见樱桃花”，就是五年了嘛。从姓刘的女子跟李白断绝关系的时间点来看，当时李白在河南这一带流连，过着一种很放浪的生活。杜甫就在那个时候差一点儿被他带坏。杜甫为什么后来老是怀念李白，你知道吗？杜甫一生特别老实忠厚，他一生中最放浪不羁的时候就是跟李白这个家伙在一起。

李白离开这个女子好几年了，然后有信来了。“况有锦字书，开缄使人嗟。”“锦字书”特指女子写给男子的书信的，典故出自前秦苏蕙寄给丈夫的织锦回文诗。“开缄使人嗟”，使人叹息、使人伤感。为什么叹息呢？

“至此肠断彼心绝，云鬟绿鬓罢梳结，愁如回飙乱白雪。”让人太伤心了！“彼心绝”，她决断地跟我说再见了。再见了，李白，再也没有余地了。李白这个人妙在什么地方？他是一个非常骄傲的人。他在想象着，那个女人要抛弃他的时候，她一定很难，不可能很轻快。你要抛弃我，你还能很轻快吗？你一定伤心死了，你一定眼泪流了几大箩筐，是吧？李白是一个富于同情心的人，对女性很好，虽然他一生中不断地寻求新的女性，但对他所遇到的女性，他觉得自己对她们都很好。所以一方面是“至此肠断彼心绝”，另一方面又去想象那个女子，“云鬟绿鬓罢梳结”，头发乱糟糟的也不梳了；“愁如回飙乱白雪”，头发像一蓬乱草一样，风里吹起来像乱雪一样啊。这女人她要离开我的时候，她这么伤心啊！哎呀太可怜了！李白同学心里很自信的，虽然他被人扔掉了，但是他设想她非常伤心地、非常痛苦地把自己扔掉了，很动人。既然这位女同学在扔掉你的时候这么痛苦，你也“肠断”了。“至此肠断彼心绝”，“肠断”的原因是“彼心绝”。两个人这么要好怎么要分开呢？然后就要申诉原因。这个真正是叫李白的诗。

“去年寄书报阳台，今年寄书重相催。东风兮东风，为我吹行云使西来。”“阳台”典出宋玉《高唐赋》，指爱恋的女子居住的地方。去年我就写信去叫她过来，今年又写信叫她过来。我在外面走，你快点儿过来陪我。“东风兮东风”，我还恳求老天爷、恳求东风，“为我吹行云使西来”，把那一片云吹到西面来，吹到我这儿来。但是人家不来。要是李白不在世界上游荡，在家里守着那个女人，说给她画眉、给她梳头发，那李白就不是李白了。李白也很爱她，但是你跟我一起来，我们一起来飘荡，是吧？对那个女子来说，她不能爱上一个不回家的人，对吧？所以最后就这样。

“待来竟不来，落花寂寂委青苔。”等她来，等她来，最终她不来，最后花也谢了。我等你等到花儿也谢了。

这诗非常美妙，美妙在什么地方？你要理解李白是一个多情的人，但是他是一个自由的人。我以前写过两句诗，“高天上飘浮着一些白云／悠闲犹如浪子的爱情”，就是从李白那里学来的。你不能把一片云摘回家去的，它一定要飘。这里面有李白的性格的问题，李白的这种多情，李白的这种自由，还有李白的一种轻松。李白其实是很轻松的，李白说自己痛苦的时候，说得还是很轻松的。大家还记得“李白乘舟将欲行，忽闻岸上踏歌声。桃花潭水深千尺，不及汪伦送我情”（《赠汪伦》）吧。这首写得很深情，但这个深情其实写得很轻快。李白的生命的调子就是很轻快。所以这里说“至此肠断彼心绝”“云鬟绿鬓罢梳结”“愁如回飙乱白雪”，但是到最后他还是很轻快。他的生命就是一种很轻快的样子。所以李白会让我们很喜欢，就是喜欢自由的、飘逸的、自在的那样一种生命。

第三节

七言绝句的诗体特点

七绝是唐诗里面数量特别大的一种诗体，也是差不多所有的诗人都喜爱写的一种诗体。七绝这种诗体有它特别的地方。我们很难说七绝只有一种特点或者一种风格，我要说的是经典的、最成功的七绝，那是什么样的？七绝是写片段的，它不写一个事件的完整过程。后面我们读五律就会知道，五律写的是一个事件的完整过程。但七绝通常不写一个事件的完整过程，它写的是一个事件的片段。在写一个事件的片段的时候，它会结束在一个情绪的飞扬的状态上。

通常来说，好的七绝是这样的一种结构：开始的时候它有一个铺垫，它给出条件，然后在这种条件下，写一种情绪的激发状态，使情绪保持在一个高潮上，就结束掉。有点儿像是摄影拍运动员跳高。经典的跳高摄影，是人越过横杆的那个时候，既不是在起跳的时候，更不是落下去的时候，就是在高潮点上。因为在这个高潮点上的时候，表现出来的生命状态是最激动人心和最有活力的。七绝也是这样，它是在一个高潮状态结束的，所以诗歌在这个时候是最激动人心和最有活力的。之所以不容易写，是因为它是一个片段，它有一种情绪的感发。这个情绪在瞬间就达到一个高潮状态，然后保留在这个地方，显示出了这样一种高潮状态。杜甫很有名的七绝就不是这样的。“两个黄鹂鸣翠柳，一行白鹭上青天。窗含西岭千秋雪，门泊东吴万里船”，相对来说杜甫的七绝是比较静态的。

七绝特点的形成还有一个外在的原因。七绝在唐代很长的时间里面是作为歌词使用的。歌词的一个特点，就是它首先不是一个供书面阅读的文本。你读一首诗的时间是不受限制的，但是听一首歌的时间是受限制的。歌词从你耳朵里飞过，它是有时间限制的。因此歌词不合适写得非常艰深，一般来说歌词都比较浅，可以引起人的当下的情绪反应。因此七绝的语言都比较浅。

我们来读几首最有名的七绝，这些诗代表着七绝的最显著的特点、风格。

《凉州词二首·其一》：奢华与悲慨

凉州词二首·其一

唐·王翰

葡萄美酒夜光杯[1]，欲饮琵琶马上催。

醉卧沙场君莫笑，古来征战几人回。

这首诗是王翰所作。唐诗七绝我最喜欢的大概还是这一首。这是在边塞的一个生活场面，喝酒。喝的酒是很讲究的葡萄酒。葡萄

1 夜光杯，美玉所制酒杯，因夜间发光得名。

酒是从西域进来的，当时在国内产葡萄酒的地方不多。“夜光杯”是什么杯子？历来没有很好的解释。夜光杯是很珍贵的杯子，有人认为它很大的可能是玻璃杯。玻璃的制作条件非常苛刻，在古代条件下它很难制作，所以玻璃在古代是非常贵的东西。《西游记》里沙和尚怎么被贬到凡间来的？在王母娘娘的蟠桃会上，打碎了王母娘娘的一个玻璃盏。他原来是卷帘大将，在古代就是皇帝出行的时候的侍卫，这种人都是非常壮健和帅气的。那么漂亮的一个神，结果就弄到地上了，还要不断地用飞剑穿他胸口。他干吗了呢？就是打碎了一个玻璃杯，玻璃杯子很贵。所以“葡萄美酒夜光杯”所描述的是一种纵情享乐的生活。当然，这是军队中将领的生活，不是普通士兵的生活。

“欲饮琵琶马上催”，正要喝着的时候，音乐奏起来。这个音乐的急促是催人喝酒的，赶快喝啊，赶快喝啊。这是一种让人一醉方休的气氛。如果只是纯粹地写一种享乐的、奢侈的生活的话，它不会给我们带来很大的感动。“醉卧沙场君莫笑”，如果我喝醉了，醉倒在沙场上，你不要笑话我。“古来征战几人回”，出来打仗的人，有几个能回去？对军人来说，死亡是随时可能发生的事情。每一天都有可能是最后一天，所以每一天都值得你去爱、去珍惜、去享受。因为也许就没有明天了。所以这个情绪非常复杂，军人的这种悲伤，不是那种凄凄惨惨的悲伤，它是非常强有力的，非常豪迈的。但是它有一种真正的生命的痛苦和对生命的这种珍爱。

我们现在来体会这首诗中七绝的特点，“葡萄美酒夜光杯，欲饮琵琶马上催”，它先给出条件、环境、氛围，然后这个地方有一种情绪的激发，这个情绪是飞动的。“醉卧沙场君莫笑，古来征战几人回”，就在这地方刹住，停下来了。这诗歌就保持在一个高潮状态。

《出塞二首·其一》：浑厚的历史感

出塞二首·其一

唐·王昌龄

秦时明月汉时关，万里长征人未还。

但使龙城飞将[1]在，不教胡马度阴山。

这首《出塞》是王昌龄的作品，他是唐诗中写七绝的高手。先从第二句来说，“万里长征人未还”，被征发来到边塞来守卫长城的人，他们来自遥远的地方。而来自遥远的地方，就包含着这种怀乡之情，包含着对他的生命的献出。“万里长征”写的是当下之事，“人未还”，没有办法回家，这是当下之事。但是它的地点是哪里呢？“秦时明月汉时关”，这个地点当然也是当下的，却又跟历史联系在一起。长城是中国历史的一个缩影。中国的地理环境决定了它的历史命运。长城以南是农业地区，长城以北是游牧地带。掠夺是游牧地带的居民的一种生存方式。因此自古以来，长城以南的汉族就始终面对着长城以北的游牧民族的压力。这个压力之古老，在殷商甲骨文里面就可以看到，在《诗经》里面也可以看到，《小雅·采薇》里说“不遑启居，猃狁之故”。这里“猃狁”便是匈奴的前身。所以说“秦时明月汉时关”，沿着长城守护着华夏土地的这些男人，一代一代、一代一代，肩负着这种民族的使命，所以它的时间和空间拉得特别开。

“但使龙城飞将在，不教胡马度阴山。”“龙城飞将”是指

1 飞将，指李广，或泛指骁勇善战的将军。

《史记》里面所写的李广。如果有李广这样的飞将的话，就能够“不教胡马度阴山”，就能够阻止游牧民族的入侵。但这是一个条件句，是一个假设。既然是条件句，也就是说，有可能有，有可能没有。所以在这首诗里面表达的是一种什么样的感情呢？对中华民族来说，这样的战争是它不得不承担的痛苦。对那些将士来说，他们也不得不为这个民族承担这样的痛苦。它的情绪也是蛮复杂的。前两句是给出条件、渲染气氛，后两句就是一个情绪的强烈的推进。“但使龙城飞将在，不教胡马度阴山”，是期待，又是悲伤。

《赤壁》：如果没有……历史会怎样

赤壁

唐·杜牧

折戟沉沙铁未销，自将磨洗认前朝。

东风不与周郎便，铜雀[1]春深锁二乔。

“折戟沉沙铁未销，自将磨洗认前朝。”这是虚构一个条件，有兵器沉在江水里面，“铁未销”，还没有烂透。拿出来以后，“自将磨洗认前朝”，仔细地磨一磨，可以识别出它是哪一个朝代的东西。就是后面要说的，“东风不与周郎便，铜雀春深锁二乔。”大家读得明白这两诗的意思吗？在唐诗宋词里面，周瑜是男

1　铜雀，指铜雀台，汉末建安十五年曹操所建。

人一生成功的标本：他出生在一个贵族家庭，出身非常高贵，很年轻的时候就得到孙策、孙权兄弟的赏识，懂音乐、非常有才华，娶了漂亮的老婆，三十几岁的时候就打赢了决定东吴存亡的赤壁之战，打败了不可一世的曹操。唯一的缺点就是死得早了一点儿，但是这么帅的一个男儿，要活成一个干巴巴的老头儿，也太破坏自己的形象，所以死得早好像也不能说是他的一个好大缺憾。

可是杜牧怎么去理解周瑜呢？杜牧说，人生的成功与不成功，是由外在的条件决定的，不是由人的才华和能力所决定的。俺杜牧也很帅，也很风流，也懂兵法，也出身高贵。杜牧的祖父是宰相，杜牧连做刺史一级的官都觉得很委屈。但是怎么样呢？“东风不与周郎便”，东风不给我方便，我就只好“十年一觉扬州梦，赢得青楼薄幸名”了，我如此堕落是没有办法啊。所以他恶狠狠地说“东风不与周郎便”，如果东风不给你周瑜方便，注意这里的“东风”字面是指周瑜对曹操水军发动火攻时对他有利的东风，同时又象征历史的机遇。如果没有历史的机遇的话，那一仗你也就打不成了，你老婆都要给曹操抓去跳舞呢！“铜雀春深锁二乔”，铜雀台是曹操的宫殿啊，你那么漂亮的老婆，就被曹操抓去跳舞啦！这话里面有一种才子的恶毒。这样写的时候，他能够发泄内心的那种不甘与不平。

“折戟沉沙铁未销，自将磨洗认前朝。”这就是给出一个条件，后两句一下子把情绪推举上去，情绪上升得很快。“东风不与周郎便，铜雀春深锁二乔”飞得很高，然后在那高处就停下来了。唐诗里面特别好的七绝，差不多都是这样。

《客中行》：有酒的地方就是故乡

客中行

唐·李白

兰陵美酒郁金香，玉碗盛来琥珀光。

但使主人能醉客，不知何处是他乡。

我以前说过，年轻的时候特别喜欢读李白，岁数大了以后就喜欢读杜甫。可是其实岁数大了以后，有时候也还是特别喜欢读李白，也就是虽然岁数大了，但是觉得自己还挺年轻的时候，也挺喜欢李白的。

“兰陵美酒郁金香，玉碗盛来琥珀光。”“郁金香”是一种草，不是我们现在的郁金香的花，这种草的块茎浸在酒里面，会使酒变成一种黄色，所以它的光泽是“琥珀光”。这是写喝酒的环境、喝酒的条件，有点儿奢侈气息。后面两句特别动人，“但使主人能醉客，不知何处是他乡。”这话说得真是让人舒服啊！跟主人在一起喝酒，只要你能把我灌醉了，这里就是我家乡，你的家就是我的家。

我想起一件事情来，朱维铮老师在章培恒先生家喝酒，喝醉了以后，他就说：“你们还在这里干吗？还不走！我要睡觉了！”这叫“但使主人能醉客，不知何处是我家”。

这首诗特别亲切，但你再仔细读的时候，情绪也很奇妙。我们说家乡，其实是在说我们生命的一个可以作为归宿的地方，作为生命的根和生命的归宿的地方。其实生命本身就是一个漂泊的过程，所以酒醉的地方就是故乡；既然酒醉的地方就是故乡，那么我们只要醒过来，我们就没有故乡。这个味道读出来没有？只要你醒着，你就没有故乡，你只有喝醉的时候才有故乡。“但使主人能醉客，不知何处是他乡。”因为李白一生是漂泊的，这种漂泊的感受，他比别人体会得要深得多。生命就是一个无根的漂泊过程，就是漂泊过程中的一时沮丧、一时欢乐和一时温情。拿酒来啊，拿酒来，“玉碗盛来琥珀光”啊。这首诗读起来特浅，但是特美妙。

我再声明一下，七绝是唐诗里面创作数量特别大，好诗也特别多的一类。但不能说七绝就只有这种风格。是因为唐诗里面那些最好的、经典的七绝，它是这个样子，这些诗代表着七绝的最显著的特点、风格。你现在知道了，七绝可真不是七律的一半，它和七律的写法完全不一样。很多人开始写一点儿古诗的时候，大概比较喜欢写七绝，因为它比较流畅，句子又短。你多读了以后，仔细体会一下那种特别好的七绝它应该是什么样子的，可能写的诗会不断长进。

第四节

五言绝句的诗体特点

严羽《沧浪诗话》里讲到，古诗有两种诗体最难写，一种是五绝，一种是七律。严羽说得非常准。古代诗体中最容易写的是五律，因为五律整个的结构非常稳定，它容易把握，你多练练就会了。像七绝这种诗真是练不出来的，它要靠才气的。性格特别活跃的人、有天才气的人，七绝能够写得好。比如像杜牧、李商隐、李白，你都可以看得出来，这种诗人就是性格特别活跃的。但是比较起来，七绝还是比五绝好写。

五绝为什么最难写呢？因为它篇幅特别小，写得浅了的话，它没有意蕴。就像南朝的吴歌、西曲这样的，是民谣式的，不是说民谣式的诗歌就不好，而是说它浅、没有意蕴，读一读就读完了，不耐咀嚼。反过来，要是你写得非常精练、紧凑，但是只有二十个字，就像压缩饼干一样，咬着牙齿咯噔咯噔的，一点儿也不好吃。

好的五绝，常常用浅显的语言，写出美的意境，同时又有丰富的言外之意。我们选一些有代表性的诗来解读。

《寻隐者不遇》：在两个世界的交界处

寻隐者不遇

唐·贾岛

松下问童子，言师采药去。

只在此山中，云深不知处。

我不是说贾岛这首《寻隐者不遇》是最好的五绝，而是通过它最容易理解五绝的特点。字面意思非常浅，说的事情又特别简单。“松下问童子，言师采药去”，一点儿都不精练，很口语化的。在松树下遇到童子，我问童子：你老师在哪里？老师采药呢。“只在此山中，云深不知处”，在哪里呢？不知道，就在山里面，云很深的地方。

但这首诗是非常耐读的，非常耐咀嚼的。为什么呢？是因为这里面有很强的象征。隐者的生活与世俗的生活是隔绝的。它是一个世俗的人对隐者的世界的探问。而这个时候，童子和访者站在边界上，隐者的世界是俗人所无法理解的世界，是另外一个世界。由于它是一种象征性的表达，字面虽浅，意蕴却丰富。

《行宫》：谁说白头宫女

行宫

唐·元稹

寥落[1]古行宫，宫花寂寞红。

白头宫女在，闲坐说玄宗。

《行宫》也是字面很浅、意蕴很深，但是它的表达方式跟《寻隐者不遇》不一样。粗读上去，你会觉得这首诗写得好啰唆啊！20个字里面“寥落”了还要“寂寞”，“行宫”还“宫花”，行宫里面的花那就是宫花了嘛，不能不用这个“宫”字吗？这首诗是写得非常从容的，但是它的内涵很深很深，深在什么地方呢？

这首诗读上去文字都能够读懂，但是它就把整个的一段历史隐藏在“闲坐说玄宗”这样的一个瞬间之中，把你引到历史中去。现在在这个时代生活的人，只要是读过高中的孩子，一说到唐玄宗，都会立刻联想到好几个历史事件，一说到唐玄宗肯定想到杨贵妃，想到杨贵妃被杀，想到唐玄宗为什么要杀杨贵妃，然后想到开元之治、安史之乱，是吧？大唐王朝自安史之乱就衰落了，是吧？这都是“闲坐说玄宗”的内容，何况是唐代人，在一场大的历史震荡过去了以后，谈论起玄宗和玄宗的时代，玄宗的故事，玄宗的爱情……玄宗的爱情其实有很多是民间想象，民间所理解的玄宗的爱情。还有一种传说是杨贵妃后来被安排逃到日本去了。日本一直有这个传说，日本还有杨贵妃的墓。这些也都可能是“说玄宗”的

1 寥落，冷落；冷清。

内容。你想象白头宫女们坐在那里“闲坐说玄宗”的时候，有人就说：“哎哟，我听说这个贵妃娘娘没有死欸，我宫里的人啊，叫张小三的啊，他说……”而这个“闲坐说玄宗”的背后有巨大的历史内容，就是一个伟大的时代、一个伟大的君主和他的崩溃没落，以及由此带来的伤感和华丽的悲哀。

关于玄宗的故事我写过一篇文章，讲鲁迅本来要写关于杨贵妃的一部戏剧或者长篇小说——反正这个说法不一样，各人回忆不一样——最后没有写成功。没写成功的一般解释的原因是，他到西安去看了以后，觉得没有能够引发他的激情，就是中国的现状一切都是灰蒙蒙的，那种很衰落的样子，情绪不好。其实以鲁迅当时的心情，要写这种华丽的浪漫中的悲伤，恐怕很难有那个力量。时代气氛不对。我不是说鲁迅没有文学能力，鲁迅应该有这个文学能力。

不要认为“说玄宗”就是说玄宗了，还有“白头宫女”呢。“白头宫女”是有过青春有过梦想的，她们自己的青春和梦想在哪里？这一切都在这首诗的背后。这首五绝最大的特点就在于，它的内容都不在字面上。五绝的内容如果在字面上，五绝就写不好。五绝的内容都在字面的后面，这样它才能展开。那么怎么让内容在字面的后面呢？就是要充分地运用隐喻和象征。

我前面说过，五绝的篇幅很小，如果你觉得它小，所以把它压缩得浓度高一点儿，这首诗就会气很闷，所有的字面都很紧缩。我甚至觉得杜甫那首很有名的“功盖三分国，名成八阵图。江流石不转，遗恨失吞吴。”（《八阵图》）我都觉得不是一首好的五绝。这首诗的压缩性太大了，五绝还是要比较空灵一点儿才是最好的，就是字面很浅，意蕴很深。比如贾岛的“松下问童子”，这首是小学课本里都有的，因为它的字面意思浅，但是意蕴并不浅，它很空灵的，象征性的内涵很丰富。

《鹿柴》：飘散了声与光

鹿柴[1]

唐·王维

空山不见人，但闻人语响。

返景入深林，复照青苔上。

我们再看王维这首很有名的《鹿柴》。

《鹿柴》读上去就是一首写景的诗歌。“鹿柴”是王维在终南山下的辋川别业——也就是他的一个庄园——里面的景点。从字面去理解的话，这个地方应该是有鹿出没的地方，至少原来是有鹿出没的地方。

“空山不见人，但闻人语响。”这是鹿柴的环境和一种气氛。同时写出了一种动态，就是声音。“返景入深林，复照青苔上”，黄昏的阳光透过树林，照在青苔上。这两句其实是从南朝刘孝绰的诗“返景入池林，馀光映泉石”（《侍宴集贤堂应令》）变化过来的，但是这里它构成了一个自己的非常完整的意境。如果我们不去做很深的分析，也就是说不把它和作者的生平、信仰、思想联系起来读的话，会觉得这首诗有一种很迷人的感觉，就是在虚无缥缈之中的声音和光线，以及它们的一个动态的状态。

前两句的景象我自己是经历过的。很久以前我在杭州，大概七十年代的时候吧，走了一条线路，从灵隐寺翻过三天竺以后，到达九溪十八涧。这条路现在据说变成杭州人锻炼身体的一条路了，

1 鹿柴，地名。唐代王维在辋川山谷的别墅中的一处景点。

所以人很多。我当时去的时候，那条路上是没有人的。所以会出现什么样的景象呢？就是所谓“空山不见人，但闻人语响”，你听到有人在说话，因为山路是弯弯曲曲的，南方又常常雾气比较大，所以你会觉得很奇异的，听到人说话，但是不知道那个人在哪里，这个声音就会变得很虚渺。我们可以想象一下，你听到人说话而看不到人，听到这个声音很虚渺，会不会带来一种幻觉？我们在这个世间的生活其实也很虚渺。我们在这个世界上看到过很多影子，听到过很多声音，它其实没有多少真实感。后面写黄昏的阳光。黄昏的阳光本来就比较暗，再透过树林照在青苔上，它本身就是若有若无的，而且它又是转瞬即逝的，一会儿就消失掉了。一个暗淡的光斑，闪烁着，闪烁着，很快就消失了。这里面有一种很微妙的动感，即使不去做更多的解释。

王维是佛教史上一个非常重要的人物，他们王家跟禅宗的南北宗的大师神秀、慧能都有交往。这个家族是一个在佛教史上非常重要的家族。王维字摩诘，维摩诘就是佛教里面一个最有名的居士的名字，有一部佛经就是《维摩诘经》。考虑到王维的佛教信仰，特别是他跟禅宗的特殊关系的话，可以从这首诗里面体会到一种哲理。佛教所讲的一个基本的概念是“无常”。什么是无常呢？一切现象都是虚幻的，处在一个变化和走向消失的过程中，这就是无常。海枯石烂是一种无常，沧海桑田是一种无常，你指着一块大石头，说这块石头将来会变为粉尘，这也是无常。但是它不是一个感性经验，不能立刻给你带来一种感情上的触动。声音和光线是当下的无常。声音，当它发出以后它马上就消失了。我刚刚说的那句话已经消失了，它就是一个当下的无常。光也是当下的无常。如果我们说声音和光是一种当下的无常的话，在这里他对声音和光又做了一个特殊的选择。这个声音是可以听见但看不到来源的声音，也就更显得虚渺；这个光线是暗淡的、闪烁的、很快就消失掉的光线。简单地说，通过这样的一种描写，世界处于一个“有”和“无”的边界上。你看到的是“有”，但是当你看到“有”的时候，体会到的是“无”。

另一首王籍的诗《入若耶溪》里有两句：“蝉噪林逾静，鸟鸣山更幽。”我在《诗里特别有禅》里举这首诗为例子。一般解说这两句的时候，会这样解说：用动来写静，愈显其静。但是这样说其实还是浅，因为这个“静”不是一种物理性的“静”，它体现的是世界本质的“虚静”。而世界本质的虚静不能用物理的方法来表达，所以当你追寻这个声音、听这个声音的时候，你在这个声音中听到了“静”。也就是说在“有”中体会到作为世界本质的“空无”。

这样的一种哲理性的意味在《鹿柴》这首诗里面，表现得更为细致和精妙。这样的五绝是非常杰出的作品。我要强调一点，不是说一定要把禅宗的哲学的东西加进去，它才是美妙的。这首诗本身的意境就是很美妙。你沉浸在这个意境里的时候，你的感受就很美妙了。你可能会说不出来，甚至有的人会说：“骆老师，给你这么一说，我觉得这首诗反而不好。我本来不懂禅宗的东西的时候，可能体会得更好。”如果你这样说，那么你对了！因为这种解说是不得已的，试图把它的意蕴、把它后面的哲理揭示出来是不好的，其实你不揭示出来更好，你就去体会它就好。

这里面还关联到王维的我很喜欢的一个特点，就是所谓“无常是美”。王维的诗歌很多是描写的世界的无常，但是王维是一个贪恋人生的人，他所描绘的无常是非常美的，而“无常是美”这样的一种意识，渗透在中国文学中，最后可以归结到像《红楼梦》那样。《红楼梦》内含着无常，但是它描绘的是人生的美，生命虽然是无常的，但是无常是美。这是不是中国人对生命的一种非常有哲理，又非常艺术的一种理解？因为当我们说世界的意义、历史的意义或者生命的意义的时候，我们会发现这里面有一个难点。因为任何一种定义，都可能被世界的变化所推翻。不能够被推翻的是什么？不能够被推翻的是美。没有什么东西能够推翻美，所以在无常中，美不会消失。

我们读《红楼梦》开始的那一段话，曹雪芹说自己“风尘碌碌，一事无成”“背父母教育之恩，负师友规训之德”，觉得这一生好像就没什么意义，没什么价值。但不能因为自己没有价值，就说世界没有价值。为什么不能说世界没有价值？因为那些女儿曾经存在过，她们曾经用她们美丽的光照耀了我的生命。所以不能因为我没有价值，就说她们没有价值。如果说人生是没有意义的，那么美是确实存在过的，美不依赖于意义而存在，美自身就存在，因为美的存在，所以生命是有意味的，是值得的。即使那些美已经消逝了，人还可以依赖对美的回忆，而使生命变得不那么枯索和可厌。人活在世界上，经常会觉得我们的生活的过程是一种无聊的窝囊。但如果它曾经是美的，那么它就不再是无聊的窝囊。

我从王维的诗一直说到《红楼梦》，其实这是中国文学里面的一个比较重要的底蕴，希望大家能够这样去体会。

《逢雪宿芙蓉山主人》：风雪与灯火

逢雪宿芙蓉山主人

唐·刘长卿

日暮苍山远，天寒白屋贫。

柴门闻犬吠，风雪夜归人。

刘长卿这首《逢雪宿芙蓉山主人》也非常好。诗有一种记事的功能，也就是说，记录自己的生活经历，但如果说诗仅仅发挥了记事的功能，那么并没有体现诗的真正的价值。因为你写一篇日记记事，可以记得更清楚；写一篇短文，也可以记事。所以记事的功能并不是诗的价值的体现，记事的功能可以是诗的产生的缘由、触动。比如，某一个事件是一首诗的触动、一个动机。这里说的“动机”这个词，跟我们平时说的意义稍微有点儿不一样，它就是一个触发的力量。其实从中国诗歌史来说，经过了很长时间，诗人们才清晰地意识到这一点。前面我讲到南朝诗歌、晋宋诗歌到齐梁诗歌的变化的时候，就讲这个话题，诗的叙事性的功能在降低，艺术构造的因素在增加。我们来读这首诗。

“日暮苍山远，天寒白屋贫。”这是一个从远处去观望的景象。在山区待过的同学可能就会知道，黄昏的时候有那种雾气，使山的色彩变得更深沉，同时又虚淡，就好像被推远的一种感觉。视野就觉得更开阔、辽远。在“日暮苍山远”之下有什么呢？有一个“白屋”。“白屋”在这里是指很简陋的居处。在这个冬天，在“日暮苍山远”这样的环境之中，有一个简陋的白屋。“贫”是说它的简朴。

此时此境中发生了一个事件："柴门闻犬吠，风雪夜归人。""柴门闻犬吠"就是"闻柴门之犬吠"了。这个"白屋"就是很简朴的房子，它有一个院子，院子也是很简陋的院子，门也是很简陋的门。在农村待过的人可能知道，院子的门就是几根树枝扎起来的。听到柴门边上的狗叫起来，为什么叫起来？在这一个风雪之夜有人回来。这个图景会给我们一种很深的感受。

这首诗的这个题目是有记事的功能的。"逢雪宿芙蓉山主人"，就是说，在一个下雪天，我投宿在芙蓉山上，那么这个"风雪夜归人"是谁？是投宿的刘长卿吗？还是刘长卿已经投宿在这个庄子里面，听到有风雪夜归人？交代得不是很清楚，甚至我们把刘长卿的成分剔除掉都可以。把它看成用一个第三者的眼光去看的生活的图景。那么你会感受到什么？在苍茫的天地之下，在风雪的夜里，人们孤独地走在这个世界上。当你走在这个孤独的世界上的时候，有一个地方可以停歇吗？将来我们在世上会走很久很久，走很远很远，会遇到很多很多艰难。当然我希望你们一帆风顺，但是这个真的没多大可能性。你会遇到很多艰难，当你在穷困潦倒的时候，当你在四顾无亲的时候，当你落魄甚至绝望的时候，有一个朋友在等你吗？有一个小屋子在等你吗？有一盏灯在等你吗？这首诗后面的象征的东西，是生命在孤独和艰难之中获得的那个小小的温暖。它仅仅是一个茅屋，一个白屋。

我想强调的一点是五绝为什么难写，难在它的篇幅非常短小，字数非常有限，很难处理。如果写浅了，就显得很浅薄；如果写重了，会显得很干枯，带来一种压迫感，不舒展。因此，五绝更多的是要表达语言之外的东西，所谓在语言之外的，也就是有更多的象征和隐喻。

当然有人会提出来，难道说五绝都是这样吗？确实不都是这样。比如说，“床前明月光，疑是地上霜。举头望明月，低头思故乡。”（李白《静夜思》）这也是很有名的五绝。它实际上是南朝《吴歌》《西曲》的遗风，是一种小调。这首诗也是比较浅的，但是这种月下思乡的主题，非常容易打动人，容易和所有的人产生共鸣。所以它虽然浅，但是很亲切。我们也可以说它是一首很好的五绝，但是不能说它的艺术性非常高。

还有一首很有名的，“春眠不觉晓，处处闻啼鸟。夜来风雨声，花落知多少。”（孟浩然《春晓》）但是《春晓》这首诗其实并不是很简单，它描写的心理活动是很丰富的。要仔细地去解释，才能知道。“春眠不觉晓”，春天使人贪睡。能够“春眠不觉晓”，也是一种很放松的状态。“处处闻啼鸟”是写实，但是写实里包含着一种喜悦的心情。为什么喜悦？跟“夜来风雨声”有关系。晚上一夜的风雨声，早上朦胧之中醒来的时候，突然听见鸟叫，知道天晴了，有一种愉悦。而愉悦之中呢，又忽然想起昨夜的风雨，“花落知多少”，不知道花被打落了多少。这首诗非常准确地抓住了从睡梦中醒来，处在朦胧状态中的一种心理活动，其实它的意蕴并不简单。

我前面讲过，惜春、悲秋，都是中国文学中几乎持续存在的主题。比如“无可奈何花落去，似曾相识燕归来”（晏殊《浣溪沙·一曲新词酒一杯》），有很多这样的名句，体现出中国人的一种生命观，自然是一个无限循环，生命是一个有限循环。有限循环在无限循环中，渐渐地消磨掉。因此，吟唱风雨和落花还有属于大的文化传统的背景。

大家有兴趣的话，可以试试写一首五绝，去体会这种古诗的意境和古诗的语言的特点，就是很浅的语言、很美的意境和非常丰富的言外的领域和内涵。

第五节

五言律诗的诗体特点

五律可以说是古代诗歌中最具经典性的一种诗体。所谓经典，是指中国的古诗在发展的过程里面，从古体向近体转化的过程中，主要的路径就是从五古到五律。也就是说，五律是一个标准的，或者说经典的，或者说核心的诗体。所以古人教小孩开始写古诗，最初都是从五律着手。因为五律包含着近体诗的一切最基本的要素，同时五律相对来说也是比较容易把握的。

五律的特点简单来说，是记述一个完整的事件过程，可以是生活事件，也可以是心理（精神活动）事件。前面讲七绝的时候我说过，七绝不是写一个完整的事件过程，七绝是写一个片段。五律是一个完整的事件过程，所以它有很明显的起承转合，就是事情的缘起、经过、变化、结束。

同时在五律中，通常中间的两联是对仗的，一方面通过这种对仗来体现一种语言之美，一方面通过这种对仗来构成诗歌的意境。五律中的对仗非常重要，它有独立的鉴赏价值，它是诗中的诗。一首诗有时候整体是不太好的，但如果这首诗里面有一个对仗句写得特别精美的话，人们会因为这两句诗而记住你的全首诗。比如王维的那首《使至塞上》，施蛰存先生的《唐诗百话》里面讲到这首诗，对这整首诗的评价不高，就说“单车欲问边，属国过居延”这两句所交代的“使至塞上”的过程非常拖沓，其实并没有说多少东西。“征蓬出汉塞，归雁入胡天”是一种非常典型的“合掌对”，上联和下联是对得很死的。但是你永远也不能忘记这首诗，是因为“大漠孤烟直，长河落日圆”，这是唐诗里面的最好的对句之一。我觉得可以能跟它相比的对句真的很少很少，“星垂平野阔，月涌大江流”，还有什么？这个对句实在是太漂亮了，所以你就不得不说这首诗是好的，因此你也不得不记住这首诗。

我们来读两首比较经典的五律，先来读常建的《题破山寺后禅院》。这首诗在唐代就很有名。

《题破山寺后禅院》：走向深处

题破山寺后禅院

唐·常建

清晨入古寺，初日照高林。
曲径通幽处，禅房花木深。
山光悦鸟性，潭影空人心。
万籁[1]此都寂，但余钟磬音。

---

1 万籁，各种声响。

我在讲一首诗的时候，会讲两个东西，一层意思是普遍意义，就是说通过这首诗来讲五律的一般特点；另外一层意思是讲这首诗本身的特点，就是这首诗精美的地方在哪里。这两层意思我不可能分开来讲，只能合在一起讲，但是你要知道我在讲两个东西。一个是讲五律这个诗体的一般性特点，另外一方面又讲这首诗本身精妙的地方。

“清晨入古寺，初日照高林。”五律的特点就是，一开始是事件的缘起。就像小学生写作文的时候，一开始要写时间、地点：“6月6日，复旦小学召开了小学生运动会，早晨阳光灿烂……”就是这样的一个写法。写一种情绪比较安静的诗的时候，起得比较平，对整首诗的调子是有作用的，所谓娓娓道来。

这里面有一个对照，“古寺”和“初日”，这种时间性的对比。松尾芭蕉的那一首俳句大家读过吧？日语我背不出来了，把它翻译成中文的话，就是“蛙跃古池传水音”。青蛙跳到一个古池里面，传出水音。俳句其实就相当于中国的五律的一联，甚至比一联的词量还要小，因为它是十七个音节。日语有时候一个单词有好几个音节，而一首俳句就是十七个音节。松尾芭蕉是日本最有名的俳句诗人，相当于杜甫，“蛙跃古池传水音”，这是松尾芭蕉最有名的一首俳句。它描写的是一个很简单的景象：春天，一只青蛙跳到水池里，传出水的声音。它要表达的是什么？就是时间性的一个对照：永恒和当下。“古池”代表着很长的时间，而“蛙跃古池”是一个瞬间，永恒在瞬间中体现出来，而瞬间融入永恒之中。如果我们要追究这首《题破山寺后禅院》开头隐含的意义的话，也许可以追究到这个地方。但是这样的追究符合不符合常建的本意呢？又不太知道了。是常建故意要这样写的呢，还是他无意就写成了这个样子？因为他那个破山寺本身就是一座古寺。

“曲径通幽处，禅房花木深。山光悦鸟性，潭影空人心。”中间的两联非常有名。我从五律的一般的结构的特点来说，事件的缘起之后就是事件的经过，那就是“曲径通幽处，禅房花木深”。我去过破山寺，现在的破山寺跟常建看到的是完全不一样的，原来它是在城外很远的地方，但随着城市不断地扩展，常熟城已经扩展到破山寺边上了，所以破山寺现在已经在城市边上了，外面是一条非常繁忙的公路。你可以想象，常建去的时候，他要从城里走很远的路才能到达山边上，到了山边上以后，又要经过一条很长的小路才能到寺庙里面去，这本身就是一个心里越来越安静的过程。你注意他描写寺庙的时候，不描写寺庙的主建筑群，山门啊、前殿啊、正殿啊什么的，包括两边的建筑啊，他完全都没有写。他写什么呢？他写“禅房”。禅房就是寺庙边上僧人日常生活的地方。“曲径通幽处”，这个句子本身就很微妙，通过一条弯曲的小路，进入僧人生活的地方。“禅房花木深”，僧人居住的地方被花木所笼罩。

大家注意这里有两个过程，一个是游历的过程，展示物理空间的过程。“清晨入古寺，初日照高林”，这是寺庙外的景象，“曲径通幽处，禅房花木深”，这是进了寺庙里面，从大路进小路，越来越幽深。同时这也是一个心理过程，就是人越来越走近自己的内心。环境越来越安静，内心也越来越安静。它是一个双重过程，这个写得很美。你可以想象他当时的心情。

因为走到了自然的深处，也走到了自己内心的深处，因此世界展现出自己原本不曾注意到的景象。“山光悦鸟性”，阳光照在山上，山色非常明朗、美好，使鸟非常快乐。鸟的快乐从什么地方知道的呢？是从鸟的叫声里面知道的。鸟为什么会快乐呢？因为鸟和自然是一体的。那么人怎么知道鸟是快乐的呢？因为人跟自然也是一体的。这就是《庄子》里面很有名的对话，“子非鱼，安知鱼之乐？”当我们沉浸在自然之中因而很快乐的时候，我们知道鱼是快乐的，因为鱼告诉我们它的快乐。

我在讲《世说新语》的时候引用过法国人兰波的一首小诗，“走在清晨的小径上，一朵白花告诉我它的名字”。其实这也是中国古诗里面经常写到的一种意境，当你融入自然的时候，你跟自然是亲密无间的，这就是《世说新语》里面简文帝所说的“鸟兽禽鱼自来亲人”。也就是说，你从一个烦躁的、浮嚣的、虚假的世界中摆脱出来，进入自然的时候，会感受到世界的本质，与此同时感受到生命的本质。

“潭影空人心”，禅宗里面经常用“水潭”来描写禅者的心情。这里面有一个什么关联呢？禅宗有一个概念叫“寂照”，水能够映照世界。但水必须澄清平静，才能映照出世界的本相。如果水是缭乱和混浊的话，它所映照出来的外界的现象也是混乱和污浊的，是不真实的。

这其实就是《金刚经》里说的“心生则种种法生”和所谓“幡动”的问题。慧能在广州法性寺听印宗法师讲《涅槃经》，当时有风吹着幡动，一个和尚就说：“看，幡动了。”另一个和尚说：“错了错了，这不是幡动，这是风动。”然后慧能就指正他们说：“不是幡动，也不是风动，是你们两位心动了。”这个例子向来被当作唯心主义哲学的例子来使用。你听上去好像很荒诞，一个幡在那边动，跟你心动有什么关系呢？但是他讲的是佛教的哲理，一个什么样的哲理呢？因为，所谓世界是每一个人所看到的世界。当然可以说有一个跟我们的知觉无关的世界，但是一个跟我们的知觉无关的、纯粹的客观世界，它是一个推理性的东西；而一个被具体认知的世界，只存在于每个人的具体认知或感受之中，而每个人感受世界的方法是不一样的。简单地说，一个充满仇恨的人，看到的世界都是充满仇恨的。一个胸怀坦荡宽阔的人，看到的世界是明朗和平和的。只要有仇恨就会有仇人，这就是“心生则种种法生”。你难道不觉得它也有它的道理吗？没有必要什么都用唯物主义去评价。这样你就明白所谓“寂照”是什么意思了。一颗平静的空寂的心，能够真实地映照这个世界的本相。“山光悦鸟性，潭影空人心”，“潭影”为什么会“空人心”呢？就是说面对这个平静的、沉寂的水潭的时候，心也安静下来。心就像这个水潭一样，它是澄澈的，而这个空寂的澄澈的心，它能够映照出世界的本来面目。

我从两个层面来讲，一个层面是从五律的诗的结构来讲，从缘起到过程，就是“曲径通幽处，禅房花木深”，进入自然的深处，然后看到什么样的景象。这是描写一种自然的景象，但是在描写自然景象里面，包含着一个很深刻的佛教哲理。所以进入自然的过程，也就是进入自己内心的过程。它是两个过程合在一起写的，走向自然的深处，走向安静的气氛之中的时候，人心也安静下来。人心安静下来以后，人就能够深刻地体会到世界的本质和生命的本质，而这个世界的本质和生命的本质是一体的。在任何宗教里面，最高存在和个体生命都是相隔很遥远的，就是说个体生命是仰望和追逐最高存在的。而在佛教里面，所谓最高存在和个体生命是一体的，就是说世界的所谓“真如法性”和人的“心性”是同一物。因此，当你体会到“心性”的本来面目的时候，或者说“心性”的本来面目，“本初自性”不再被遮蔽，被呈现出来的时候，此时你所认识到的，就是世界的本质和自我的本质的一体。这是佛教的一个特点：一体性。

“万籁此俱寂，惟闻钟磬音。”我们这样理解的时候，就知道这首诗描写“禅房”，不仅仅是描写这样一个环境，也是描写个人的一种精神历程。在这个时候，“万籁此俱寂，惟闻钟磬音”，这是非常美妙的。五律的一个特点，就是当它结束的时候，要有一个向外延展。它不能在诗意上就停止下来，否则就觉得没有余味，没有一种向诗外延展的联想。而在这首诗里面，此时是万籁俱寂，所谓万籁俱寂并不是说就没有声音了，而是说别的声音都已经不再引起自己的注意了。世界笼罩在寺庙的钟磬声中，钟磬声是非常悠扬的，在空旷的山谷中会传得很远，会把人的感觉引到很远很远的地方去。从诗意来说，它是一种延展；从心理来说，它是一个展开。全诗在这个地方结束掉。注意一下，好的五律几乎在最后结束的时候，都是有一个延展的。这是在梁陈的诗歌中就已经出现的一种写作技巧。

五律最难的是中间的对句，因为中间对句的修辞要非常精妙、工整，同时要能够呈现意境。但是它不仅仅要体现修辞的美和意境，还要体现为一个事件的过程。所谓“起承转合”，中间的两联是承接和转折的过程。这几个要素都能够达到的话，这首诗就会很完美。

常建的这首诗属于盛唐诗，到现在来看，仍然可以认为这是唐代五律中最杰出的作品之一。

《过故人庄》：老朋友的废话

过故人庄

唐·孟浩然

故人具鸡黍，邀我至田家。

绿树村边合，青山郭外斜。

开轩面场圃[1]，把酒话桑麻[2]。
待到重阳日，还来就菊花。

《过故人庄》这首诗的特点跟常建的《题破山寺后禅院》不一样，常建的那首诗在描写自然中蕴含着很深的哲理性的东西。孟浩然的这首诗非常轻松，只是在体现老朋友之间的温情。

“故人具鸡黍，邀我至田家”，很安静很平稳的开头，交代事情的缘起。但是就在这看似寻常平淡的叙述之中，渗透着一种温馨的气氛。老朋友相邀，准备了一些家常的饭菜。请尊贵的客人、办重要的事情，才会格外用心、特别讲究。老朋友不用这样的，家常饭菜才显得亲切。

“绿树村边合，青山郭外斜。”这首诗的语言虽然很精致，非常工整，但是你又看不出它工整，不是那种出语惊人的类型。这一联对仗是对得很美的。所谓“绿树村边合”，就是说树木把整个村子给围起来了。“青山郭外斜”，这里有线条的运动方向的变化。“合”是一个向内用力的动作，虽然它描写的是自然景象，但是这里面好像是有一个力量的感觉。而“斜”是打破平衡的力量，构成了线条的对照。它不仅仅是交代了这个农庄的所在地点，描绘了这样的一种自然景象：村边的绿树和村外的青山，还有青山一边的城郭。里面还有一个对照。

在中国古代的文学传统里面，至少是从魏晋以后的文学传统里面，有这样的一种观念，就是说，人所处的世界是两个不同的世界。一个是世俗的世界，这个世俗的世界里面，有成败得失，有

1 开轩，开窗。场圃，农家种菜蔬和收打作物的地方。
2 桑麻，泛指农作物或农事。

荣辱毁誉，人自然就有种种紧张和焦虑。但是生命还有另外一种形态，人在自然之中的存在，个体生命面对着宇宙的存在，而当人生活在这样的一种环境中的时候，更能够体会到世界的本质，而这种生活方式也更符合生命的本质。因此，在魏晋以后的文学里面，有一种这样的观念，个体生命在自然中的生活，相对于世俗的生活而言，是一种更高尚的更有德性的生活，因为它是更具有超越意义的生活。超越什么呢？超越那种虚幻的荣誉、虚幻的利益，超越那些变动不居的不真实的价值标准。《世说新语》里面有一条讲孙绰在庾亮那里，庾亮是当时的一个主政的大臣，在座的还有一个人叫卫永，孙绰就很不屑地说："此子神情都不关山水，而能作文？"就是说这个人的神情没有山水之气，怎么能够写文章呢？为什么神情要"关乎山水"才能写文章，神情"不关山水"就不能写文章？因为神情"关乎山水"意味着生命具有一种超越性，而具有超越性的人写出来的文章才能是美的。"神情不关山水"，也就是说这是一个俗人。一个俗人用尽心思去写，写出来的东西也还是俗的，这就是"神情不关山水"就不能作文的道理所在。

回到这首诗来，"青山"和"郭"（城郭）是一个对照。作者在这里是有深意的吗？我们无法确定。他赞美田园生活的淳朴美好是明确的，"郭"也起到了陪衬作用。但没有很用力，没有强调。

我前面说五律中间的两联，从叙述的作用来说，它要体现事件的过程。而一般这两句都是对仗句，它体现了汉语的特点以及由这种特点带来的修辞性的美。同时呢，它通常会借助写景来构造意境，而更深的就是在构造意境的同时，还包含着某种哲理性的东西，含而不露的哲理性的东西。至于在本诗中，它还有一个特点，就是写得很轻松，好像不用花力气。

进了村子以后，"开轩面场圃，把酒话桑麻"。打开窗子，面对着院子。这是很普遍的、很典型的农村生活景象。其实没什么话好说，桑树长得怎么样？麻长得怎么样？随意地找一些话题。老朋友跟非老朋友的区别在什么地方，老朋友是不需要话题的。如果你跟一个人在一起，有几分钟没话可说，大家坐得也很安逸，就证明你们是老朋友。相反，这种情况下，你的脑子在拼命要找一个话来说，那表明他不是你的老朋友。就那么简单。老朋友不是用来说要紧事情的，老朋友是用来说废话的，说废话才叫老朋友。说废话最多是回家跟妈说的话。我妈去世好多年了，我妈还活着的时候，我回去，跟老太太在一起能说很久，说个把小时，尽是废话。回头想了半天，究竟说了什么，一句也不记得，全是废话。因为她是妈，所以说废话。你跟妈不说废话，跟谁说废话？其实就是这个道理，明白吗？这首诗温馨也就在这种地方，吃的喝的很简单，庄院也很朴素，说的话也就是一些家常。但是它越是写得淡，背后的感情的东西越是浓。所以，“待到重阳日，还来就菊花”，说了那么多废话还不够，过了不久就是秋天了，就是重阳了，菊花开了还过来。

从这个结尾，能看出我前面说的五律的一种特点，在结尾的时候要有延展性，延展性可以增加诗歌的层次。当然，每一首诗，它结尾延展的方向要跟这首诗本身的个性特点结合起来，不是说想到要延展了，就随便往外面说一点儿。它要跟整个诗歌情绪的变化和节奏融合得好。

五律我们讲了《题破山寺后禅院》和《过故人庄》，这两首诗都是比较经典的。所谓比较经典，意思是说最能够体现五律的一般特点，同时这两首诗也有各自特殊的艺术特点。五律的一个结构方式，是一个完整的过程，有起承转合的经过。中间的两联，它体现修辞之美、构造意境，并且体现事件的变化经过。如果再进一步的话，有一种隐含的意味，就像“曲径通幽处，禅房花木深。山光悦鸟性，潭影空人心”，以及“绿树村边合，青山郭外斜。开轩面场圃，把酒话桑麻”。看整首诗的话，你会发现由于这一首诗只有八句、四十个字，它的篇幅是受限制的，因此不能把这个过程的所有内容一一道来，它是选择性的。因此无论是五律也好，七律也好，其实是一层一层的，中间是有跳跃空间的。包括《过故人庄》这首读上去很自然的诗，其实也是有跳跃空间的，每一联诗之间是一种跳跃性的承接。

如果我们要去写一首这样的五律的话，就必须考虑到五律要写一个事件，那么这个事件中哪一些内容是最值得写的？怎么样构成它的不同的层面？不同的层面组合起来的关系是什么？它的转折的过程应该是什么？它的对仗所体现的意境是什么？同时这个对仗又不能够是一个静止的对仗，要体现一个过程。把这些要素全考虑进去，再加上格律大致合格，一首五律就写成了。

第六节

七言律诗的诗体特点

前面说到严羽的《沧浪诗话》里面讲到古诗有两种诗体最难写：一种是五绝，一种是七律。五绝难写的原因我们已经说清楚了。七律为什么难写呢？拿七律跟五律相对比你就知道了。相对来说，五律句式结构的变化是有限的。到了七律，虽然只增加了两个字，但是句式的变化就丰富得多。因为五律的句式变化有限，整首诗的篇幅也比较小，就算变化不多，你也不会觉得它很死板。但如果七律变化不多的话，就会显得很死板。所以七律的难就在于，七律需要有很大的力量去把握，你很容易把握不住的。

另外一方面，这跟汉语的特点也有关系。汉语本身并不是语法非常严密的语言。学日文的话，你会知道，一本日文的小说就算有100万字，也可以一个标点符号都不用。用标点符号，只不过是让你读起来稍微轻快一点儿而已，它不会产生歧义。因为整个句子结构的每一个成分，它的性质是非常清楚的。它直接在助词和动词的变化中清楚地体现出来。汉语不是这样的，汉语的语法不是非常严密，所以容易产生歧义。简单举个例子，《论语》里面很有名的那句“民可使由之不可使知之”，就有两种读法，一种读法是“民可使由之，不可使知之”，你可以让老百姓跟随你，但是不可以让他知道；还有一种读法意思就完全相反，“民可，使由之”，“可”解释为“赞成”，老百姓赞成，就让他跟着我们去做；“不可，使知之”，老百姓不赞成，就要告诉他其中的道理。这太民主了。我觉得还有一种解释，把“可”解释为“能够”，就是说你能够让老百姓跟着你去做，但是你不可能让他们弄明白。

回到诗歌里面，和散文相比，诗歌的句子中这种语法松散的特点更突出一点儿。写诗句的时候，诗人有时候会有意地摆脱表示词和词之间关系的助词，甚至纯粹用一连串的名词，或者并列的短句组合起来。“月落乌啼霜满天”，其实是三个短句组合起来的：“月落”“乌啼”“霜满天”。那么这会造成什么样的结果呢？律诗的句子到了七言的时候，又要精练，又要新颖，很容易控制不住，不能够精确地表达你想要表达的东西。当一个句子都不能够精确地表达你想要表达的东西的时候，它就跟平板的句子一样，都是没有生气，没有灵性的。

《登高》：从元气弥漫到气竭

登高

唐·杜甫

风急天高猿啸哀，渚[1]清沙白鸟飞回。

1 渚，水中小块陆地。

无边落木萧萧下，不尽长江滚滚来。

万里悲秋常作客，百年多病独登台。

艰难苦恨繁霜鬓，潦倒新停浊酒[1]杯。

杜甫《登高》是唐代七律里面很有名的一首。按照严羽的说法，“唐人七律第一”是崔颢的《黄鹤楼》，“昔人已乘黄鹤去，此地空余黄鹤楼”，这也是一说吧。因为好的唐诗其实很多，你要说七绝最好的是哪一首，七律最好的是哪一首，是很难的，如果说最好的是其中哪几首，大概还可以。

杜甫的这首诗就是最好的七律之一吧。这首《登高》有一个很大的特点，就是它的八句是四个对偶句，只是首、尾两联对得不是最严格，这很有挑战性。我们知道律诗一般的形式是开始用两个散句，中间有两组对句，然后结尾再用两个散句，这样对句和散句相结合。因为对句比较难写，而且对句写多了以后容易产生句式上的重复。所以像这样一首全部是用对句来写的律诗，大概只有杜甫愿意写。杜甫的五律常常用三个对句来写，四个对句也有，因为杜甫在锤炼语言的能力上，一方面是特别用功，一方面是特别自信。

我们通常说：“写律诗是戴着镣铐跳舞。”你可能会问：“自由地跳舞挺好的，为什么戴着镣铐跳舞？”其实这也是一个比喻，就像体操运动一样，你在地上蹦蹦跳跳也挺好的，为什么一定要弄个单杠、双杠在上面？因为增加了难度以后，它就增加了挑战性。增加了挑战性以后，能体现出人对身体的把握、对运动节奏的把握。我不知道是不是把这个意思说清楚了。增加难度并不是因为无聊，因为增加了难度，人的创造力才能够充分地体现出来。明白了这

1 浊酒，用糯米、黄米等酿制的酒，较混浊。

一点，再讲律诗你就很容易明白了。格律增加了写作的难度，而写作难度的增加并不是自找麻烦，而是因为增加了难度以后，把握语言的那种力量才能充分体现出来。如果说一般的律诗是戴着镣铐跳舞，那么我们的杜甫同学认为一般的镣铐还不足以显示他的能力，所以他要戴双重的镣铐跳给你看，其实就是这个道理。体现的是什么？体现的是杜甫把握语言的那种超凡的能力。很久以前，我在路上遇到葛兆光。葛兆光问："你觉得杜甫最重要的贡献是什么？"我说："最重要的还是他对语言的创造吧。"他说："对对对，我赞成。"我后来知道他那个时候正在写那本《汉字的魔方》。我这样说下来，大家是不是能明白了，杜甫为什么特别喜欢写格律诗？他不是不能写李白擅长的那种自由的乐府体，但他最喜欢写的就是格律诗，而且他写的格律比别人一般更难一点儿。

"风急天高猿啸哀，渚清沙白鸟飞回。"这是一个非常广阔的、动荡不宁的世界。这种动荡不宁是写景，同时也是内心情绪的一种呈现。杜甫这个时候内心是动荡不宁的。《登高》是在夔州写的。夔州就是现在的奉节。杜甫当时离开成都以后，不知道为什么，在夔州这个地方停留了好几年。然后再离开夔州，沿着三峡出去，到了湖北那里。这个对句有一个特点，它非常密集。每一句里都有三个意象，而且每一个意象都有一个形容词：风是急的，天是高的，猿啸是哀的。下句也是：渚清、沙白、鸟飞回。整首诗里的意象很密集，用这种密集的意象组成一个非常动荡的、广阔的图景。大家要注意诗歌中的语言变化和协调性。我老喜欢讲那首"两个黄鹂鸣翠柳，一行白鹭上青天"，非常通俗，非常轻快，如果再这么写下去就要变成打油诗了，所以下面是非常精练的、典雅的"窗含西岭千秋雪，门泊东吴万里船"，这个调子中间是变化的。诗需要这样的一种调节。就像齐白石的画，画那个芭蕉叶子，唰唰唰一大片一大片的，边上画一只蝉或者一只蜻蜓，画得精致得不得了，翅膀的透明感都给你画出来，虫足上的毛都给你画出来，这样才构成一种对照感。

我们再来读下一句："无边落木萧萧下，不尽长江滚滚来。"这两句本身就非常动人，写的景象极其浩大广阔。古人说是"元气弥漫"，反正就是说非常有气概。这两句的核心其实就是"落木下""长江来"。"无边"是可以拿掉的，"萧萧"也是可以拿掉的，"不尽"和"滚滚"也都是形容词。也就是说，这两个句子它非常舒展。因为前面的两个句子非常紧凑，所以这里不能再来两句紧凑的诗，它一定要和上联有变化。七律一个非常重要的原则，就是它的句式要有变化。而句式的变化，体现的是诗人对语言的那种非常强大的控制力量。所以你看前一联的写法和后一联的写法完全不一样。然后转换到自己的抒情。当然前面也是抒情的，但是前面的抒情不是直接的抒情，是通过构造意境来抒情的。

在构造意境以后，转入一种直接的抒发："万里悲秋常作客，百年多病独登台。"杜甫写这首诗的时候心情很坏。但是心情很坏的时候，他要写很大的、很开阔的场面。我们前面没有读杜甫的五律，现在回过去读那首《旅夜书怀》："细草微风岸，危樯独夜舟。星垂平野阔，月涌大江流。名岂文章著，官应老病休。飘飘何所似，天地一沙鸥。"中间这两句"星垂平野阔，月涌大江流"是唐诗里最好的对句之一。为什么要写得这么开阔，知道吗？因为心情非常郁闷，非常痛苦。"名岂文章著，官应老病休"，杜甫自己最得意的就是"文章"，也就是诗了，但是他不能够相信自己的诗歌创作会给自己带来一种被公认的成就。他当然没有想到，很多年以后我们还会在课堂上讲他的诗。如果他知道的话，他就没有那么痛苦了。他有一个很可笑的官职：检校工部员外郎。在杜甫那时，

“检校”是名誉性职务，也有候补的意思，工部是六部之一，“员外郎”差不多相当于我们现在说的副司长。也就是一个候补的、名义上的副司级官员，就是这样的一个很可笑的职务。但是这个官职对杜甫来说很重要，为什么呢？因为这样一个官职把他和唐王朝联系在一起，把他的生命和他的政治理想联系在一起。他不是说“致君尧舜上，再使风俗淳”（《奉赠韦左丞丈二十二韵》）吗？他的官职很小，但是联系到他的伟大的理想。根据陈尚君的研究，《旅夜书怀》是写在《登高》之后的，杜甫已经从夔州出了三峡了。这个时候，他觉得一切都将不复存在了，付出一生心血的文学创造和一生苦苦追求的政治理想、政治成就，所有的一切都从他的指缝里滑走了。你已经是一个垂老之人了，生命的一切都从你的指缝里滑走了。像什么呢？“飘飘何所似，天地一沙鸥。”这是我特别喜欢的杜甫的一句诗。你能够非常生动地体会到其中的感情，这种景物描写中所蕴含的那种情绪的波动。“细草微风岸，危樯独夜舟。”孤零零的一条船停泊在长江边，在这个夜晚，向远处看去，他要写一个广阔的世界。我为什么说“星垂平野阔，月涌大江流”这一联特别精彩呢？如果没有一个广阔的世界，杜甫是不能抒发自己的忧愁的。如果没有一个广阔的世界来抒发自己的忧愁，就会显得非常闭塞、郁闷、渺小、猥琐。爬到万丈高峰上去对着天地大哭一场，和躲在厕所间旁边抹眼泪，是完全不一样的。其实也不见得在厕所间边上抹眼泪就很鄙琐，但是这个文学形象是鄙琐的。杜甫非常担心自己的文学形象是鄙琐的，所以没有广阔的天地，他决不悲哀。那么晚上怎么能够描写出广阔的天地呢？杜甫告诉你，“星垂平野阔”，星星垂到很低的地方，你可以感受到眼前是一马平川、无边无际的。“月涌大江流”，月光照在江水上，江水涌动的时候，月光随着江水的涌动而涌动，显示出大江的奔流。然后他就可以转过来，“名岂文章著，官应老病休。飘飘何所似，天地一沙鸥。”可见老人这个时候的那种孤独，那种悲凉，还有那种自傲。杜甫始终是骄傲的，他不能不骄傲。

我们再回到《登高》，就知道，面对“无边落木萧萧下，不尽长江滚滚来”这样广阔的世界，杜甫的感慨来了。

“万里悲秋常作客，百年多病独登台。”这两联也是非常有名的，就是写自己一生的坎坷。清代有些诗话里面，有人说这首诗讲“愁”，讲了多少层多少层。那个分析也有点儿过分了。我简单地把那个意思说一下，就是说作客、万里作客、常作客、悲秋作客，这样层层叠叠来推进愁绪的程度。“登台”，古人说“登高临远”是一种哀伤的感觉。为什么中国诗人认为登高临远会产生一种哀伤感觉？我不知道大家有没有体会过。登高临远之所以会产生这种哀愁的感觉，我想主要就是因为天地辽阔。天地一辽阔，就尤其显得个人生命渺小。人喜欢那种广阔的宏大的世界，但是人面对广阔的宏大的世界的时候，会感觉到这个世界对自己的一种压迫。假定你是一个很有诗意的人，也很有哲学思想的人，但是你仍然生活在人间，也要为人间的各种烦琐的得失而忧伤、而纠结。如果携同友人而来的话，还有一点儿消遣或者排遣的可能性。这里是“独登台”，不仅仅是“独登台”，还是病中登台；不仅是病，还是“多病”；不仅是“多病”，还是“百年多病”，这一辈子一直都在生病。这个对句转到诗人自己身上来，是用非常浓缩的方法表达自己一生的坎坷、潦倒，以及这种无从言说的怀才不遇。

我们知道杜甫有两个特别大的自信，一个就是在政治能力上的自信，所谓“致君尧舜上，再使风俗淳”，就是说他可以使君主成为尧舜之君，也就是说他足以做一个太平宰相。当然，你可以认为杜甫这个地方也有点儿吹牛。李白也吹牛，“但用东山谢安石，为君谈笑静胡沙”（《永王东巡歌十一首》），什么天下大事，到他的手里，挥挥手就解决了，就是喝杯茶的事情。你也可以认为杜甫也有一些夸张，但是杜甫是这样相信自己的，他认为自己在政治上有这样的能力。还有一个自信就是他的诗歌，“诗是吾家事”，写诗是我们老杜家的事情，就好像不姓杜就不能写诗的那种感觉。但是我们读杜甫的那首《旅夜书怀》“名岂文章著，官应老病休”，你现在明白了吗？为什么那两句非常痛苦？他无法相信自己的文学才华能够真正为世人所知，因为他已经离开了唐朝的文化中心舞台，到了西南偏在一隅的地方，然后漂泊流荡。他很怀疑自己的这些诗，这些所谓“语不惊人死不休”的创作能不能流传下去，能不能为后人所知。他会想也许自己就会从历史中默默地消失掉了。我们这样来理解的话，就能够体会所谓“万里悲秋常作客，百年多病独登台”这样一种伤感。而且杜甫这个时候身体越来越坏了，到后来离开夔州以后，就死于洞庭湖上。那时候已经是他生命的最后的时光了。

“艰难苦恨繁双鬓，潦倒新停浊酒杯。”所以这首诗的结束是不太平常的，它结束在一个非常气馁、没有自信，悲哀而没有希望的情绪上。“艰难苦恨繁双鬓”，“艰难”是他的经历，“苦恨”是他的心情。“艰难苦恨”，使得头发越来越白了。如果说能喝点儿酒吧，也许还能借酒浇愁。可是现在连酒都不能喝，也就是说这种悲哀只能干熬着，为什么呢？生病。“潦倒”，因为生病的缘故，连酒也不能喝了。“艰难苦恨繁霜鬓”，写到这里的时候，似乎唯一的方法就是借酒浇愁了，然后他立刻告诉你，酒也不能喝，“潦倒新停浊酒杯”。

所以有古人评价说这首诗到最后的时候有一种“气竭”的感觉。一般来说，一首律诗到最后的时候，有一种拓展性。所谓拓展性，除了增加诗歌的层次以外，同时还是一种胸襟宽广，对生活充满希望和期待的表达方式。比如“待到重阳日，还来就菊花”，类似这样的，它有一种延展性，使读者随着诗人的情绪而心境有个更大的或者进一层的展开。但是这首诗写到这个地方，一切都结束了，再也没有希望了。但是这恐怕就是杜甫要追求的。他写到这里告诉你，再也没有什么希望了，不再幻想什么东西了。生命到这里就已经绝望了。这首诗开始大气磅礴，写到绝望而“气竭”，感情很丰富。

杜甫不是一个遵循常规的诗人。你不能告诉他通常的写法是如何如何的。老杜会笑你的，“诗是吾家事”，你来告诉我写诗咋写？他就是要写到这个“气竭”为止。读到这里，你仔细体会的时候，能体会到诗人就是不给自己留余地，因为他在生活上就没有什么可以再想象了，连身体都不行了。这就是杜甫所要达到的一种效果。

我们这样读了四联。分别体会这四联的境界的不同、结构的不同、句式的不同以及情绪的这种翻腾，这样你才能感受到七律的这种力量，实在不是一般诗人能够掌握得了的。

《闻官军收河南河北》：律诗的快节奏

闻官军收河南河北

唐 · 杜甫

剑外[1]忽传收蓟北，初闻涕泪满衣裳。

却看妻子愁何在，漫卷诗书喜欲狂。

1　剑外，指四川剑阁以南地区。

白日放歌须纵酒，青春作伴好还乡。

即从巴峡穿巫峡，便下襄阳向洛阳。

在杜甫写的七律里面，还有一首不同寻常的，就是这一首《闻官军收河南河北》。这首跟杜甫其他的七律都不太一样，有人说这首是杜甫“生平第一快诗”。所谓“生平第一快诗”，当然是说他的情绪非常欢快。这首诗是在《登高》之前的，在他寓居成都的时候写的。当时杜甫听说唐军在作战中攻克了安史乱军的根据地，似乎一切都有了希望。这是一种情绪的欢快，但是这种情绪的欢快不仅仅是通过语言的意义层面来表达的，同时还是通过语言的节奏感来表达的。

一说到用节奏感来表达，大家立刻就会质疑我，说这首诗又不是长短句，是吧？长短句的节奏可以从句式的变化来表达。也不是乐府诗，是吧？“君不见，黄河之水天上来”，它通过句式的长短、变化、跳跃，体现出一种节奏感来。而所有的七律都是一样的，七言八句，它怎么能够创造出一种特殊的节奏感呢？但是你读的时候确实就能感觉到，它的节奏非常热烈、明快，而推进的速度非常之快。你确实能够感觉到语言是一种非常神奇的东西。

教中文有时候有一种遗憾，我们现在使用的语言其实是越来越粗糙的，我们对语言的感受力也越来越低，而且对语言内涵的神奇性没有什么感觉。语言本身是一个非常神奇的东西，人类是因为使用语言而成为人类的。人类是生活在一个语言的系统中的，人类用语言构造了一整个属于人类的世界。或者我用老庄的那种表达，就是说，世界上本来只有自然的秩序和自然的规则，而人类通过语言构建了一种属于人类的秩序和规则。语言是一个非常神秘的东西，但是语言的神秘性会在日常的使用中被遗忘或者说忽视掉，人们不再对语言抱有新奇感了。而诗人的一个伟大的任务，就是一次又一次地呈现语言的无穷的神秘感。这是诗人的力量。我经常说，文章也好，写诗也好，说某个人写得好，是因为他能够获得语言。某些人写得不好，是因为他不能获得语言，他总是使用别人用惯的语言。好的诗人、伟大的作家是能获得语言的，他们能够一次又一次地揭示语言包含的神秘性。

我们来读这首诗，它用一种非常畅快的节奏来表达一种非常畅快的情绪。这首诗的背景就不用多说了，就是天下大乱，忽然有了希望。杜甫是一个忧国忧民的诗人，他对国家和民族的命运有非常深沉的关切。同时，他自己的命运也随着国家的动荡而处在一种动荡不宁之中，比如带着一家老小躲避战乱，跑到成都去。杜甫又是一个特别爱面子的人，而他在成都的生活其实是寄人篱下。当时四川那边的军政长官严武，是他老朋友的儿子。托身于老朋友都很困难，何况托身于老朋友的儿子？所以这种所谓“家国之忧”长期以来深深地压迫着他，挫伤他的自尊心。杜甫在成都的草堂种了很多中草药，他是懂医的，中国古代很多诗人都是懂医的，因为这种能力有时候也是他们解决经济困窘的一种方法。比如说当地的一些官员啊，朋友啊，送给杜甫一些东西的时候，杜甫也会送给别人一点儿中草药。这是一个维持体面的方法。所以你要理解他的这种落魄潦倒的心情，再来看这首诗所表达的那种欣喜和希望。

“剑外忽传收蓟北，初闻涕泪满衣裳。”这首诗的一个特点就是动词特别多，而且这些动词都是一个连着一个，表现出迅疾的动作变化。在迅疾的动作变化中，表现出欢乐的情绪变化。“剑外忽传收蓟北”，突然传过来了，猛地一下子就知道了。这个喜讯一下子砸在头上那种感觉，茫无所措，太开心了。“初闻涕泪满衣裳”，刚刚一听到，眼泪唰地就流下来了。所有的动作的节奏都非常快。不是说听到这个消息以后，怎么愉快、怎么兴奋、怎么感动、怎么心里就有所思，然后怎么样，而是一听到以后唰地一下眼泪就流下来了。郁积在内心的苦闷，忽然一下子就得到了释放。

“却看妻子愁何在，漫卷诗书喜欲狂。”满衣服的眼泪还来不及擦——除了眼泪，可能还有鼻涕，我们也不知道，还来不及顾及这个衣裳，回过头去，“却看妻子愁何在”，古文里的“妻子”是“妻”和“子”，但是在这里主要是指他的妻。回过头就去看自己的太太。杜甫跟自己的太太感情很好，朱东润先生写《杜甫叙论》，发现杜甫有一个儿子是他老婆差不多五十岁的时候生的。那么这就牵扯到一个问题，这个儿子是杜甫老婆生的呢，还是杜甫有妾室？但是我们在杜甫的诗歌里面没有发现他有妾，他一直跟他的老妻在一起。夫妻之间的这种忠诚，一个丈夫对家庭的忠诚，在朱先生看来是非常重要的。杜甫绝不像白居易，你拿杜甫和白居易做比较的话，可以看出来杜甫对国家、对身边的民众、对那些穷苦人的怜悯是非常真实的。白居易呢，不能说完全是不真实的，可是白居易终究有点儿轻巧，而且有很多议论他是从政治原则来出发的，不是从他的直接的感受来表达的。至于说在生活问题上，那杜甫跟白居易是无法比的了，白居易是一个活得特别乐滋滋的人，他自己七老八十，身边的女孩子到了二十岁，他就嫌人家老了，所以舒芜写白居易的时候曾经骂他就是个流氓。回到我刚才讲的杜甫的那个事，朱先生就要去弄清楚这件事情，他就特地去找了一个妇科医生来问，一个女人在五十岁还能不能生孩子？那个妇科医生告诉他是有可能的。其实我们最终也不能很有信心地说，杜甫最小的孩子是他太太生的。但是朱先生就相信了，认为杜甫的所有的孩子都是他和他太太生的。我们再回来看这个“却看妻子愁何在”，开心得，原来满腔的忧郁都一扫而空了。

每一个句子都没有结束，就转掉了。所以这个节奏感就这么快。

“剑外忽传收蓟北”，“收蓟北”怎么样呢？没说下去，这边就“初闻涕泪满衣裳”，唰地一下子眼泪就下来了，“满衣裳”以后怎么样呢？还是没说下去就转过来了，“却看妻子愁何在”，也没有再说下去，就“漫卷诗书喜欲狂”，咱们要走了！理东西！理东西也不是好好理，这边一把捆起来，那边一把塞进去，马上就要走了。

“漫卷诗书喜欲狂”也没结束，下面又转了。“白日放歌须纵酒，青春作伴好还乡。”太妙了，你读这样的句子，我跟你说，没事你就背这句诗，你会觉得人生是多么快乐！白日放歌，大白天，要大声地唱歌啊，要痛快地喝酒啊。“青春作伴”，一路都是春天啊，一路的春色陪着我回家去啊，这是多么美妙的事啊。然后是“即从巴峡穿巫峡”，这后面都是想象的内容了，马上我就走了，从哪里走呢？从巴峡穿过巫峡，就是过三峡，过了三峡然后“便下襄阳向洛阳”。“下襄阳”“向洛阳”，回老家去。然后就在这里结束了。

你告诉杜甫传统的结束方法是什么，没用的，他是不相信的，他就告诉你，我就是一路走，我就到家了。当然，最终杜甫没能回家，写完这首诗以后他还在成都停留，后来又流荡到夔州去，后来又流荡到湖南去，最后死在湖南的风雨小舟上。

但是读这首诗的时候，杜甫的情绪非常直接地向你扑过来，一层一层向你扑过来。我说过，律诗是一种层面结构的方式，就是一层跟一层之间是跳跃的，所以在一层和一层之间有非常大的空间，这个空间是留给读者的。因此律诗推进的速度是缓慢的，为什么它是缓慢的？因为它层与层之间有跳跃，有空白，所以节奏是缓慢的，有一个时间的延长。比如“曲径通幽处，禅房花木深。山光悦鸟性，潭影空人心。”一层和一层之间是有间隔的，因此在这个地方形成一个时间的延长。当然这个时间是心理时间，你读到这个层面，再体会下一个层面的时候，内心有一个体会的过程。所以同样这样的几句诗，它的时间是延长的，这一点大家可以注意一下。诗人会有意识地利用这一点，比如在某一个地方抒情之后再转入一个写景句，其实是用一种静的景象，来获取一个时间长度，然后再来描写情绪转折和变化。但是杜甫这首诗是一层一层扑过来的，一句话没有完，一个动作没有完，下面一个动作啪地就起来了。下一个动作没有完，再下面一个动作又起来了。一连串的动作，直接向你扑过来。这是要表达什么呢？就是表达在获得这样一个胜利的消息的时候，那种快乐的心情。当初在重庆听到日本投降、得到抗日战争胜利的消息的人，读这首诗的感觉跟我们现在读这首诗一定不一样，他们肯定比我们体会得要深得多、要亲切得多。你虽然没经历过那样一种场景，你读这首诗读着读着就觉得心里特爽快。

再回到我们开始说的话题，就是诗人一直在从事一个伟大的工作：告诉我们语言是神秘的。

《锦瑟》：朦胧闪烁的华丽

锦瑟

唐·李商隐

锦瑟无端五十弦[1]，一弦一柱思华年。

庄生晓梦迷蝴蝶，望帝[2]春心托杜鹃。

1　五十弦，指悲哀的乐曲，或美称音乐、瑟。

2　望帝，传说战国时蜀王杜宇，号望帝，因水灾让位退隐，死后化为杜鹃。

沧海月明珠有泪，蓝田日暖玉生烟。
此情可待可追忆，只是当时已惘然。

我们来读一首李商隐的诗。

我一开始讲七律的时候就讲过，唐代诗人中，写七律写得最好的就是两位：杜甫和李商隐。但是杜甫和李商隐的七律是不一样的。我们讲李商隐的时候，一方面是在讲七律，另一方面是在讲另一个话题。李商隐有两个话题可以连在一起来讲，一个话题就是他的无题诗。

我们先从无题诗这个角度来讲一下，李商隐写过相当数量的一批诗，名字就叫《无题》，或者是用一首诗开头的两个字做题目，但是这两个字并不体现诗歌的主题和宗旨，所以等于也是无题，这些诗都被称为无题诗。这些无题诗到底是写什么的呢？在诗中没有清晰地交代，因此它的主旨往往是不清晰的。这样就使得后人对李商隐的无题诗产生各种各样的推测、揣摩。有人解释说这些诗是有寄兴的。所谓寄兴就是用象征的方法，表面上说一件事情，其实是说另一件事情。表面上说男女之情，其实是表现他政治上的失落，或者说挫折感。另外，因为李商隐被卷入当时的牛李党争的政治斗争的旋涡了，常常处在一种很无可奈何的处境，所以他的诗被认为寄寓了政治上的失落。也有人认为李商隐的这些无题诗是写他的隐晦的爱情生活。也有很多学者喜欢追究李商隐的隐晦的爱情生活到底是什么内容，这首诗是不是跟一个女道士的关系，那首诗是不是跟谁家的妾室、姬妾的情感。甚至有的学者考证出某首诗里面的女子已经怀孕了，李商隐非常无奈，等等。总之，对李商隐的无题诗做出了各种各样充满歧义的解释。那么我们怎么来理解这样的诗呢？

这里涉及两个问题：一个问题是李商隐的那些无题诗的主旨到底是什么？有人说李商隐自己就说过，他的诗跟男女之情是没有关系的。所以有人就振振有词，你看李商隐自己都这么说。

这个话说得真是没有逻辑。一个人自己说他怎么样他就真的怎么样了？有时候作家的自我申述是非常不可信的。所以对于李商隐诗歌主旨的问题，我们可以分两个层面来解读。一个层面就是，诗歌本身的语言所提供的内容是什么？也就是说，这首诗歌字面的内容表达的是什么东西？这个我想李商隐的很多诗是可以推断的，有些诗实际上是很清楚的，比如，“相见时难别亦难，东风无力百花残。春蚕到死丝方尽，蜡炬成灰泪始干。晓镜但愁云鬓改，夜吟应觉月光寒。蓬山此去无多路，青鸟殷勤为探看。”（《无题》）字面意思是很清楚的，它就是写两个被阻隔的情人之间的聚会，聚会的短暂，以及短暂的聚会以后对相互之间信息沟通的期望和相互安慰。你可以把它理解为一首爱情诗。至于爱情对象是什么人，那么李商隐如果不愿意告诉你，你就不用去追究太多了。你如果有本事从他的生活经历来追究出一些结果来，也可以，但是李商隐他本来就不愿意告诉你。你也可以按照你对中国诗歌的理解，按照中国诗歌语言表达的习惯，与李商隐生平的其他材料相互比对，认为他的诗歌中包含着一种“寄兴”，这也不是不可以。但是没有必要一定要强行得出一个结论，一定要别人相信你，只有你这样说才对。我们能够得到共识的地方，就是这首诗歌的语言所提供的信息是什么。还有一部分东西是不能够达成共识的，那就是每个人各自理解的。这是我们理解李商隐的一个最简单的方法，不要把这个事情搞得太复杂。

第二个层面，李商隐有的诗写得是很隐晦、很闪烁的。那么，这么写诗一定是因为他有难言之隐吗？如果真有难言之隐的话，还需要说出来吗？诗是对阅读的期待。我老姐岁数很大了，有一次她跟我说："你一天到晚写那些乱七八糟的文章写那么多，你也给你妈写一篇东西呀。"当时我就很奇怪地说："我跟我妈的事情，我说给别人听干吗？"有人觉得他跟他妈妈的事情，或者他跟他老婆的事情有必要说给别人听，那是他的感觉。在我来说，我是不说这些东西的。因为写作是对阅读的期待。你心里没有那个对阅读的期待，这个写作是不成立的。虽然这个阅读者是谁，他在什么地方，你不一定知道，但是写作就是对阅读的期待。

这样来理解的话，这里根本的问题是什么呢？归根结底的问题、最重要的问题不是他是否有什么难言之隐，而是他诗歌艺术的一种表达方法。我们后来常常用所谓"朦胧诗"的概念来解释，其实李商隐创造了诗歌一种新的表现方法，就是表现那种闪烁的、不确定的、不明晰的情感活动。也就是说，"隐晦"是李商隐所追求的一种艺术。李商隐发现了这样的一种艺术。我不知道这样说是不是很简单，是不是更容易成立一点儿。其实这是一个很重要的创造。这里面的困难是什么？就是一首诗被容许隐晦到什么程度，这首诗还成立，这首诗还能被认为是一首好诗。一首诗隐晦到什么程度，它就不能被称为诗，它不能被阅读了，它就成了你的个人私密语言了。我们知道，个人的私密语言是没有必要公之于众的，你就对自己说就行了。比如你现在拿了一本法文小说叫我看，让我来评价这本法文小说写得怎么样，我告诉你：我看不懂法文，我无法做任何评价。同样，有的同学拿他写的诗歌来给我看，我有的时候就老老实实说我无法评价，因为我看不懂，我根本没有资格去说它好和坏。

回到李商隐，我们要讲的第二个问题是：诗歌隐晦到什么程度，它还是成立的。那么我们就来讲《锦瑟》。

《锦瑟》也是一首无题诗。在李商隐所有的无题诗中，《锦瑟》是写得最隐晦的。历来解释最纷繁的，就是这首《锦瑟》。

到底是写什么的，各人有各人的说法。我觉得李商隐真的是做了一个特别好玩的游戏，就是写一首诗，让你们猜一千年。哎呀，你们谁去做这样一件事情去吧！我觉得他写的时候心情是不是很愉悦，是不是有一种预期效果，它仍然是一首好诗。我们讲一首隐晦的诗，它怎么能够成为一首好诗。在这首诗里面，它表达了非常强烈的信号，这些信号在某些地方是非常清晰的，在某些地方却非常模糊。这种强烈与模糊的交错，一直在吸引着你去追索它，去体会它，并且要用你自己的方式去体会。我讲南朝诗到唐诗演变的时候，已经讲过中国诗歌在成熟的过程中一个很重要的标志就是诗人自身在诗歌中所占据的空间在降低；而诗歌中留下的空白，也就是有待于读者去体会、去体验、去把诗歌的内容和自己的情感、生活经验结合起来的那部分空间，越来越大。这是中国诗歌越来越成熟的一个标志。我们把话题再拉回到李商隐这边来，李商隐的诗就是这样的，它有的地方非常强烈，但是有的地方非常模糊，似乎能看到什么东西，但是又看不清楚。这样它有更多象征性的意味在里面，而对这种象征性意味的理解，是需要你用你的情感经验去理解的。我们其实可以这样认为，李商隐是对诗歌的美的一个重要的发现者。还是回到我喜欢说的那句话：诗人获得了语言。

我们来读这首诗，什么地方是它强烈的，什么地方是它含糊的。

“锦瑟无端五十弦，一弦一柱思华年。”“锦瑟无端五十弦”，关于这个句子，我觉得很多人的解释是很奇怪的。“锦瑟”，就是华美的瑟。所谓“锦”，无非是说它装饰得非常漂亮。唐代的很多器物，装饰是非常华丽的。唐代是一个崇尚华丽的时代。“无端五十弦”就使人产生一个怀疑，既然说“无端”，那么“五十弦”

就是不正常的。所以有人说，这个瑟啊，是二十五弦，“无端五十弦”呢，就是说断弦了，老婆死了，所以这首诗是怀念他老婆的。其实古代瑟是有五十弦的。这样一解释以后，这句诗变得蠢得无比了。我们写文章、写诗，有一个最大的忌讳，就是“以深文浅”，也就是把句子写得很深，去掩饰你的浅薄。如果按照上面这种解释去理解“锦瑟无端五十弦”，就是典型的以深文浅，意思很浅薄，但是把句子写得很深。出现问题的地方就是这个“无端”，我们先不说它，暂且往下读。

“一弦一柱思华年”，这个锦瑟的“一弦一柱”牵连到什么东西呢？牵连到“华年”，也就是我们美好的青春、美好的往事。就是说，拿起这个锦瑟的时候，这个锦瑟跟“华年”是联系在一起的。这个瑟是一个乐器，这件乐器或者说它曾弹奏的某些音乐，是跟我们生命中的往事联系在一起的。当我们“思华年”的时候，毫无疑问，那个“华年”已经在了，已经离我们远去了。那么“无端”是什么？就是说“华年”无端而去了，不是这样的吗？为什么说无端而去了呢？因为人死是无端的，人活也是无端的，人无端地生，无端地老，无端地死，没有任何理由，就是这样。所以鼓起这个锦瑟的时候，他想追问的就是那个“华年”到哪里去了？“华年”怎么就没有了？你能理解生是无端的生、死是无端的死，你就能理解这句“锦瑟无端五十弦”，它是一个很深的情感。

我有个朋友有一次在深圳请我喝酒，喝了很多酒以后，我就跟他讲这首诗，讲“锦瑟无端五十弦”。喝醉了以后，人就很像一个诗人。

李商隐的诗虽然隐晦，但仍然是好诗的原因是，它的某些部分是非常强烈的。就像这首诗开始的两句，其实它是非常强烈的，没有什么难解的地方。而且我这样的解释不是曲解吧，完全符合汉语的语法，也完全符合诗人的表达方式。

“庄生晓梦迷蝴蝶，望帝春心托杜鹃。”下面连着用了四个典故，就开始迷离起来了。但是这种迷离呢，又不是说迷离到不可分辨的。它里面的某些信息的因素还是很清晰的，只是没有办法把它们完整地连接起来。“庄生晓梦迷蝴蝶”，这是庄周梦蝶的故事，也是中国文学里面最有名的一个做梦的故事。这个故事在《庄子·齐物论》里面。《齐物论》讲了很多很多道理，讲得很深，讲到最后的时候写了一个庄周梦蝶的故事：庄子梦见自己变成了一只蝴蝶，醒过来以后呢，他还是庄子。然后他就想，是庄子梦见自己变成一只蝴蝶呢，还是蝴蝶梦见自己变成了庄子？到底蝴蝶是真实的呢，还是庄生是真实的？这个故事的意思是什么呢？就是《齐物论》中所说的：我说的那些话大概也只是梦话。我们常常说人生如梦，我们会把人生的一部分说成是真实的，一部分说成是梦。但是，我们认为真实的东西未必真实，我们认为是梦的东西未必是梦。这个是庄子说得最厉害的一句话：当我们在说人生如梦的时候，我们这句话还是梦话。我们在梦里说了一句“人生如梦”，就是说人生的这种不确定、不可把握。“庄生晓梦迷蝴蝶”，它究竟是指什么？我们从上面推下来，它肯定跟“华年”有关，“华年”的往事让他感到人生如梦。

下面的这个典故跟它相对应的是“望帝春心托杜鹃”。“望帝”是传说中古蜀国的一个君主。他因何而死，有两种不同的记载，一个原因是他跟大臣的妻子私通，后来羞愧而死；还有一个传说是他后来政治上失败了，就死了。无论哪一种死法，都是精神上负担很重的结果。据说望帝死了以后，他就变成了杜鹃鸟。这个杜鹃鸟每到春天的时候，就发出痛苦的啼叫，一直啼叫到吐血。现在这两个典故对应，你能明白李商隐说什么了吗？虽然人生如梦，但是人生中的痛苦是确切的，是深刻的，是不可遗忘的。你现在不要追究李商隐了，你追究你自己吧。你的那些往事，它们现在缥缈像一个幻影。可是那些往事里面留下的痛苦和悲哀，它不是刻在梦里面的，它是刻在你心里面的。所以，人生是如此虚无，而痛苦是如此深刻。这就是这两个对句所表达的东西。

“沧海月明珠有泪，蓝田日暖玉生烟。”又是两个典故。李商隐卖弄自己的才华。我有时候感觉，从诗人的天才性而言，李商隐是高于杜甫的。李商隐的表达非常神奇。“沧海月明珠有泪”，这是所谓“东海鲛人”的一个故事，其实就是中国的鱼美人。东海中的鲛人，每当月满的晚上，就会流下眼泪。这些眼泪落下来就化成了珍珠。我们不能够确切地知道李商隐在说什么。他的往事内容究竟具体是什么内容，是跟哪一个女孩有关吗？但是我们能够体会到，这个记忆是个非常珍贵的记忆。这个痛苦的往事，不仅留下了每到春天就要啼血的悲伤，当你检视往事的时候，往事里面有如此珍贵的晶莹的光泽。那是什么呀？那就是曹雪芹的《红楼梦》，是吗？曹雪芹梦中的林黛玉、薛宝钗、香菱，都是那些珍珠吧？

但是，你要去追忆它的时候，它一会儿又没有了，又变成虚幻了：“蓝田日暖玉生烟”。这个典故的原始出处是什么？现在已经找不到了。但是在唐人的诗歌评论里面有一种近似的用法：蓝田那个地方生玉，这个玉呢，远处看去有淡淡的青烟，但是走近了以后就没有了。其实这就像是很淡薄的暮霭，走近了就没有了。我们再回过头来看，尽管我们没有办法确切地去追索每一句诗到底是说什么，但是他情感表达的方法其实是很清楚的，而且他所传递给我们的信号是非常强烈的：往日留下了珍贵的回忆，但当你想要仔细去看它的时候，它又变成了一片虚无。生命就是这样一种似乎是虚幻的，又是真实的东西；是不可捉摸的，又是刻骨铭心的。李商隐非常受女孩的喜欢，是因为李商隐在中国诗人中第一次把男女之爱写到刻骨铭心的程度。爱情是一种刻骨铭心的东西，爱情代表着生命的最高价值，是生命中最重大的事件。

当然，李商隐也爱过很多人，你不要傻乎乎地认为他就对爱情特别忠贞。

回到我们前面讲的话题，李商隐的无题诗传递的信息，有些地方是非常强烈的，有些地方是模糊的，而这种模糊的好处在哪里呢？它的好处就是对你来说都是想象空间，你自己去体会，你自己去说为什么庄生梦蝶，人生如此虚幻，为什么那种痛苦还要像杜鹃啼血？既然是人生如梦，为什么还要杜鹃吐血？既然是泪聚成珠，为什么走近一看，又是缥缈如烟？生命的真实和虚幻在这里交替地展现。

“此情可待成追忆，只是当时已惘然。”这最后一句真是写得非常美。“只是”在唐诗里面通常的用法，就是“正是”。“夕阳无限好，只是近黄昏”的解释也不是我们现在通常理解的解释，而是“夕阳无限好，正是近黄昏”。唐诗里的“只是”没有我们现在理解的那种可惜、惋惜的语气。但是我们现在已经读惯了，“夕阳无限好”，可惜，“只是近黄昏”。原来这个“只是”没有可惜的意思的。这里“只是当时已惘然”的“只是”也同样是“正是”的意思。这句诗的意思是什么呢？我发现好像很多人没有读明白。这两句是一个长句子，就是说：此情岂是到如今追忆时才惘然？当时就是惘然。人生的迷茫不是回忆的时候才迷茫的，而是当时就迷茫的。美不美啊？我讲到这个地方的时候，你还嫌它晦涩吗？还嫌它读不懂吗？如果你觉得所谓读懂就是一定要读懂到他跟哪个女人在一起，那个女孩怀孕了，他无可奈何……你觉得那才叫读懂的话，那我就没有办法了，那你找别人去。他们有办法去查考这些东西。

在我看来，诗读到这个程度，就已经很好了。这也是李商隐所追求的效果。它是强烈的，又是闪烁的。它强烈的地方令你震撼，它闪烁的地方令你无法捉摸，所以它特别美。语言是一个伟大的东西，语言是一个神秘的东西。

第六讲　词的演化

人们常常将唐诗、宋词并列，似乎词才是宋代文学的代表。但是，从宋代文人的立场来看，诗是一种远比词重要的文体，其创作数量也比词大得多。词又被称为“诗余”，它算是诗的副产品。但词作为从诗歌变化而来的一种新的文体，蕴含着新的活力，它对诗人是有吸引力的。

由于唐诗已经达到了中国古典诗歌的巅峰，也由于宋代诗歌写作在抒情表现方面比唐人来得拘谨，词事实上成为最能够体现文学创新的场域。

第一节

词的形成

词其实就是诗歌的一种变体。从广义上来说，词也是诗。但是这个变体后来形成了自己独特的传统，形成了一个相对独立的文学世界。因此词和诗又被分别看待，在狭义上来说，诗、词就是两种文体了。

这里面有一个问题，词是怎么从诗里面分化出来的？

关于文体分化的问题，我喜欢用达尔文的进化论来做例子。达尔文的进化论认为，很多生物物种的变异没有明确的目的，很多变异是偶然的。但是在这种偶然性的变异中，某些变异会被稳定下来。怎么会被稳定下来？因为这种变异有利于生物种群的繁衍发展，它就会被自然选择，通过一种稳定的遗传方式保存下来。而如果这种变异非常强烈，又很稳定的话，那么就由变异，产生了新的生物物种。

然后我们来看诗词，其实也就是这样。诗歌在演化的过程中会产生种种变异。有一种变异，就是向词的方向的变异。

我们如果要讨论词这个文体究竟是什么时候产生的，会面临非常大的困难。这里我们把词先称为诗的一种，这种被称为“词”的诗体形式，到了定型以后，诗句是长短不齐的，但它的句式、格律是固定的；并且每一首词都有词牌，词牌其实就是乐曲的名称，各有一定的音乐特性。后来的词不大讲究了，早期的词是讲究音乐特性的，也就是说这个词牌适合于写什么，那个词牌适合写什么，不可以搞乱。

但词最终所具备的各种条件，并不是一次性完成的。比如说词的句子长短不齐但有固定格式，这种情况我们在南朝乐府里面就可以看到。那么有人就把词的起源追溯到南朝，追溯到梁代。这样就会产生很多歧解。

这里我把这个问题简单说一下。

词的兴起和音乐的关系

首先，词的兴起跟音乐有关，这也是研究词的人的一种比较普遍的看法。这种音乐叫作“燕乐”。“燕乐”的“燕”其实就是“宴饮”的“宴”。之所以不用更合常规的字去替换它，是为了保持这个概念的特殊性。我们知道，汉魏六朝流行的音乐的主流被称为清商乐。到了隋唐以后，中国的音乐发生了非常大的变化。这个变化的原因，就是西域的音乐大量传播到中土。西域的音乐和中土的音乐结合在一起，形成了新的音乐。这种音乐普遍地被用于酒宴，因此这种音乐被称“燕乐”。所以这个“燕乐”字面本身并不表示它的特殊性，你也可以认为清商乐也是燕乐，也是宴饮用的。但是现在习惯上用“燕乐”呢，就是用来指称隋唐时期流行的一种新的音乐，它的乐器跟原来的不一样，它的乐曲跟原来的也不一样。

那么这种燕乐需要和它相配合的歌词。在初盛唐的时候，我们可以看到一种情况，就是拿现成的诗去跟这种音乐相配。我在讲七绝的时候讲过，七绝在唐代是普遍被当作音乐的歌词来使用的，所以七绝的语言都比较浅。我把道理也讲明白了，就是说语言和引起反应的时间有关系，语言过于艰深的话，它在听众那里引起反应的速度就会太慢。当然也不仅仅是七绝，有时候可以从长篇的诗歌里面截取一小段出来，作为歌词用。

因为作者去写这些诗的时候，并没有考虑到音乐的需要。所以这些诗歌跟音乐相配的时候，就有一个不相适应的问题，因此往往需要去改动歌词。最有名的就是《阳关三叠》："渭城朝雨浥轻尘，客舍青青柳色新。劝君更尽一杯酒，西出阳关无故人。"《阳关三叠》是一个什么样的"叠"法呢？大概就是每个句子都唱三次。比如"渭城朝雨浥轻尘，朝雨浥轻尘，浥轻尘"。这样唱三遍，会产生一种什么效果呢？就是所谓"一唱三叹"的那种感情。特别是唱到"劝君更尽一杯酒，更尽一杯酒，一杯酒"，这样唱比原来的句子要感人多了吧？"西出阳关无故人，阳关无故人，无故人"，像这样就把原诗给予变化了。当然，这样的"叠"法也只是一部分研究者的猜想，我觉得应该是这样的。

那么对乐工和唱曲的人来说，他们就会遇到一个困难：经常要去找歌词。所以他们就会产生一种需要，需要特意地为某个曲调而写作的词，也就是"填词"。现在大家明白为什么写词叫"填词"了吗？就是说曲调是固定的，文字是附着在曲调之上的。所以叫"填词"，虽然现在曲调没有了，但是格律还是在那个地方。"填词"就是要按照那个词牌的格律去填。这种情况可能最初就出现在民间。假定说那个城市里面有一个歌楼，那边有唱歌的女孩子，唱歌的女孩子也有朋友啊，比如说在书店里卖书的。大家知道，古代如果读书读到一定程度又没有办法去做官的话，有一个谋生的方法就是抄书卖。据说在乾隆年间一部《红楼梦》卖五十两银子，五十两银子都够买一间房子了。所以那个时候你只要借得到《红楼梦》，自己能抄写，你的生活就没有什么困难。假定这个唱歌的女孩子认识一个书店里的王小二，她跟王小二感情挺好，王小二也是能识文断字的，也能写一点儿诗，那么女孩子就说："小二哥哎，帮我写首诗嘞，帮我写个曲子嘞。我要唱新曲子了，你帮我写一个嘞。"小二哥跟这个小丫头也挺好的，就说："哎呀，我给你写吧。"他自己也算是学过一点儿什么文学的，然后就给她写了。那么像这种叫"曲子词"，这种性质这种类型的文字后来在敦煌文献里发掘出来一部分。这就是词的第二个阶段，专门为配合乐曲而写的歌词。

词作为一种新的文体在中唐形成

关于词是什么时候形成的，如果我们不要过多地纠缠于学者之间的讨论，就把它当作一个简明的知识来看待的话，可以简单地说就是中唐。中唐的特征就是有一批文人开始写词。白居易啊，刘禹锡啊，张志和啊，他们都留下了一些词。这些词都是明确地按照词牌来写作的。那么我们就看到，词作为诗的一种变体，或者说一种变异现象，它的特征越来越明确，并且开始变成了一种可以作为"基因"来"遗传"的特性，就是按照曲牌来填词。

我们这里举一首词吧，不是说这首特别好，主要还是因为大家都很熟悉："江南好，风景旧曾谙。日出江花红胜火，春来江水绿如蓝，能不忆江南？"（白居易《忆江南》）类似这样的词，刘禹锡、张志和都写过一些。他们写这些词，还是偶然为之，就是说他们觉得好玩儿、有趣、新鲜。所以我们在这几个人的诗集里面看到这样的作品数量非常少，他写过一次两次就不写了，这并没有变成他的一种特殊爱好。也就是说，他们并没有发现词这种新的诗体包含着一种特殊的力量和一种新的可能性。讲诗体分化的时候，我说过每一种诗体都包含着一种特异性，都包含着一种跟抒情的要求相适应的特点。也就是说，像白居易写词的时候，他并没有意识到这一点。那么谁意识到了呢？那就是到了第三个阶段，也就是温庭筠。

把上面讲的内容做个小结。第一句话，词的文体特征不是一次性形成的，因此关于词在什么时候形成，有各种不同的说法。第二句话，词的一个最重要的特点就是它是用来演唱的歌词，而词这种文体跟“燕乐”，也就是隋唐时候流行的新的音乐有直接关系。第三句话，如果我们要找一个简单的明确的时间点来谈论词的产生，那么就是中唐。我们可以明确地说，词作为一种新的文体在中唐已经产生了。它的标志就是白居易、刘禹锡、张志和这些文人的词的创作。第四句话，第一个大量写作词的作家是温庭筠。温庭筠被尊为“词之祖”，词的老祖宗。

为什么温庭筠被尊为“词祖”呢？是因为在温庭筠这里，词作为一种特殊的诗体，它的特征、它的特殊的表达方法、它的特殊的美感，得到了比较充分的发挥。也就是说，又回到我一开始用达尔文的生物进化论做的一个比喻：词本来只是一个变异，是诗的一种变体。而作为一种变体，在它发展的过程中，它的若干优点，或者说它在抒情表现方面所特有的长处，逐渐得到了发掘。这样词体就稳定地形成为一个重要的文体。虽然本来它只是诗的一种变种，到最后它“蔚为大国”了，成为中国诗歌的一个非常广大的、作品非常丰富的，而且是具有自身特殊的艺术美感的独特疆域。

再插一句话，如果说从古诗到新诗的变化是一个必然过程——当然这个是不是必然过程，可能有的学者有不同的理解，但是以前一般的看法就是古诗向新诗这个方向变，是一个必然的过程——那么这个过程它并不是到了五四时代突然发生的，而实际上词和曲就是这个过程的一部分。简单地说，词和曲比起古典诗歌而言，更接近于新诗。也就是说，你很难通过学杜甫的方法去写作新诗，但是你比较容易通过学词的方法来写作新诗，而且新诗里面有很多作品就是有意识地模仿、吸取词的风格特点。你再想一下李叔同那首极有名的《送别》，“长亭外，古道边，芳草碧连天。晚风拂柳笛声残，夕阳山外山。天之涯，地之角，知交半零落。一壶浊酒尽余欢，今宵别梦寒。”是不是很有词的韵味？

第二节

晚唐五代词

我们现在来读温庭筠的词。温庭筠是一个晚唐诗人，他也写过不少诗歌，有的诗也写得颇为有名。在唐代他当然算不上第一流的诗人，但第二流大体上还够得上。他写的词都是小令。词最初流行的时候都是小令。所谓小令，简单地说就是篇幅比较短小的词。

当我们说温庭筠开始体现出词这种文体的显著特点时，它主要表现为两点：一是关注琐细的生活，一是在细节上的展开。

《菩萨蛮》：一个慵懒的妇人

菩萨蛮

晚唐·温庭筠

小山重叠金明灭[1]，鬓云欲度香腮雪。懒起画蛾眉，弄妆梳洗迟。　照花前后镜，花面交相映。新帖绣罗襦[2]，双双金鹧鸪。

这首词写什么呢？写一个贵族的女子睡懒觉，睡得很晚，起来梳妆。你是不是立刻感觉到这个内容放在诗歌里面写很不合适？你要分析它的思想内容的话，它好像没有什么值得说的东西。我们知道，语文课里面总是要讲一个文学作品记述了什么、表达了什么，去分析什么段落大意、思想内容。你要问这首词记述了什么、表达了什么？我只能跟你说，它通过记述一个贵族妇女睡觉睡得很迟，起来梳头，这样一个生活过程，表达了生活很无聊。那么这样说这首词就没有价值喽？其实用过去的这种很狭隘的文学标准，特别是把政治和道德放在第一位，作为首要的价值尺度去衡量的话，这首词确实是很无聊啊。一个女人，早上不起来，起来不劳动，睡得很晚，然后在那里叹了一口气。

我们一句一句来读："小山重叠金明灭，鬓云欲度香腮雪。""明灭"就是忽明忽暗。"小山"有两种解释：一种解释是屏风。这种屏风我在日本京都的一个皇家寺院里面见过。那个皇家寺院原

1　小山，屏风，或指女子头上的首饰。明灭，忽明忽暗。

2　襦，短袄。

来是皇族的女子出家的地方，所以保存了很多珍贵的东西，并且非常古老。在那个寺院里我就看到过这种屏风，上面是使用金粉的山水画。这种屏风的特点就是，光没有照上去的时候它很暗，光一下子闪的时候它突然很亮。这是一种解释。还有一种解释说“小山”是女子头上的首饰，就是说这个贵族女子头上插了很多金首饰。那么我觉得第二种解释可能更好一点儿，因为这样词的内容更集中。也就是说，这个女子起来以后梳妆打扮自己，头上插了各种各样的金首饰。我们知道，唐代女子在头上的种种花样上花的时间、钱、精力，那可真是海了去了！你想吧，一个贵族妇女要睡懒觉，然后起来要花那么长的时间梳头，头发又很长，头发不够还要用假发，然后装饰各种各样的东西。我觉得等她这一天全部打扮完了，可能就已经下午三点半了。我们可以设想这个场面：她在打扮的时候，那些金首饰在闪耀，闪耀就是所谓“金明灭”。

然后“鬓云欲度香腮雪”，什么意思呢？头发从腮边飘过来。这也是一种妆饰的方法。唐文化跟宋文化的一个最大的区别，就是唐文化特别丰富、变化、活跃。唐代文化的时尚性非常强。所谓时尚性，就是说它一直在变。而宋文化特别文雅、安定、宁静，它很少变化，或者说它偶尔有变化，但变化的过程很长，也就是说它没有时尚性。这个女孩在梳妆的时候，她的鬓发从额角这样下来，一直飘到脸的另一侧去。

这是她梳妆的状态，然后才是说明：“懒起画蛾眉，弄妆梳洗迟。照花前后镜，花面交相映。”你会感到他在描写一个似乎是很琐细的生活过程。这个在诗歌里是没有的，诗里不能这样写。“照花前后镜”，照她的装饰的花。这个花也可以是多种多样的，有的是假的，但是唐代的妇女很多是插鲜花的，头上插鲜花是件很麻烦的事情，因为要配得好，而且它时间都很短，一会儿就枯萎掉了。

"花面交相映"，花和脸互相映照，就是所谓人就像花一样了。他没有说这个女子多么美丽，但是他通过妆饰告诉你，这是一个很美丽的贵妇人。

"新帖绣罗襦，双双金鹧鸪。"最后写她的衣服，"新帖绣罗襦"，"襦"是夹袄，两层的那种，这件夹袄上面有一个贴上去的绣花的图案，这是个什么图案呢？"双双金鹧鸪"，成双作对的金鹧鸪。直到最后他才有这一点儿暗示。"树上的鸟儿成双对"，身上的图案"成双对"，而她是不成双对的，也就是说她和她的丈夫是分离的，就是这么一种孤独、无聊。

如果你要深究的话，那么我们可以说，它描写的是一种贵妇人的慵懒的美，而作者是以一种欣赏的态度去描绘这种慵懒的美。在男人的眼光里面，慵懒的美是一种可以把玩的姿态。这是一个从男性眼光去欣赏的东西。如果你再要说深的话，那么慵懒的美，有一种有待激活的生命热力。"热力"这个词我用得比较怪，就是有热度的力量。你再要追问下去的话，那么我只好老实回答你，实际上所谓慵懒的美的背后，隐藏着有待激发的情欲。这就是描写这一类诗词的背后的比较深的东西了。

那么就产生一个问题，诗词去写这样的东西是值得的吗？这是一个各人站在不同的立场上去看的问题。但是我们如果说不要苛求的话，文学的发展是什么？文学的发展就是文学所表现的精神世界越来越扩大，情感的内涵越来越多，情感的层次越来越丰富。那么这样的诗词，是不是一个情感的层次？是不是一种美？并且，如果你说，没有办法接受那种完全不能在道德层面上给予评价的文学作品，我们也可以勉强地说，"双双金鹧鸪"的象征、暗喻，体现了这个妇女的一种孤独而无聊赖的生活，而这种生活是由不合理的社会制度造成的。因为在古代社会中，女性没有独立的社会地位，她们依附于男性而存在，因此她们的才华和她们的创造力没有办法得到实现。所以她们对生活的所有的期待，就是对男人的期待。那么我们这样是否也可以进入一个政治层面和一个道德层面？它是可以从这个角度上去拓展的。但就这首词本来而言，还是回到我刚刚说的第二个层面上去，他是站在男性立场上描绘了女性的一种慵懒的美，而慵懒的美的背后是一种有待激活的生命欲望。

我们在这里马上就看到诗和词的不同了。诗里面不能说绝对没有，但是诗里面很少写这么琐细的生活景象。词会关注琐细的生活景象。琐细的生活景象就一定没有意义吗？一定要重大的事件才有意义吗？不是的，琐细的生活景象也可以反映出人类的生存状态、人类的精神世界、人类的生命和他的渴望以及他的痛苦和悲哀。生命之中有不可承受之重，也有不可承受之轻。无聊就是一种不可承受之轻。我们往下读的时候，我们会不断地发现，词里面很多地方写的都是这种——用另一种标准来看就是一种无聊的生活。男人的无聊和女人的无聊，男人的无聊就是那种闲愁，词里面大量地写闲愁。

《更漏子》：数着那雨点声

更漏子

晚唐·温庭筠

玉炉烟，红烛泪，偏照画堂秋思。眉翠薄，鬓云残，夜长衾枕寒。　梧桐树，三更雨，不道离情正苦。一叶叶，一声声，空阶滴到明。

词关注琐细的日常生活，导致它的表现手法也和诗不一样，词会在细节上展开。这首《更漏子》特别明显。它的上阕写一个女子在秋夜里孤独不眠，它的下阕所描写的是一个经典的场景，后来元杂剧里有一个《梧桐雨》的意境就是从这里来的。

“梧桐树，三更雨，不道离情正苦。一叶叶，一声声，空阶滴到明。”这写的是什么呀？这就是何逊的一首诗里面的一句“夜雨滴空阶”，就这五个字，这是标准的诗的写法。“夜雨滴空阶”后面是“晓灯暗离室”。我们当然不能说诗一定怎么样，只能是怎么样，但是我们可以说，总体而言，从诗的美感的趋向而言，是追求精连的表达的。那么最经典的就是杜甫，杜甫恨不得十几个字把人一辈子全说完了。“一去紫台连朔漠，独留青冢向黄昏”是说王昭君，还有什么“三顾频烦天下计，两朝开济老臣心”是说诸葛亮，“功盖三分国，名成八阵图”也是诸葛亮。到了杜甫那里，你无论干了多大的事，就算你觉得我一生应该写十卷本的一部大书，老杜同学告诉你：哎呀，我十四个字就够了呀。诸葛亮也不过就十四个字就打发掉了，何况是你，是吧？这是诗的写法。

而词的写法则是要在细节上展开。我发现啊，喜欢词的，女孩子比较多一点儿；喜欢诗的，男生多一点儿。男生更追求这种语言的力量感，当然不能全然这么说。平心而论，你问我的话，我是喜欢诗多一点儿。我有时候觉得词里面的那种在细节上的展开的过程、那种纠缠，有点儿烦。有一句“心有千千结”，张先写的，我特别讨厌这个东西。女孩的心有千千结，她的意思是说我心里都是结，你解吧，你永远解不完，你才给她解开三个，她又打好了五个。这不像是要让男人活下去的意思。

但是我们不能不说，它是不同的美，是吗？词关注那些生活的细琐的内容、日常性的生活内容，并且它是在细节上充分地展开。而由于它在细节上得以充分的展开，它表现的情感是更为委婉、曲折和复杂的。这是文学的发展。就像我说的，新的主题的确立、人的新的精神现象的发现，精神表现的细致和层次的丰富。一对照你就可以看得出来，这种写法在诗里面是根本不能出现的，无法出现。诗里面当然也有很自由的、很口语化的句子。但是他一开口就是“君不见，黄河之水天上来”了，哪里跟你“一叶叶，一声声”这么去纠缠。

再往下发展，由于词关注的是日常生活中的感情，所以笼统而言的话，在豪放派的词出现以前，也就是苏东坡、辛弃疾那一派出现以前，词主要是反映日常生活的东西。重大的政治主题、重大的道德性的内容以及重大的人生思考，包括哲理性的这种内容，一般都不在词里面出现。词关注的是日常的，甚至是琐细的东西，然后以一种细节的展开来表现这种丰富的情感层次，并且始终使用华美的语言，所以词比诗而言，整体上更具有唯美倾向。这恐怕是女孩子比较喜欢词的原因，因为女孩大多比较感性一点儿。温庭筠这样的作品有很多，所以到了温庭筠的手里，词的特点就已经确立了。

《生查子》：别离的影像

生查子

五代 · 牛希济

春山烟欲收，天澹星稀小。残月脸边明，别泪临清晓。　语已多，情未了，回首犹重道。记得绿罗裙，处处怜芳草。

继晚唐以后，五代是词发展的一个新的重要阶段。我们知道，所谓五代十国，实际上是晚唐的军阀割据的延续，在各地产生了很多割据性的政权。其中有两个政权所在的地理位置特别优越，一个在蜀，就是现在的成都平原一带，另一个在江南。因此，词这一种用于享乐的、表达唯美而伤感的情感的诗体——这里把词说是诗体是就广义而言——得到了合适的土壤。词就在这两个区域的宫廷和官僚的上层开始生长。词本来是一种歌词，词原来也在酒楼上唱，也在宫廷和贵族的宴会上唱。就南唐和蜀这两地的词的流行环境而言，它主要就是在宫廷和高级官僚的生活圈子里。

五代词总体上延续了温庭筠词的方向，但是也有变化。一些比较优秀的词作，语言自然清新一些，用古代常用的批评术语来说，是“清丽”。牛希济这首《生查子》可以作为代表。它写的是一对情人告别的场景。

我们会发现，中国诗歌里面很多用女性口吻写的诗，其实是男性写的。他们用女性的口吻来写，女性怎么怎么忠于男人和怎么怎么爱男人，都是男人在那里写的。男人去设想一种生活状态，设想一种表达方法，然后交给那些歌者，说：“你唱吧！”然后他就坐下来，听到了女人的声音和女人所表达的她们对男性的那种忠诚和挚爱，于是觉得特舒服。这是一个比较普遍的现象。

词多是写给歌女来唱的，所以适合它的主题，更多的就是男女之情。它不适合那种特别庄重严肃的主题，因为它是在酒宴上演唱。我再说一点，可能大家就能够立刻体会到，比如说苏东坡那首悼亡的《江城子》，“十年生死两茫茫，不思量，自难忘”，大家都很熟悉。这首词的主题其实是诗的主题。因为所谓男女之情，不包含夫妻之情，为什么？因为夫妻的感情是一种很庄重的感情，不是寻欢作乐的感情。特别是悼亡诗，悼亡诗是一种很庄重的、具有强烈的道德性的诗。所以本来是不应该用词来写的。而词里面所表现的男女之情，大多数是那种邂逅的、偶然的、想象的，或者说婚姻关系以外的男女关系。

我们来读牛希济的这首《生查子》。

“春山烟欲收，天澹星稀小。”什么意思呢？就是一夜缠绵，到了出发的时候。他在写这两句的时候，其实已经告诉你前面还有个很长的过程，就是这一个晚上的告别，到了早晨，只能分开了，非走不可了。什么叫“春山烟欲收”，就是笼罩在春山上的雾气越来越淡了，阳光要出来了。“天澹星稀小”，天也开始慢慢地亮了，稀稀落落的星也变得小了，所谓“小”了，就是不显眼了嘛。

后面的两句很漂亮：“残月脸边明，别泪临清晓。”这是一个摄影作品，“残月脸边明”，月光映衬着脸的轮廓，同时在这个月光映照的人脸的轮廓下，有晶莹的泪珠滴下来，“别泪临清晓”，这是一个非常美的画面。

“语已多，情未了，回首犹重道。”话已经说了很多了，但并不是话说得越多，情就消耗得越多。话越多，情越多的。不说也罢，但不说又很难过。“回首犹重道”，这是一个要出发的人。按照常规，他只能是男性。如果作者是以自己的生活经验为内涵来写的，也就是说作者写的是自己生活中经历过的一个场景，那么一般来说，这个女子不太可能是他的妻子，通常是他在外面纠缠上的一个女人，一个歌伎或者说别样身份的一个女子。这时候，别离的时刻已经到了，只能告别了。

最后那句话写得太漂亮了：“记得绿罗裙，处处怜芳草。”这话的意思是：今天你穿的那条绿裙子，我永远会记住。我不管走到哪里，只要是有草的地方，我一看到草就想着你的裙子。这也是一个很小的生活细节，就是恋人的别离。作者很细致地把这个过程给展开了。当然在早期的词里面，展开的层面还没有那么多。到了宋词里面，它展开的过程会更长，会把一个生活情感非常细致、逐层逐层地铺展开来。我想强调的就是这一点，关于词在细节上展开的这一特点，一般的文学史和一般研究词的人，讲得不太多。词在细节上的展开，使得词和诗完全不同，使得词具有另外的一种艺术魅力。

《蝶恋花》：士大夫的闲愁

蝶恋花

五代 · 冯延巳

谁道闲情抛却久，每到春来，惆怅还依旧。日日花前常病酒，不辞镜里朱颜瘦。　河畔青芜堤上柳，为问新愁，何事年年有。独立小桥风满袖，平林新月人归后。

五代的词在两个地域成长得特别好，一个是蜀地，一个是江南。江南的政权就是南唐。南唐的代表性词人，就是南唐的中主李璟、后主李煜和宰相冯延巳，政治级别都很高。

读冯延巳的这首《蝶恋花》之前，我想先回到之前说过的话题，词会在一些细琐的生活细节和生活事件中细致地展现人类的生活感情。展现的感情中，比较多的一个是男女欢爱，还有一个就是所谓闲情闲愁。什么叫闲情闲愁呢？就是难以言说的、没有来由的、不是因为事件而发生的。我们知道，情感的发生有其原因，有的是因为某些事件而激发起来的。事件本身越大，情感的反应也就越强烈。比如说家国危亡，就适合用热烈的语言去表达。而这种所谓闲情闲愁是没来由的。那么，没来由的感情不重要吗？没来由的感情也许也很重要，因为它埋藏在生命的底处。

冯延巳的这首词，常见的解释是把它的主题解释成爱情，认为它描写的是一段爱情。当然这样解释也可以，就是把所谓闲情，解释为对曾经接触过的或者曾经相处过的一个女子的怀思。但是作品里面并没有明确的证据来证明这一点。所以可以这样来解释，也可以不这样来解释。如果不这样来解释，这个闲情是什么呢？就是我刚刚说的，那种没来由的孤独、伤感和生命的迷茫。

如果考虑南唐的环境的话，南唐所处的位置大体就是我们现在的长江三角洲一带。这是一个经济特别繁荣发达的区域，也是生活精致享乐的成分特别多的地域，同时它又是一个在军事上软弱的、没有很强大的支撑能力的一个地域。当中国历史上出现这种南北割据状态的时候，南方的政权通常都比较弱势，而北方的政权通常都比较强势。如果读那种比较浅陋的历史书或者教科书的话，通常会批判南方政权的统治阶级偏安江南一隅、不思进取、一意苟安。其实这里面有个非常大的问题，发生南北对峙的时候，江南地域很难有战争动员力。为什么没有战争动员力呢？因为这个地方生活条件本身比较优越，很难在这个地方发动战争。比如说，你站在西湖边上，你说，我们大家团结起来，冒着生命危险，打到朔北荒漠，我们去吃大锅盖去！这个好像很有点儿神经病的感觉，你怎么发动人？相反，你站在荒凉的高原上，你说，我们冲到杭州去！苏杭是天堂啊！人不就是死吗？饿死也是死，打死也是死。这是一个很简单的道理。特别是在不牵涉民族矛盾的情况下，尤其如此。因为统治阶层的改变，对社会大多数人来说，对那些士绅阶层和普通老百姓来说，并不会造成生活的很大的改变。所以，你会发现清兵入关以后，在江南所遭到的抵抗非常强烈，因为当时牵涉到了民族和文化的巨大差异性。在不牵涉到民族冲突的情况下，南北对峙的时候，南方的力量通常是比较弱的。如果我们理解这一点，我们就很容易理解，为什么南唐君主们的词里面，很少有所谓的英雄气概。南北朝时期，那位陈后主倒是写过一首很有英雄气概的诗。我还特意写过一篇小文章，题目就叫《那个陈后主》。我觉得他还是蛮多情的，他最后带着他喜欢的两个女人一起躲到井里去，然后被隋军从井里吊出来。他当然很可笑，但是也不失为一个多情的文人。

我并不是说“闲情”就是由此而生的。不过你意识到这个大背景的话，你会意识到这个“闲情”所包含的人生无奈。这样来读的话，我们是不是可以去理解这首词：“谁道闲情抛却久，每到春来，惆怅还依旧。”因为“闲情”不是一个非常重大的事件，或是由重大事件引起的那种激烈的感情，而且也说不清它的来由，但是它会不断地侵袭你。一到春天的时候，它就会使人有很多的烦恼。

“日日花前常病酒，不辞镜里朱颜瘦。”“花前”可以解释为自然界，在春光明媚的时刻，经常因为这种惆怅而饮酒沉醉。另外一种解释方法，是说“花前”的“花”寓指女子，就是在酒宴上面对着很多女子，喝了很多的酒。那么这个闲情就跟男女之情相联系了。我再三说了，这首词不是不可以解释为男女之情，但是也没有非常明确的根据指向男女之情。所以我倾向于把它解释为一种没来由的惆怅、无聊赖。特别是像冯延巳这样的人，他是一个学者，是一个诗人，一个具有非常高的文化修养，具有很高的政治地位，而又无所作为的宰相。他看不到自己可以做什么。这样去理解的话，可以理解这种所谓的无聊赖。女人可以无聊赖，男人也会无聊赖。女人在无聊赖中等待她的夫君，男人在无聊赖中等待他的死亡。他们都有所等待。“不辞镜里朱颜瘦”，喝酒喝得多了，都喝出毛病来了，可是还得喝，为什么呢？那个闲情缠着你。

“河畔青芜堤上柳，为问新愁，何事年年有。”又到了春天，青青河畔草，迎风堤上柳。面对着这样的春光，不知道为什么这个新愁年年都会发生，无从解释。后面这个画面特别有美感：“独立小桥风满袖，平林新月人归后。”我们说词虽然在写一种愁闷，试图使这种愁闷得到发泄，但是这终究不是诗词的根本的价值和任务。它的根本的价值和任务，是要描绘一个美好的诗的意境，在这种美好的诗的意境中看到生命的一种姿态。那么我们就看到了冯延巳描写的这种姿态。在这个春天的晚上，天上有新月，地上有人孤独地站在桥上。这是一个优美的生命的姿态，他是很无奈的，但仍然是很优美的。也就是说，在一种无聊赖和愁苦中，人至少还可以欣赏自己。

《虞美人》：流不尽的愁与恨

虞美人

五代·李煜

春花秋月何时了，往事知多少？小楼昨夜又东风，故国不堪回首月明中！　雕栏玉砌[1]应犹在，只是朱颜改。问君能有几多愁？恰似一江春水向东流。

1　玉砌，用玉石砌成的台阶，亦用作台阶的美称。

这首《虞美人》是南唐亡国之君李煜的作品。按时间来说，李煜的代表性作品都是写于北宋初，但按传统惯例，他仍然被称为南唐词人。不过，我们谈论词，李煜放在什么位置都无所谓，因为他的风格与词的演化没有多少关联。

在中国的词史上，李煜的风格是比较特殊的，这跟他的特殊经历有关。南唐地方富庶，李煜为人风雅，早年的生活安适而多彩，无须多说。后来沦为阶下囚，被侮辱性地封为“违命侯”，最后被毒死。宋代一种笔记说，李煜的美貌妻子小周后常被宋太宗召入宫中，数日不得归，归则痛骂李煜。这事未必可靠，但即使是虚构，也表明他的羞耻生存给宋人留下了深刻印象。

我们知道中国历史上曾经有过好几位在艺术上富于天才而在政治上无能的皇帝。大家经常提到并加以对照的就是李后主和宋徽宗。宋徽宗被俘后能反映其心情的诗没能留下来，李煜则有幸留下一批词作。

李煜的词作情感非常热烈。很多词作表达的情感其实是构拟的，就是作者按照一种习见的主题，设定人物和场景，然后代作品中的主人公抒发他们的感情。而李煜抒发的情感来自他的生命经历，这种经历充满了悔恨、无奈、痛苦和羞耻，而他使用的语言又非常浅切，所以特别有感染力。像开头一句，“春花秋月”，何等习以为常的语汇，后接“何时了”，顿时令人一惊——生命令人疲倦了，春花秋月也令人疲倦了！再像结束处，说愁如江如海，并不是新鲜的比喻，但在这首词中，诗人的愁苦烦闷经过层层叠加，到最后，“问君能有几多愁，恰似一江春水向东流”，通过近乎口语的一个长句冲泄而出，就特别令人震撼。

有人或许要问，李煜是一个帝王，他的悲痛普通人怎么能够体会，如何产生共鸣？王国维先生在《人间词话》里面说到李煜的时候，他说：“后主则俨有释迦、耶稣担荷人类罪恶之意。”就是说李后主的词，就像释迦牟尼和耶稣承担了人类的罪恶一样，那样的一种深重感。说实话，我以前读《人间词话》的时候读不明白王国维先生想要说什么。后来我读明白了，我觉得他说的真的是挺好的，王国维先生是一个文学理解力非常好的人。什么叫“担荷人类罪恶”呢？就是说，李煜所经历的那些事件、所经历的那些人生痛苦，是一般人所不可能经历的。因为他的经历和他的表达，使我们知道了人类的灾难可能有多么深重，人类的情感的负担可能有多么沉重。

一开始讲这个课的时候我就讲过这样的话，文学所展现的是生命的各种可能性。当我们去阅读文学的时候，我们其实是在理解生命的各种可能性。你是不可能成为李后主的，你没有机会成为皇帝，你也没有机会享受过那样一种富足的生活，你也没有机会承受过那么丰富的男女欢爱，你也没有可能经历过李煜那样彻底的失败，你也不可能经历失败以后的那种耻辱，你也没有可能经历过他的那种无奈。虽然这一切你都没有经历过，但是你读李煜的词的时候，你能体会到人会有多么深重的灾难。我们因此更多地知道人，也因此更多地知道自己。这是有意义的事情。

第三节

宋代文学中诗和词的分野

我们说了词的几个阶段。从中唐的词的成立，到晚唐的温庭筠，到五代的南唐的词、前蜀的词，然后再说到宋代。按照王国维先生的说法，所谓“一代有一代之文学”，他的意思是说每一个时代都会出现最具有代表性的，最能够体现这个时代的创造活力的文学。以至于我们习惯于讲诗经、楚辞、汉赋、魏晋六朝骈文、唐诗、宋词、元曲、明清小说，一部文学史，按照“一代有一代之文学”这么简化下来，主要就是这么几样东西。但是实际上你要知道，最初在宋人的眼光里，词不是一个重要的文体，诗的地位远远比词要高。而宋代词之所以流行、兴盛，除了其自身的因素，在相当程度上是由诗歌的原因造成的。

怎么叫作由诗歌的原因造成呢？宋诗和唐诗相比有一种变化，最简单地来说，就是激情的降低。唐诗是非常有激情的，而宋诗相对来说激情程度降低了。如果我们说李白和苏东坡是唐宋两代最伟大的诗人的话，那么你在李白的诗歌中看到的那种狂放自信、轻快从容，甚至是飞扬跋扈的气质，在苏东坡身上是少有的。苏东坡也是才华横溢，在苏东坡身上我们可以看到的是，在生活的打击面前，他总是能够找到一种自我安慰的方法，他有更多的理性色彩。以这种理性的态度来看待唐诗的激情和浪漫，会觉得那难免幼稚。

同时，由于宋诗的激情程度在降低，唐诗的那种华美的特质，在宋诗中也是降低的。宋诗总体而言不再是华丽的。由此还带来一种变化，就是因为宋代文化更重理性，更平静，更注重德性，因此在唐诗里面还经常出现的体现男女欢爱的内容，在宋诗里面也大量减少了。如果说诗是一个表现人类情感和精神活动的构拟空间的话，那么到了宋诗这里，很多东西就被关在门口，不许进去了。这不是说唐诗和宋诗哪个好哪个不好的问题，当然这里有个人趣味，按照鲁迅先生的说法，就是“一切好诗到唐代已被做完”。按照这个说法，似乎宋代人写诗都是有点儿多余了。当然，我们也不能完全以鲁迅先生的评价为标准。我们知道了宋诗这样的一些变化以后，我们也不能说宋人的感情就比唐人单调，只是原来在诗的领域里面可以自由表达的情感内容，有很多被阻止了。

于是我们就可以看到，词的文体特质使得它特别适于表现被诗关在门外的生活与情感内容。按照李清照等人的说法，诗是一个庄重的东西，而词是一种柔美的东西。简单来说，就是“诗庄词媚”。在唐诗里面并没有所谓“庄”和“媚”的这样的一种区分，在唐诗里面有表达各种生活情感的内容。但是到了宋诗里面，表现日常生活情感、表现男女欢爱的东西，在诗里面被渐渐剔除出来，而之所以能够被剔除出来，其实也是因为有词存在。因为词适合表达这些东西，词成为不同于诗的文学天地。

当然我们也要说明一下：宋代文学中诗和词的上述区分并不是绝对的。不要说自苏东坡为代表的所谓“豪放词”兴起以后，这种界限就被打破了，就是在东坡以前，像范仲淹、王安石都写过少量气概雄浑的词作。

因为词总体而言，一开始就偏重表现日常生活的情感，表观优雅柔美的东西，日本学者吉川幸次郎曾经套用“轻音乐”这个概念，把词称为“轻文学”。所以词是更唯美的。而在宋代，由于诗的变化，词的这种特点又更加强烈了，宋代很明显地形成了诗和词的分野。

所以我们可以看到，北宋文人创作的诗和词里面所体现出来的精神面貌，往往是不一样的。对北宋的那些高级士大夫来说，诗里面表现出来的形象是他们愿意展示给世人的一种形象庄重、严肃、理性；而在词里面表现出来的形象则是他们的个人化的私生活的形象、非公众化的形象。所以北宋的时候，一个文学家——当然那个时候的文学家往往首先是一个政治人物——在编撰自己的文集的时候，不把词放到文集里面去。这就导致北宋有些词作的作者到底是谁是搞不清楚的。比如说欧阳修跟冯延巳的好几首词是混淆的，因为没有非常强有力的证据。如果说欧阳修的集子里面收了这首词，那么我们就可以作为一个强有力的证据，但是它不收词。

可以简括地说，词在宋代一方面沿着原有的特点发展，一方面由于宋代文化的影响，特别是宋诗的变化，词的创作进一步繁荣，词作为一种特殊文体，其蕴涵的在抒情表现方面的优势也得到了更为充分的发展。

第四节

宋代的词

要说宋以前的词，影响力最大的就是冯延巳。当然，我们大家心目中最好的词人不是冯延巳，是李煜李后主，“春花秋月何时了”“恰似一江春水向东流”，那背起来太顺溜了。但是李煜是一个特殊的词人，我们可以把他单独对待，然后把晏殊与冯延巳的词联系起来看。他们的词在风格上最接近，晏殊词作的内涵也是跟冯延巳接近的，就是那种闲情或者说闲愁。

晏殊的词作中尤其突出的一个东西，就是那种贵族气质。当然我这里说的“贵族”已经是借用了，因为宋代严格来说已经没有贵族了。中国最后存在过的贵族只能说是魏晋南北朝时候的士族，他们还勉强可以称为贵族。我说晏殊词作里面有一种贵族气质，就是说他的这种优裕的身份、高雅的修养造成的那种所谓“雍容华贵”的气质。

晏殊一生也没有很特别的可以陈述的事情。他是一个神童，做到过比较高的官位，做过宰相一类的职务，政治上当然也经过一些挫折，但是北宋前期的政治冲突没有那么强烈。晏殊还是一个非常著名的学者。总体而言，他一生的经历是比较平稳的，所达到的社会地位非常高，所具有的文化修养也非常高。

《浣溪沙》：什么是雍容华贵

浣溪沙

宋 · 晏殊

一曲新词酒一杯，去年天气旧亭台，夕阳西下几时回。　无可奈何花落去，似曾相识燕归来，小园香径独徘徊。

我们来读这首词，感觉这种词跟柳永的词是多么的不同。晏殊绝不会把感情写得非常夸张，让你很容易被刺到。他的词好像是弥漫在一种氛围之中的。

“一曲新词酒一杯，去年天气旧亭台，夕阳西下几时回。”这里描写的生活场景牵涉到晏殊的身份和他的爱好。他喜欢写词，他家里就养着乐伎。宋代的高级士大夫，家里是蓄养乐伎的。那些女子提供艺术服务，如果主人需要的话，也提供性服务。我们看这位晏先生的日常生活。他自己写了新词，然后会去叫那些歌女来唱，然后喝一点儿酒，“一曲新词酒一杯”。这就是他的日常生活，很平静的、很高贵的、很雅致的生活。

“去年天气旧亭台”，天气跟去年的天气一样，亭台跟去年的亭台一样，一切都没有什么变化，也没有什么可说的。还有什么可说的呢？“一曲新词酒一杯”就是日常的生活，天气也跟去年一样，亭台也跟去年一样。但是，“夕阳西下几时回”，今天的太阳就不是明天的太阳，明白这个闲愁的来由了吗？但是晏殊绝不会夸张地去说。夸张地去说，会失掉身份，会失掉这种教养。他要把它说得很平淡，好像没有什么事。我不知道你们一开始读这首词的时候是不是觉得什么东西也没读出来？但其实它里面有很深的东西：年年都是如此，但是今年就不是去年。

这就是我说的中国文学接触得特别多的一个主题：自然是一个永恒的循环，个人的生命是个有限的循环，一个永恒的循环和一个有限的循环组合在一起。当自然在不断循环的时候，我们也随着它循环。但是循环到有一天的时候，你会发现你的循环快要结束了，你会被抛出这个循环，而自然的循环将仍然延续下去。所以下面两句多漂亮：“无可奈何花落去，似曾相识燕归来，小园香径独徘徊。”

“无可奈何花落去，似曾相识燕归来。”这个句子有很多可说的地方。第一，它对得非常工整，同时又是非常口语化的。要想对得很工整，你当然可以用很强大的力量去锤炼它，使文字的对偶非常精致、工整。但这个对句很难得的是，好像是随口而出的，就是所谓自然天成、浑然一体，又精美工整。这在诗词里面是很难得的。看上去是很顺口的句子，但是对得很工整。第二，它表达的情感非常细致、有余味。当你为花落而叹息的时候，你也知道年年燕去、年年燕归，它是一个永恒循环。花落为什么令人感到惋惜呢？因为你就想到你的循环是有限的。燕归又为什么是令人欣喜的呢？因为自然是一个永恒的循环过程。自然的生命是生生不息的，燕归来其实未必是去年的燕，但是似曾相识，因为它是自然中不断重复的一个循环场景。所以这感情很微妙，面对着这样的一个生命事实，不值得大惊小怪，不值得上天落地地惊呼，不值得说：“啊！我要死了！”你要死很平常啊，你不要去“啊！”你就说“我要死了”就可以了，那个“啊！”是多余的。因为太平常了，人都要死。既然都要死，那就不说了，连“我要死了”都不要说了。我把这个意思说完整：“啊！我要死了！”这个“啊！”可以删掉，是多余的；“啊！”删掉以后你发现“我要死了”也是多余的，可以不用说，所以就不说了。“小园香径独徘徊”，就在小小的院子里，那么缓缓地走着、走着。

这是一种“闲愁”，它没有什么重大的原因，它似乎也不值得多说。但是它是有重量的，因为它是生命根底里的一种东西。生命的短暂，生命的无聊赖，以及生命的无所着落。

我特别喜欢这首词里面的那种调子，是其他人的词里面很少有的，连冯延巳都写不到。冯延巳那个地方都夸张了一点儿，那个调子有点儿显了。晏殊这个真的叫不动声色，非常符合他的那种教养和身份。

《蝶恋花》：在孤独中感受着生命的消磨

蝶恋花

宋·欧阳修

庭院深深深几许，杨柳堆烟，帘幕无重数。玉勒雕鞍游冶[1]处，楼高不见章台路。　雨横风狂三月暮，门掩黄昏，无计留春住。泪眼问花花不语，乱红飞过秋千去。

欧阳修比较有名的词，我们就选了这首《蝶恋花》，描写一个女子的伤春。伤春也是一个很传统的主题。

“庭院深深深几许，杨柳堆烟，帘幕无重数。”这是描写一个

1　雕鞍，借指宝马。游冶，特指留连妓馆，追逐声色。

女子的居处。这名女子封闭在深院之中，那么大致就可以推断出来她的身份，就是那种富贵人家的妻子吧，而她的丈夫正在寻求他的浪漫的情感生活。

“玉勒雕鞍游冶处，楼高不见章台路。”“章台”是指妓院那种地方。这是说她的丈夫寻欢作乐的生活。配着装饰华丽的马，在外面浪游。他跟妻子的居处相隔很远，哪怕登上高楼也看不见。这个主题其实是一个很古老的主题，就是女性被封禁在深闺的那种孤独和无聊赖。这种孤独伴随着她，生命慢慢地被消磨。

“雨横风狂三月暮，门掩黄昏，无计留春住。”到了春暮，在风雨的摧残下，美丽的花朵都已经凋零。这就是一个象征性的写法。女子的美好的青春，随着时光的流失而消磨。

“泪眼问花花不语，乱红飞过秋千去。”欧阳修先生假设封闭在深闺中的女子会向花问话，问什么呢？大概也只能各人去想吧。从习惯的、传统的表达来说，他所要表现的东西，就是春光不再、生命短暂、一切美好的东西都将消亡的这种痛苦。但是没有人可以告诉她，花不能够告诉她，也就意味着她的孤独是没有办法得到解除的。“乱红飞过秋千去”，秋千在古代社会里面是跟女孩子的快乐联系在一起的一个玩具，我们就叫它玩具吧。所谓“乱红飞过秋千去”，这里面包含着一种回忆，包含着一种对未来的伤感。

这里面有三层的时间，“秋千”代表着一种过去的时间，就是少女时代。因为古代的社会中，特别是那种所谓大家闺秀，她在外面游玩的机会是很少的，所以庭院中的秋千是她们日常寻欢作乐的一个器具。秋千往往是跟她们的青春岁月联系在一起的。另一层时间是当下，就是乱红飘飞。再一层是未来。这样的三层时间。

这首词里面仍然没有什么特殊的事件发生。在古代社会里面，男人的这种浪游是被社会容许的，甚至于，至少在文学的世界里面是被文学所赞美的。而相反的另外一面呢，女子所能够获得的生活就是在被男子间断的抛弃中，所忍受的这种孤独，在这种孤独中感受着生命的消磨。

说到这里，我们再回到《古诗十九首》，我们会想到“昔为倡家女，今为荡子妇。荡子行不归，空床难独守”是多么热烈、多么强有力的一个表达：你要出去鬼混，那就不要怪我在家里干什么。但是，那也只是“倡家女”，或者曾经的“倡家女”可以表达的东西。像这种“庭院深深深几许”的人家，她无法表达这个东西。

上面讲的《蝶恋花》属于士大夫写作的比较文雅的词，但欧阳修还写过一些偏于俚俗风格的词，这个比较特别，我们放在一起读一下。

《醉蓬莱》：写词是另外一种心情

醉蓬莱

宋·欧阳修

见羞容敛翠，嫩脸匀红，素腰袅娜。红药[1]阑边，恼不教伊过。半掩娇羞，语声低颤，问道有人知么。强整罗裙，偷回波眼，佯行佯坐。　更问假如，事还成后，乱了云鬟，被娘猜破。我且归家，你而今休呵。更为娘行，有些针线，诮未曾收啰。却待更阑，庭花影下，重来则个。

1　红药，芍药花。

欧阳修的诗歌，包括他的文章，给我们的感觉就是一个非常庄重严肃的人。可是欧阳修的词里面，不仅有那种传统格调的词，还有一些词近乎“艳词”，甚至带有色情成分。所以你觉得欧阳修这个人好像是分成两个部分的。你读他的诗和文章的时候，你觉得这位老兄特别严肃庄重。大家还记得《五代史·杂传》里面写的一个很有名的故事，说一个姓李的女子跟着丈夫出门去，丈夫在半路中死了，她就扶柩还乡。路途中住店，跟一个店小二发生争执，那店小二一把抓住她的手，结果这位姓李的女同学就非常严肃地说：“我这个身体是我丈夫的，你怎么可以碰?！你这么抓了我的手，这手还能要吗?！”拿起把斧头，啪地一斧头把手给剁下来了。欧阳修觉得这样的女子非常了不起，非常贞烈，都要向她学习。我觉得这要是他闺女的话，他大概就会跟他闺女说：“不要这样嘛，手洗一洗就可以了嘛。”我们不要轻易地相信大人物说提倡什么东西，他自己就真的这样去做。

好了，我们还回到欧阳修，读一首《醉蓬莱》。这首词写一个什么东西呢？它是有一个故事情节的，跟民间词的这种特点比较相近，具体的情节内容是一对男女的幽会，以及幽会中的那种情调吧。

因为词只是一种日常生活中用来演唱消遣娱乐的东西，至少在北宋的时候，它还没有成为一个非常重要的文学体式。人们喜爱它，但是并不很看重它，所以在词里面反而可以写一些更日常生活或者更私人化的东西。所以我们在这里面看到欧阳修的另外一种心情。

“见羞容敛翠，嫩脸匀红，素腰袅娜。”“敛翠”就是皱起眉头。“翠”是眉黛，画过的眉毛。一开始是写一个女孩子走过来了，很害羞的样子，因为他们两个人是要幽会嘛，所以那个女孩子走过来，很害羞的样子，眉毛有一点儿皱的，害羞嘛，脸就红了。然后，走路的姿态又很美。这就是欧阳修心中的一个美女形象。

“红药阑边，恼不教伊过。”“红药阑”，就是一片红色的芍药花圃边上。“恼不教伊过”，拦住了她，不让她走过去，然后这两个人想要干一点儿什么呢，干一点儿不可描述的事情。

“半掩娇羞，语声低颤，问道有人知么。”这是非常口语化的，那女孩子就很害羞，“半掩娇羞”，半遮半掩的这么一种娇羞的样子，然后说话的时候有点儿抖，问道：有人知道吗？

“强整罗裙，偷回波眼，佯行佯坐。”“强整罗裙”，那就是已经干过一点儿坏事了，衣服都弄乱了。但是坏事干到什么程度呢，欧阳修同学没有说，只说干了一点儿不太好的事。然后“偷回波眼”，“波眼”就是水灵灵的大眼睛，四面瞄一瞄。“佯行佯坐”，好像是要走的样子，好像是要坐的样子，有一点儿不安，同时又有一点儿掩饰，好像自己在这里要做什么事情，就是装作一个没事的样子。好像是要走，又好像是要坐，就是不知道以哪一种姿态来表现自己并没有干过坏事。从这个里面可以看得出来的细节大概就是这两个人幽会，那女孩子匆匆忙忙要走，那男孩子就拦住她，而且似乎是做了一些什么动作，所以衣服都弄乱了。那么那女孩子就很害怕，觉得是不是会被人看到？所以就装作没事的样子，但是又很害怕。

“更问假如，事还成后，乱了云鬟，被娘猜破。我且归家，你而今休呵。更为娘行，有些针线，诮未曾收啰。”然后下边是连着的。都是用一些非常俗语的东西，想要很精确的解释比较困难，是因为它都是当时的口语化的东西，我们只能大致地解释：这个小姑娘说，我们做了什么坏事以后，弄得乱七八糟，头发都弄乱了，回去以后被老妈猜破了，怎么办？所以你现在别着急，我先回去，“你而今休呵”，“呵”是指斥，在这里就是“发火”“不高兴”的意思，你别发火，你别不高兴。我再到老妈那边去一下，去打个幌子。“有些针线”，“针线”是指女红，就是女孩子应该做的一些活计。“诮未曾收啰”这个句子不是特别容易懂，“诮”是讥讽、指责的意思。这一句大概的意思就是我到我妈那边去，还有一些针线活儿要干的，不然我妈就要责怪我了。我去干个针线活儿呢，也就是打个幌子，让妈不知道我们真有什么事儿。

“却待更阑，庭花影下，重来则个。”你别着急，到了半夜的时候，在院子里面、花树下面，你再过来，我们再幽会。

你可以看到一个很浪漫的青年男女恋爱的故事情节。这个风格当然跟欧阳修的那首《蝶恋花》是完全不同的，这是更市井化的、更通俗的、更有生活气息的，也是更放开的、更自由的一种风格。跟欧阳修的诗文更是不同调的。所以有人就认为这种词都是别人专门写了来诬陷欧阳修的。但是这样的词也写得挺好的，要有那么大的才华、下那么大的力气写这样子的词来诬陷一个人，也真是有点儿……

《定风波》：词与市井生活

定风波

宋·柳永

自春来，惨绿愁红，芳心是事可可[1]。日上花梢，莺穿柳带，犹压香衾卧。暖酥消，腻云亸[2]，终日厌厌倦梳裹。

1 是事，事事；凡事。可可，不经心的样子。

2 腻云，比喻光泽的发髻。亸，下垂。

无那。恨薄情一去，音书无个。　　早知恁么。悔当初，不把雕鞍锁。向鸡窗，只与蛮笺象管[1]，拘束教吟课。镇相随，莫抛躲。针线闲拈伴伊坐。和我。免使年少，光阴虚过。

从晚唐五代宋代，词的发展实际上有一条比较主流的线，就是从冯延巳到晏殊，再到欧阳修的这条线。这是士大夫的词的一条主线，整个士大夫的词基本上是沿这条线下来的。当然，欧阳修比较特别，他还写一些生活化的词，但总体说来，他还是在士大夫那条主流脉络上。

对宋词来说，一个影响它变化很大的词人就是柳永。

词实际上是在两个不同的场域下面被创作和使用的。这两个场域，一个是士大夫的圈子，以晏殊为典型。晏殊自己家里就蓄养歌女，自己写词，叫她们去唱，然后自己去欣赏，“一曲新词酒一杯”。还有另外一个场域，是民间的或者说是市井的场域。这种所谓市井的场域，更具体而言的话，主要是在妓院。

大家要知道，中国古代意义上的妓院，首先不是提供性服务的，首先是提供文艺服务的。放眼世界范围内，越向现代发展，人类的生活越简单，像妓院这种地方，就变成了单纯的性服务的场所。我们把它当作一个文化现象来讨论，如果你去看比如说荷兰、德国那些色情业合法的地方，你可以发现它整个功能极其简单。但是在中国古代传统里面，这个青楼首先是一个文艺场所，同时它也是滋养一种似是而非的爱情故事的场所。张爱玲为什么喜欢《海上花列传》，你仔细去看的话，可以看到一个什么样的话题呢？简化

1　蛮笺象管，高丽或蜀地所产的纸与象牙管的笔。泛指名贵的纸笔。

来说的话，如果说人生如梦，人生的这种欢爱本身也是一场梦，并没有什么真正靠得住的力量来支撑这种所谓浪漫。那么像《海上花列传》里面所描写的这种梦，它是一个更浅的梦。什么叫更浅的梦呢？就是梦在进行的时候，人就知道他在做梦。这是妓院里的爱情的特点。但是你也不能说它不是梦，它有梦的那种幻想和美好。如果你这样来理解张爱玲的话，你就知道她为什么喜欢中国的旧小说，喜欢《海上花列传》，为什么她写的这种新小说里面带着一种旧小说的气息。

我们再回到中国传统文学里面。我们知道，青楼跟中国文学发展的关系非常之大。青楼是很多文学主题和文学作品产生的场所。青楼既不是所谓罪恶的渊薮，也不是爱情的天国，它是一个浅梦，是一个发生很多梦想的地方。特别是在中国古代，士大夫跟女性自由接触的机会比较少，士大夫的婚姻更多是以政治方面和经济方面的原因作为条件的，就很缺乏感情生活的满足，因此青楼就成了一种补充。但是青楼的故事需要真正的文学家去写，去写出青楼故事里面的美好，写这种美好中所包含的无奈，写这种无奈中所包含的虚假。我刚说了，青楼是一种浅梦，不够好的作家是表现不出来的。

那么，柳永的出现对词的发展来说，比较重要的一点就是他把词引入青楼文学，用词来表现青楼中的爱情故事，那种情感的眷恋。当然，青楼故事中虚伪和残酷的一面，柳永接触得很少。我们看到柳永词的时候，会觉得青楼好像是专门产生爱情故事的地方。你不能说它全是虚假的，青楼本身是半真半假的，带着一点儿真，带着一点儿假。但是柳永完全改变了词的风格。

我们读这首《定风波》。

“自春来，惨绿愁红，芳心是事可可。”“绿”和“红”之所以是“惨”和“愁”，道理也很简单，当你心境很不好时，一切美好事物引起人的感受都是一种伤感。“芳心”是指女子的心。“是事”就是“所有的事”。“可可”就是随意、漫不经心的意思，没有心绪。

“日上花梢，莺穿柳带，犹压香衾卧。”到了很晚也懒得起床。这首词里面描写的女子好像是不用干活儿的，可以起得很晚很晚。要注意这是一个文学画面，妓院的女孩子是活得很苦的，不要相信他。这样的一种对所谓慵懒形象的描写，我已经说过了，是男性心目中的一种特殊的女性美。我可能有时候说话非常尖刻，或者说我对人是什么，可能想得比大家都多。我讲到温庭筠的《菩萨蛮》的时候，我就说过，慵懒的女人隐藏着一种有待激发的性的兴奋。慵懒之所以在男性心目中是美的，因为它包含着一个未被激发的性兴奋。它其实就是这样的一个东西。所以，如果你还继续觉得它是美的，也可以，我没有反对。它确实是中国古典文学中经常涉及的一种美。但是这个美究竟是什么？我想还是需要有所了解。

后面写到女性的身体：“暖酥消，腻云亸，终日厌厌倦梳裹。”这就有点儿宫体诗的笔法了，就是用比较细致的笔触去描写女性的身体，而这种身体是有触感的。所谓“暖”是温度，所谓“酥”是质感，就是暖和软。为什么士大夫不会写这样的诗，明白了吧？这是柳永的趣味，因为柳永是一个习惯于在青楼中生活的文人，同时它也是迎合市井趣味。白居易的《长恨歌》是市井趣味，能体会到吗？《长恨歌》的一个很大的好处就是它庸俗，使人们读了以后觉得很开心。“腻云”就是指女子的头发，滑腻。这个“暖酥”和“腻云”都是有手的触感在里面的，作者这样写的时候，他要写的就是跟女子的身体接触以后的感受。

“无那。恨薄情一去，音书无个。”为什么这么无奈呢？是因为那个薄情的人，去了以后连一封信都没有。这不是夫妻，这是青楼女子和她的情郎。

“早知恁么。悔当初，不把雕鞍锁。”早知道是这么一个结果，后悔当初就应该把他的马给关起来。简单地说就是把他的宝马车钥匙拔了，开不走了。

“向鸡窗，只与蛮笺象管，拘束教吟课。”“鸡窗”就是书房。“只与蛮笺象管”，给他漂亮的笔、漂亮的纸。“拘束教吟课”，把他关在房里面，天天教我写诗。

“镇相随，莫抛躲。针线闲拈伴伊坐。和我。免使年少，光阴虚过。”“镇相随”，整天跟他在一起。“莫抛躲”，不要互相闪躲。“针线闲拈伴伊坐”，拿着针线，用现在话说就是打毛线吧，一边陪着他一边打毛线。为了什么呢？“和我，免使年少，光阴虚过”。

这个是写一个妓女所渴望的爱情。当然所谓妓女所渴望的爱情，是从柳永这样的文人的眼光和想象中去体会的爱情。就这种诗歌的趣味来说，它有非常强烈的那种市井社会的特点。我们把它跟士大夫的词相比较的话，你可以看得出，如果说士大夫的词涉及女性的话，它和女性是有距离的。在士大夫的词里面，如果写到女性、写到男女欢爱的话，这个女性的虚构性是非常清楚的。它会很明确地告诉你，这只是一个画上人，这只是一个虚构空间中的人物。那么读到柳永这样的词的时候，其实它也是虚构性的，但是在这个虚构性的场景和画面中，它试图尽可能地增加一种真实性。它似乎是一种生活记录，并且这个女性是可以触摸的一个女性。这个是市井性的词作和士大夫传统词作的很明显的区别。在士大夫的词作里面，诗人和词中的场景、人物是保持距离的；在柳永这样的词里面，诗人和词中的场景、人物是近距离的，并且它使读者也成为近距离的。

这篇选得还是比较雅一点儿的，柳永的词里还有更生动一点儿的，这种感性的描述更深入一点儿。他喜欢把情人之间的美满生活，直接地描述为同床共眠，幸福在被窝里面。“良辰好景，恨浮名牵系。无分得，与你姿情浓睡”（《殢人娇》），这类东西很多。在高雅的士大夫看来，是令人生气的。

关于宋词的词话里面有几个跟柳永有关的故事非常有趣。一个是说柳永去看晏殊，晏殊很不屑地跟他说：“听说你是在做那个曲子词的，是吧？”柳永说：“就跟您一样，我也写那些东西。”晏殊生气地说：“‘针线闲拈伴伊坐’这样的东西我可没写过。”意思说你那种低档的话、无耻的话，我从来没写过。因为柳永是双重身份的，他一方面是市井文人，另外一方面从他所接受的教育看，他也是一个传统士大夫。虽然他很长时间在科举上不顺利，但最后他也还是从科举出仕了，做了一个屯田员外郎。所以他既是一个传统的士大夫，同时又是一个在市井中生活的人物。刚才我说过，士大夫的词和这种市井风格的词，两者很显著的差别，就可以从晏殊和柳永的对话中看出来。之前我们读过晏殊的“一曲新词酒一杯”，那种情感的表达，那种非常高贵的、贵族气息的表达方法，描写到一定的程度，就不再深入下去，就停在一个很平和的状态之上。他绝对不使情绪强化和激化，保持在一种平淡的气氛中，而这个平淡的后面其实是有很深的东西。市井文学则是要穷形尽相，非要写到真正感觉到刺激了大家为止。

还有一个故事是讲柳永跟苏东坡的。苏东坡问他的门客，我的词跟柳七相比如何？门客赞颂他，说柳永那个词，只配十七八岁的小女孩，拿着红牙象板唱“杨柳岸，晓风残月”；您老人家的词，要叫关西大汉，拿铜琵琶铁绰板，唱“大江东去”。这个比喻当然让苏东坡很开心。但是你要知道，实际上词都是小女孩唱的，没有关西大汉唱的。

这两个故事表明什么呢？也就是在讲柳永词的时候，我想讲的一个问题。实际上以柳永为标志，在中国文学里面出现一种新的文人类型，从柳永开始，到后来像唐伯虎、李渔这种类型。他们虽然是传统士大夫的一分子，接受的教育是传统的士大夫文化，但是当他们在传统的士大夫的人生道路上不太顺利的时候，会去寻求另外一种托身之所，也就是说，他们在另外一种场域中去求取他们的物质资源和社会成功。人在世界上能够追求的东西其实说到底就是两件，一个是物质资源、财富，另外一个就是社会成功。当城市经济逐渐发达，市民本身所拥有的经济力量增长，乃至于他们对社会的影响力越来越大的时候，文人就可以寻求到另外的一种生存方式。传说柳永死了以后，家里没有钱收葬，是一些妓女凑钱把他葬掉的。这当然是一个故事，收在《喻世明言》里面的。但这个故事本身说明了什么？说明市井文人和市井社会的一种密切的关联。

我这里主要是想讲一个比较大的话题，传统的士大夫在商业社会越来越发达的情况下，他们谋生的方法会产生一种变化，因此他们的创作和趣味也会发生变化。这种变化在柳永的词里面是表现得很清楚的，这也引起了士大夫的一种不满。晏殊、苏东坡虽然都特别自信，可是遇到柳永，还是不免酸溜溜的。

《鹧鸪天》：浪子的美梦

鹧鸪天

宋・晏几道

小令尊前见玉箫，银灯一曲太妖娆。歌中醉倒谁能恨，唱罢归来酒未消。　　春悄悄，夜迢迢，碧云天共楚宫遥。梦魂惯得无拘检，又踏杨花过谢桥[1]。

在讲晏殊的时候，我们没有讲晏几道。晏几道也是宋代一个非常优秀的作家，他擅长作小令，擅长描述一种被阻隔的爱情，题材类似李商隐的无题诗，但是比李商隐所写的情调要更放纵和热烈一些。

晏殊曾经获得过很高的社会地位。但是宋代的社会结构跟南朝到唐代的这种社会结构已经不一样了。在南朝到唐代，还存在着门阀制度，有些家族拥有一种世代相续的社会地位和政治影响力。但是到了宋代以后，我们就很难看到这种情形了。简单地说，如果我们把南朝和唐代的那种世族称为贵族的话，到了宋代这种贵族已经不存在了。因此，即使像拥有这样高的社会身份的晏殊，他的下一代如果没有取得比较高的政治地位的话，他的处境就会比较潦倒。

晏几道是晏殊的小儿子，在他成年的时候，家庭的华贵都已经消失了。但是他身上又必然还带着一种贵公子的气息，因此他的诗歌的一种很特殊的情调，用八个字来形容就是：落魄潦倒、孤傲不羁。他接触了很多重要的官员，或者说是社会身份地位很高的人，这些人往往是他父亲的下属或者门生。

1　谢桥，谢家的桥。代指冶游之地，或指情人欢会之所。

晏几道的小令，比较多的是写那种和歌女、妓女之间的爱情。这种爱情在古代诗词里面写得很多了，但是一般人去写这种爱情的时候，往往不能把它写得非常热烈，因为感情的投入没有那么深。那么，可能有同学就要指责我了，说："你这么说是觉得晏几道会非常热烈地爱上一个妓女吗？"也可以这么理解，因为晏几道是一个落魄潦倒的人，因此这种爱情对他来说，重点不是对方多么可爱，而是他自己很可爱。我这话说得有点儿矛盾、有点儿含糊是吧？我再把它说清楚一点儿。当他热烈地爱上一个妓女的时候，他热烈地爱上了自己。他在想象一种热烈的感情，想象一个放诞的、自由的、快乐的自我形象。或者这样吧，我再换一个角度，不知道大家能不能理解？一个落魄的文人，他在描述自己落魄生活的时候，他不能只是写自己的穷困、贫寒、悲哀。只写这些东西的话，他就没有我刚刚说的那种孤傲的感觉。在写落魄的生活的时候，他写和一个女子的热烈的相爱，在这种热烈的相爱中，忘掉了世界上的一切屈辱，一切挫折，只剩下那种热烈的感情。在写这样的生活的时候，他描绘出了他自己的自由、放浪和高傲。最重要的不是那个女人，最重要的是他的自由、放浪和高傲。如果这样来理解的话，我们就可以来读他的词。当然，这样的词也有美感的，因为在这样描写的时候，他认为自己是非常热烈地爱着那个女子的。因为只有他认为，并且描述自己是热烈地爱着那个女子的，他才能描绘出自己的自由、放浪和高傲。

"小令尊前见玉箫，银灯一曲太妖娆。""小令"是歌曲的意思，"尊前"就是酒席，"玉箫"是指歌女，这是借用古诗里面的典故。就是说，在一个宴会上，在歌声中看到了你。我们可以从这里面推导出去，在一个宴会上，主人请家里的歌女出来唱歌。他们晏家原本也是有歌女的，是吧？"一曲新词酒一杯"是他老子的生活，但是儿子就没有“一曲新词酒一杯”了。“新词”是有的，“酒”也是有的，但唱“新词”的歌女就不是他们家里的，歌女是人家的。所以他见到的“玉箫”是人家的“玉箫”，不是他们家的。然后很感叹地说“银灯一曲太妖娆”。“银灯”是在灯光的照耀下唱着歌的女子，实在是太漂亮。这个“太妖娆”有一种感叹在里面，我们可以想象，随着歌声出现的那名女子，在灯光的照耀下，给人的一种惊艳感。

“歌中醉倒谁能恨，唱罢归来酒未消。”这名女子是如此美好，但又不是你可以随便去跟她打交道的，因为那是别人的酒宴，那是别人的歌女，虽然“银灯一曲太妖娆”，但是很难沟通心曲，很难传递信息，那么唯一的办法是什么？“歌中醉倒谁能恨”，在你的歌声中我就一杯一杯地喝，有什么可以怨恨的？其实就是说还有什么办法呢？我并不怨恨，我就是一杯一杯地喝，为了你，我就醉倒了。但其实他是说很无奈。“唱罢归来酒未消”，酒宴结束了，歌也结束了，回来的路上我的酒意还一直没有消，还沉醉在酒意中，也就是说还沉醉在对玉箫的梦想中。

“春悄悄，夜迢迢，碧云天共楚宫遥。”大家知道，词有一种由词牌所决定的节奏。但是你去填词的时候，你所表达的感情和这个词的节奏配合得好，那是要有真本领的。这三句连在一起读的时候，声音柔美，意境缥缈。“春悄悄，夜迢迢”，这是归来的路上。“碧云天共楚宫遥”，回到家里还在想念那名女子。这里的“楚宫”仍然是用典故，借指那名女子居住的地方。天非常高远，你也如此地远。他写的是对在酒宴上所见到的女子的爱慕，但是又无法传递这种爱慕，所产生的那种遗憾和遗憾中的情爱。

“梦魂惯得无拘检，又踏杨花过谢桥。”最后这个句子写得太漂亮了。人在世界上是受到约束的，人在梦里面是不受约束的，所以“梦魂惯得无拘检”，虽然在日常生活里面我们不能不“拘检”，也就是说不能不受到社会规则的约束，但是在梦里面，我们的情感不受约束。“又踏杨花过谢桥”，“谢”是指“谢娘”，也是指歌女。我踩着杨花经过了你们院子里的那座桥又来见你了，为什么要踩着杨花？你当然可以说因为春天，地上都是杨花，但是踩着杨花它是一句鬼话啊，它是没有地心吸引力的，在梦里面人是不受社会规则的拘束的，也是不受地心吸引力的拘束的。这里的“踏杨花”是说踩着那个飘扬的杨花。他是个梦魂，踩着飞扬的杨花，轻飘飘地飘过去。这个句子很美，意境也很美。

在这样的词里面，你说他爱的是那名女子吗？恐怕他更多的是爱他自己，爱自己在落魄生活中的自由、放荡和骄傲。美不美呢？我们想它也还是美的了。在生活落魄潦倒的那种情形下，他构造出一种自由的放浪的意境。

至于那个“玉箫”有没有爱他，我们是一点儿也看不到。人家“玉箫”根本就没想到要见他，眼睛里也不怎么看见他，是吧？中国的诗词和中国的小说里面经常会想象一个女孩，特别是妓女、歌女，她们不爱有钱人，她们嫌有钱人太蠢，她们会爱上一个会写诗词的书生，这都是书生的梦想。

现在我们要讲伟大的苏轼苏东坡了。他给宋词带来了最大的改变。以他为首，加上后来的辛弃疾等人，形成了一个宋词的“豪放派”。虽然，总体上宋词的主流是婉约派，苏辛那个阵营的人数少，佳作也不多。但在大多数读者心目中，苏、辛两个人，就足够强大了。

苏东坡词的特点，其实陈师道、李清照已经说得很明白，就是“以诗为词”，也就是说不尊重诗和词的分野，不尊重词固有的传统。当然这是李清照等人的看法。从另外一个意义上来说，你也可以认为，正是因为苏东坡不尊重词固有的传统，所以他开辟了词的另外一个新的传统。

“以诗为词”，一方面可以说它是对的，就是说凡是诗能够写的，词都能够写。我说过，词在宋代发展繁荣的一个很大的原因，就是因为词和诗分道扬镳了。诗有诗关注的中心主题，词有词关心的中心主题。而在苏东坡那里，就没有这个区别。凡是可以用诗写的，他都可以用词写。从这个角度来说，你说他“以诗为词”，也是可以成立的。但是从另外一个角度来说，它又是不成立的，因为诗还是诗，词还是词。比如说《念奴娇·赤壁怀古》，比如说《水调歌头》，这种怀念兄弟的中秋思亲的抒情，既然用诗完全可以写，苏东坡也不是不会写诗，他为什么还要用词写呢？语言是一个非常神秘的东西，它包含着丰富的可能性。伟大的文学家就是要去发现这种文学的可能性。文学家之所以是重要的，是因为他们能够挖掘出语言的这种神秘，能够用语言做出新的创造。文体也是这样，任何一种文体都包含着多种多样的可能性，只不过某一个文体所包含的可能性，有时候还没有被发掘出来。苏东坡所谓的豪放词，实际上是以他自己的创作发掘了词所包含的另外一种可能性，未被注意到的可能。所以说我刚才说苏东坡“以诗为词”这句话，一半是对的，一半是不对的。苏东坡写的还是词，而不是用词的格式来写诗。

之前我们说过，任何一种文体都有它自身的特质和它在某种抒情方面的优长。前面我很努力地讲过五绝、七绝、五律、七律、齐言、杂言七古的个性。我们这样来体会的话就可以看到，词能够表达一个情绪完整的、连续的变化过程。诗是跳断的，一层一层是跳断的，而词不是这样的。

《念奴娇·赤壁怀古》：遥望英雄叹白发

念奴娇·赤壁怀古

宋·苏轼

大江东去，浪淘尽，千古风流人物。故垒西边，人道是，三国周郎赤壁。乱石穿空，惊涛拍岸，卷起千堆雪。江山如画，一时多少豪杰。　遥想公瑾当年，小乔初嫁了，雄姿英发。羽扇纶巾，谈笑间，樯橹[1]灰飞烟灭。故国神游，多情应笑我，早生华发。人生如梦，一樽还酹[2]江月。

我们来读苏东坡的这首《赤壁怀古》。这首词的特点就是非常雄壮，这种雄壮不仅仅是诗人的情怀，而且是所描绘的场景；也不仅仅是场景，而且是节奏；也不仅仅是节奏，而且是声音。

你一读就能体会到。“大江东去，浪淘尽，千古风流人物。”“大”“江”“东”“去”“浪”“淘”“尽”，全是那种很浑厚的音，一声一声很自然就读出这种效果。如果像蚊子叫一样去读，你自己就觉得不对了，实在是不对劲。它有很强大的声音的力量。“千古风流人物”，这里稍微转一转，让你情绪就激动起来了。这个情感虽然还没有出来，但是你已经可以感受到它的情感、主题、意境，它的节奏、声音，是一起出来的。

“故垒西边，人道是，三国周郎赤壁。”这个地方当然有点儿小滑头，因为苏东坡游的赤壁并不是三国大战的赤壁。所以他跟你耍点

1　樯，帆船上挂帆的桅杆。橹，船桨。

2　酹，将酒洒在地上表示祭奠。

儿小滑头，他也知道不是，所以他说“人道是”，人家说是，我就跟你说是。有一个很有名的故事，是说苏东坡叫他的门客说说鬼。门客很认真地跟他说：鬼是没有的呀。苏东坡说：“姑妄言之。”难道一定要有鬼才说鬼吗？要有鬼才说鬼，鬼就不好玩儿了。鬼的好玩儿就在于它没有，无中生有。所以这一句转得特别有趣，显示出东坡的一种诙谐、放达和调皮劲。苏东坡是很有调皮劲的。

苏东坡这个人不是很好描述，这个人很有味。简单地说，明清的文人最喜欢的就是苏东坡。因为在苏东坡身上，他的智慧、他的品格和他的趣味结合得非常好。而且，他在面对沉重社会压力的情况下，有一种自得其乐的能力。苏东坡好像是不会绝望的。我们如果说李白和苏东坡是唐宋两个时代最有才华的天才诗人，这两个人都是天才，李白是唐代的天才，东坡是宋代的天才。但是李白这个人吧，反正就是有一点点让他不满意，就要上天落地，就要跳上天去。他觉得这个世界永远是不合理的，因为这个世界无法让他感到满足。苏东坡呢，无论遇到什么样的苦难，他都告诉你：退一步就好了。

流放到岭南去了，是吧？他告诉你“日啖荔枝三百颗，不辞长作岭南人”。我读各种书里记的一些小故事，觉得特别好玩儿。苏东坡爱吃肉，大家知道吧？东坡肉是复旦食堂的招牌菜，现在还有吗？我们读书的时候就吃。可是苏东坡到了惠州以后他就没肉吃了，买不到肉吃。因为他是一个被流放的人。整个惠州城里面一天就杀一只羊，羊宰了以后，他连好的羊肉都没资格买到。好的羊肉都给官衙人买走了，剩下什么呢？剩下的就是北京人叫的羊蝎子，就是羊脊骨。苏东坡就把羊骨买回家。拿炭火烤，烤了以后撒上盐，拿竹签子把烤熟的肉从骨头缝里面剔出来吃，味道很好。烤羊蝎子，这是东坡的一个发明。他总有办法。其实他也有很多无奈和伤感的东西，但是他总能找到一种自我排解的方式。我们读这首词也能够感受到一种壮阔飞腾的幻想和一种无可奈何的自我排解。

我之前说过，周瑜在唐诗宋词里面是男人一生成功的标本、典范。男人活成周瑜那个样子就满足了。出身名门，少年得志，年纪很轻就娶了美女，跟孙策分娶了大小乔，然后一战成名，打败了曹操。唯一的不足就是死得早。但是跟美女一样，太帅的男人也不用活得太长。你说，周瑜要是活成一个鼻涕眼泪都擦不干净的老头子，你说有啥意思？多么破坏这个风流儒将的形象。后来《三国演义》出来了，这让周瑜遭的罪就大了。

“乱石穿空，惊涛拍岸，卷起千堆雪。江山如画，一时多少豪杰。”苏东坡的这首《念奴娇》，因为流传得特别广，在流传的过程里面，你觉得这个字不合适，改一改；我觉得那个字不合适，也改一改。所以这首《念奴娇》的版本特别多，东一个字西一个字都不一样。

我们在这里还是要比较多地讲诗和词的不同。如果是诗的话，它就会形成几个不同的层面，不会在一个情绪上连续地往前推动。而词在最初成立的时候，就是能够在细节上展开的。因为能够在细节上展开，它可以把感情写得很丰富。我们现在说的这个特点其实跟这个也是有关系的。词能把一个情绪的变化过程完整地向前推展，这是诗做不到的。词是一层一层地往下推，中间不间断。诗的这种跳断，在词里是没有的。

“遥想公瑾当年，小乔初嫁了，雄姿英发。”其实在赤壁大战的时候，周瑜娶小乔已经有十年之久了，不是“小乔初嫁了”。但是，就像好莱坞的电影，英雄身边如果没有美女的话，这个片子不卖座。这跟电影是一样的道理，让周瑜一个人干巴巴地在那里打仗，没个美女陪着他，那种生命的壮阔和美丽就不能很好地结合在一起。所以生命既要是壮阔的，也要是美丽的。因此，“遥想公瑾当年，小乔初嫁了”。苏东坡是一个很幽默、有点儿好玩儿的人，所以他不在乎。你跟他说这个小乔也不是初嫁了，嫁了十年都差不多快老了。但是东坡觉得吧，如果没个小乔，这个赤壁之战就打得没味道了，所以还是要让她“初嫁了”。

“羽扇纶巾，谈笑间，强虏灰飞烟灭。”一直到这里为止，你都可以看到对壮阔的生命和伟大的事业的一种向往。但是苏东坡是苏东坡，苏东坡是一个哲学家，他知道生命是一个无可奈何的过程，而在无可奈何的过程里面，人需要找到一个安慰自己的方法，不能够在一种失落绝望之中悲恸不已。

“故国神游，多情应笑我，早生华发。”我是一个多情的人啊，太可笑了，这么早就生了白头发。

“人生如梦，一樽还酹江月。”说到底，人生只是一场梦。为什么“一樽还酹江月”呢？有如此江山，有如此明月，也就够了。这就是东坡的情怀。这就是明清文人很喜欢东坡的原因。已经到“人生如梦”了，那种所谓壮阔的人生情怀已经没有可能得到实现了，他也并不是说很悲恸，他告诉你：有江有月你还要什么？你还不开心？你要还不开心，你不是找死吗？这就是《赤壁赋》里面所说的“江上之清风”“山间之明月”，有清风、有明月，人生就可以是好的。这个要是让李白看到，李白肯定生气得不得了，怎么这么没有出息！但是在东坡看来，人生的态度是这样就很好了。

说完苏东坡我们直接说辛弃疾。时间顺序这就不对了，辛弃疾都是南宋人了，这不跳过了好几位吗？这个也没关系。我们把苏辛联起来也有方便之处。

《水龙吟·登建康赏心亭》：英雄失路之悲

水龙吟·登建康赏心亭

宋·辛弃疾

楚天千里清秋，水随天去秋无际。遥岑远目，献愁供恨，玉簪螺髻[1]。落日楼头，断鸿声里，江南游子。把吴钩看了，栏杆拍遍，无人会，登临意。　休说鲈鱼堪脍，尽西风，季鹰归未？求田问舍，怕应羞见，刘郎才气。可惜流年，忧愁风雨，树犹如此！倩何人唤取、红巾翠袖[2]，揾英雄泪！

我们再来读辛弃疾的《水龙吟·登建康赏心亭》，来讲怎么理解所谓豪放派。豪放词的价值就在于对词的抒情功能的一种拓展、一种发现、一种创造。

辛弃疾跟其他的诗人都不一样，他很少写诗，留存的诗的数量很少，也并不杰出，没有什么很大的成就。辛弃疾似乎是一个纯粹的词人。有时候我们把辛弃疾理解为是所谓豪放派词人，这种理解是很片面的。辛弃疾各种各样的词都写过。在宋词里面，辛弃疾的词风是最丰富的。当然，任何一个文学家，在文学史上都会被简化掉。当我们从文学史上去理解他的时候，我们所了解的就是被处理过的那几个要点。在文学史上，辛弃疾被人们提到就是他和苏东坡合称“苏辛”，是所谓豪放词的代表作家。

1　玉簪，比喻山峰。螺髻，比喻耸起如髻的峰峦。

2　红巾，借指美女。翠袖，指女子。

就从豪放词来说，辛弃疾也跟苏东坡有所不同，辛弃疾的词更强烈、更激烈，更具有英雄气概。因为辛弃疾是在一个动荡的时代产生的一个英雄人物。

《世说新语》里有人把曹操称作“奸雄”，所谓“乱世出英雄”。在动乱的时代里面，那些不循常规的人，有更多的实现自己的机会。辛弃疾就是这样的一个人。进入南宋，从北方南渡以后，他也担任过一些很重要的官职，相当于现在省一级的地方军政长官。前人评辛弃疾的词的时候，就说他的词里面有桓温那类人物的气息，这个说得是很准确的。东晋的桓温，也就是曹操那种类型。《世说新语》里面写到的几个所谓英雄人物，曹操、王敦、桓温，在正统的道德评价里面，都是被作为负面的形象来看待的。所以说辛弃疾是桓温一类的人物的话，也就是说他的很多人生情怀，其实不符合宋代严格的正统的道德要求。但是这也是我们理解辛弃疾的一个要点，理解那种慷慨磊落和英雄失志之悲，他总有一种人生的理想、欲望不能得到实现，才华没有得到施展的痛苦。

史书中记载，当时有官员弹劾辛弃疾，罪名是随意杀人、任性花钱，这是不是有点儿影子呢？不要用你的方法去理解辛弃疾，辛弃疾是一个大帅，所以金钱这类东西他是不在意的。

读苏东坡的词，你会感觉到很壮阔，又很飘逸，一种高蹈的气质。辛弃疾的词则不是这样，辛弃疾的词是一种很强烈的激愤，一种悲愤的东西。

“楚天千里清秋，水随天去秋无际。遥岑远目，献愁供恨，玉簪螺髻。”这是一个很壮阔的场面。辛弃疾的词，善于用那种非常柔美的调子来写壮阔的情怀，情绪非常丰富。他在这里写登上建康赏心亭，看到了远处的山。“玉簪螺髻”，“玉簪”就是比较挺直的山，“螺髻”就是圆圆的山。远处的山是非常妩媚的。他把青山妩媚写得很动人。但是，这个青山妩媚，使人产生的感受是“献愁供恨”，就是把愁和恨，把那种痛苦悲哀推到人的心里面。

然后描写自己的那种失落感：“落日楼头，断鸿声里，江南游子。把吴钩看了，栏杆拍遍，无人会，登临意。”这个可能是宋词里面最长的句子了。所谓最长的句子，就是说它中间无法剪断，它一层一层地往下推。读这样的词的时候，会有一拍一拍地拍下去，把栏杆拍遍，就非跟着他拍不可的这种感觉。当然，面对失败，并不是没有一种转换生活方式的可能性。古人在政治上失落的时候，往往寻求一种退隐、高蹈，就像东坡那样的一种旷达，也都是可以的。但是别人可以，辛弃疾不可以。

“休说鲈鱼堪脍，尽西风，季鹰归未？求田问舍，怕应羞见，刘郎才气。可惜流年，忧愁风雨，树犹如此！”这里连用了三个典故。辛弃疾很喜欢用典故。典故太多当然会造成一种阅读的不舒畅，因为读者需要先熟悉这些典故。但是这首词里用的几个典故都不是很生疏的，因此它带来很大的好处。每一个典故都很短，只有几个字，但是在典故背后有一个很复杂的历史故事，可以借由典故来展开。现在大家明白用典故的好处是什么了吗？在一个很简单的语言表述里面，可以展开一个比较广阔的联想。

第一个是西晋张翰的典故：季鹰是张翰的字，张翰在洛阳做官，秋风起，他想念江南的莼菜、鲈鱼脍，然后就辞官回家了。有同学吃过莼菜吗？北方同学到南方来，总要吃一点儿莼菜吧，莼菜是一种水生植物，很腻滑的、有弹性的，做得好的话是很好吃的。辛弃疾的意思是说，甘心做隐士，这个对我来说是做不到的。

那么“求田问舍”行不行呢？求田问舍的话，就怕遇到像刘备那样的人，“怕应羞见，刘郎才气”。这是出自《三国志》的典故。那些人会看不起自己。那如果遇不到刘备呢，现在没有刘备这样的人，你就可以去求田问舍了吧？但是史书里面有刘备，史书里面还有曹操，史书里面还有桓温，你一读史书，就觉得自己太丢脸了。这是辛弃疾才有的感觉。你们会有吗？你们读史书的时候，会觉得这么窝囊，碌碌无为，整天喝点儿小酒，很丢人吗？

“可惜流年，忧愁风雨，树犹如此！”可惜时光不停地流失啊。“树犹如此”是桓温的典故。桓温是一个曹操式的人物，他北伐的时候，看到自己早年所种的柳树已经长得很高大了，就攀着柳条流泪感慨。感慨什么呢？“树犹如此，人何以堪！”英雄也有他悲伤的时候，悲伤什么呢？悲伤的是自己的一生，自己所向往的东西不能够得到，自己想造就的成就不能够造就。桓温最有名的那句话，就是“既不能流芳后世，不足复遗臭万载邪！”。流芳百世做不到的话，连遗臭万年也做不到吗？总不能默默无闻吧。所以他很悲哀。而辛弃疾非常理解桓温。所以他最后要用桓温的典故。

“倩何人唤取，红巾翠袖，揾英雄泪！”无可奈何之下，还有什么可以安慰自己呢？有一种无奈，但是无奈之中又转换到一种美的意境里面去。就是说，如果什么安慰都没有的话，女性可以给人带来安慰。读了这首词，如果你再去读龚自珍的诗的时候，你会发现这种情绪不断地出现。在人生失败的时候，女性的美可以成为生命最后的安慰。问题是现在女同学都很强，都很厉害，没有时间给你擦眼泪。我们必须知道这首词是在辛弃疾的时代，那个时代有很多女孩子没有什么重要的工作，所以她可以给老辛擦眼泪。我们班上的男同学如果突然觉得自己英雄失志，然后感慨说：“倩何人唤取，红巾翠袖，揾英雄泪！”女生会告诉你：你坐一边去，你拿抹布去抹吧！我忙着呢！这也是时代的不同。

我们把苏辛的词放在一起来讲，一方面是讲所谓豪放词的特点，另外一方面我还是想强调词是词，词不是诗，希望大家能够领会。

在过去的传统里，词已经习惯于用一种唯美的抒情笔法来表达细琐的日常生活情感。而苏东坡感受到了词的另外一种力量，就是词有一种非常好的节奏感。这种节奏感如果跟情绪的节奏结合得非常密合的话，会产生诗所达不到的效果。这里我们先把古体诗自由体的诗，比如李白写的那种诗放在一边不谈，比如五、七言的诗歌，都不是自然的节奏，语言的节奏跟情绪的节奏很难恰当地结合在一起。像杜甫的那首《闻官军收河南河北》，用七律的方法来表现一种情绪节奏，那已经是到了绝顶了，没有多少人能够做到的，就连杜甫自己也没写过几首这样的诗。因为诗的形式是一种固定化的形式，难以和情绪节奏产生一种密合。而词能做到这一点。

我们选了一个明显的例子，就是苏东坡怀念他的已故的妻子的《江城子·乙卯正月二十日夜记梦》。苏东坡的妻子死得很早，东坡对他的妻子很有感情，他把这种感情在词中非常真实地表现出来。而这种感情不仅仅是通过语言的内涵来表达的，还是直接通过节奏来表达的。你读上去的时候，这个节奏好像就是最符合这个时候要表达的感情。“十年生死两茫茫。不思量。自难忘。千里孤坟，无处话凄凉。”这个长句和短句的结合，你会觉得好像这个时候正好是需要这样的长句接下去，“纵使相逢应不识，尘满面，鬓如霜。”这个也是到绝顶了，词当然是有节奏的，大多数词家也都会考虑词的情绪节奏和词牌节奏的关系，但是结合得这么好的很少，这几乎是完美的。

“夜来幽梦忽还乡。小轩窗，正梳妆。相顾无言，惟有泪千行。料得年年肠断处，明月夜，短松冈。”我之前讲过，悼亡是诗的主题，不是词的主题。词是写那一种比较艳的东西的，或者是比较伤感的东西的，但是不写非常悲哀、非常庄重的东西的。假定说苏东坡要把这首《江城子》所写的内容换成一首诗，他也可以写得好，但是他不可能写得这么好，他没有办法写到这么好。因为这么美的节奏在诗里面实现不了。那么当然有的同学立刻就会说了：要讲节奏的话，古乐府的节奏都是很自由的，你想怎么写就怎么写，是吧？但是问题是古乐府和词还不一样，它们就像是两种不同的舞蹈，古乐府就像那种自由的舞蹈一样，没有任何限制，可以随性地去舞蹈，这种随性的舞蹈和芭蕾舞这样有规范和形式限制的舞蹈，是不一样的。同样是用节奏来表达情绪，你不能说古乐府就不如词，古乐府也可以用节奏来表达情绪，你不能说哪一种不好、哪一种更好，但是词就是词。

我们再看辛弃疾的词，就更可以感觉到这一点，这种节奏是非常特别的。“落日楼头，断鸿声里，江南游子。把吴钩看了，栏杆拍遍，无人会，登临意。”这句子很长，不到底是不能结束的，是一句接着一句往下推动的。虽然按照词谱，到“江南游子”就用句号把它句掉了，是吧？但是按照它的词意，“江南游子”这个主语出来以后下面不能没有谓语、没有行动，所以说这里不能断。“落日楼头，断鸿声里”是场所和背景，“江南游子”干什么呢？“把吴钩看了，栏杆拍遍，无人会，登临意。”它是一波一波往前推的，这个节奏非常强大，让你读到这个地方就停不下来，硬是被这个词推动着向前。你说你不激动？老天爷！除非你不识字，或者你根本就没读过古诗，否则你不可能不激动，它是这么一波一波地来推你的。

这种对节奏的利用是只有词才能达到的。写诗就达不到，写诗只能写“无边落木萧萧下，不尽长江滚滚来”，壮阔是很壮阔的，但是它没有那种来自语言节奏力量的推动。它需要你去体会这个“无边落木萧萧下，不尽长江滚滚来”，你要站在那边想这个“无边落木萧萧下，不尽长江滚滚来”，然后你情绪激动起来。它需要一个酝酿过程。到词这里是不需要酝酿过程的，它没有时间让你去体会，直接一波一波扑上来，一直把你扑倒为止。被扑倒了以后你说：哎呀辛弃疾你真棒！你牛！你再回过去读这首“十年生死两茫茫”，这首词都不用讲解，你读就行了，“不思量，自难忘”，就是这种非常美的感觉。

我们再读一首周邦彦的词。你要注意，他和李清照在时间顺序上是早于辛弃疾的。为了把苏辛连着讲，这个地方把时间顺序打乱了。

《苏幕遮·燎沉香》：结构精巧的典范

苏幕遮

宋·周邦彦

燎沉香，消溽暑[1]。鸟雀呼晴，侵晓[2]窥檐语。叶上初阳干宿雨，水面清圆，一一风荷举。　　故乡遥，何日去？家住吴门，久作长安旅。五月渔郎相忆否？小楫轻舟，梦入芙蓉浦。

周邦彦是北宋末年一个非常著名的词人，周邦彦词的特点就是特别典雅，而且结构非常复杂，他特别善于写精致典雅而结构复杂的长调。但是因为时间的关系，我选的是一首短的小令。这首小令也是非常有名的，在一般的词选里通常都会选到的。虽然没有那种

1　溽暑，指盛夏气候潮湿闷热。

2　侵晓，天色渐明之时，拂晓。

典雅华贵的气息，但是很精致。

这是周邦彦在开封做官的时候所作的词。周邦彦做的官是掌管国家音乐的，因为他是一个音乐家，这种官府呢，就是清水衙门吧。

“燎沉香，消溽暑。”在一个夏天，点起沉香来。以前读诗词的人好像不大懂沉香，现在沉香很流行了，大家没有见到也听说过吧，就是一种香料。点起沉香来消除溽暑。“溽暑”就是夏天的闷湿。

“鸟雀呼晴，侵晓窥檐语。”这句写得很漂亮。这是一个雨天过后，也就是“春眠不觉晓，处处闻啼鸟”的那个意境，但是这首词的表达要精致得多。所谓“鸟雀呼晴”，鸟雀的欢声呼唤着晴天，带着一个拟人化，传递出一种人的喜悦。“侵晓”，就是快要天亮的时候，听到早晨的鸟雀的声音，在檐边说个不停，知道这是一个晴天。把鸟雀的叫声转化为人的欢喜心理，鸟就好像是通人情的。在是一个把鸟雀完全拟人化的写法。“春眠不觉晓，处处闻啼鸟”是一个非常简练的表达，表达的情绪其实就是这样的一种欢乐的情绪。我不知道你们认为那首诗好还是这首词好。词是细致的、精致的，而诗是简练的、有力量的。两者是不一样的。这样的句子是不能写到诗里面去的，写到诗里面去就显得轻薄，没有力量感。就像晏殊很有名的那两句“无可奈何花落去，似曾相识燕归来”，这是晏殊非常得意的，这两句最初是写在诗里面的，是诗中的对句，后来再写到词里面。大家记得的就是词里面的句子，不记得晏殊还写过诗，并且后来也有人评论说这个句子只能用在词里面，不能用在诗里面。我举这个例子，大家可以仔细地体会一下。说它完全不能用在诗里也过分了，但感觉没有那么好是肯定的。它太精巧，如果一首诗的句子写得太精巧，就显得没有力量感。词里面的句子可以写得很精巧，这句“鸟雀呼晴，侵晓窥檐语”同样是非常精巧的句子，它要表达的东西就是从早晨鸟雀的叫声中，感受到这是一个晴天。但是它把这个情绪完全转化到鸟雀的身上，用拟人的方法去写鸟雀，鸟雀在屋檐边说个不停，好像是要把什么消息传递给诗人。这里最好是用上海话，因为普通话太严肃了。“哎呀侬晓得伐，今朝天气老好的呀，侬快点起来呀。”就是这种感觉。

“叶上初阳干宿雨，水面清圆，一一风荷举。”这个太漂亮了。周邦彦经常会写那种非常精致、非常典雅的漂亮句子，但是这一句是非常朴素的漂亮。“叶上初阳干宿雨”，太阳出来以后，把荷叶上的雨珠渐渐晒干了。“水面清圆”，这是写水面上的荷叶，所谓“清”是指荷叶给人的那种感受，“圆”是它的形状，一片片是圆的。“一一风荷举”，能够感受到什么叫“一一风荷举”吗？它是动态的，或者是有镜头感的，最好的表达是一个镜头摇过去，一片荷叶、一片荷叶、一片荷叶，有一个动感在里面。所以这个句子的精致就在于，它读起来很浅，但是让你有一种非常亲切的触动。因为它是有动感的，你随着它去体会，一片荷叶一片荷叶这样看过去。我模仿过这个句子写过一句诗，整个诗我忘了，那一句诗是“风吹拂群山，从一棵树到另一棵树”，也可以吧？就是模仿“一一风荷举”。

“故乡遥，何日去？家住吴门，久作长安旅。”故乡相隔很遥远，什么时候能够回去呢？“吴门”是指苏州，“长安”就是都城，那么就是开封。家在苏州，而人长久地生活在开封。

“五月渔郎相忆否？小楫轻舟，梦入芙蓉浦。”回想到自己在家乡的日子。家乡有很多东西可以回忆，他要找出一个最亲切、最生动、最动人的回忆画面，那是一个什么样的画面呢？就是随着“五月渔郎”，乘着“小楫轻舟”，划到“芙蓉浦”，也就是荷塘深处。这是最有江南风味的场面，一叶小舟穿过荷花盛开的湖面。“五月渔郎相忆否”，渔郎还记得我吗？汉语的句子，特别是在诗歌里面的句子，是有一种歧义性的，或者是作者有意造成的歧义性。可以说还记得五月渔郎吗？或者反过来说，五月渔郎还记得我吗？

为什么是五月呢？就是荷花盛开的时候，旧历的五月，就是现在的六月。“梦入芙蓉浦”，当初随着渔郎的一叶小舟穿过荷花盛开的湖面，这是多么美好的生活。

在回忆家乡的时候，周邦彦同时又表达一种什么呢？在开封官场生活的那种有一点儿百无聊赖的感觉。因为他所做的官是一个管音乐的官，是一个清水衙门，没有什么权势，也没有什么大的好处，也没有什么很热闹的应酬。有个故事说是他跟宋徽宗同时爱上了李师师，然后说宋徽宗来见李师师，周邦彦就躲到了床底下。

这首词不代表周邦彦的最重要的风格，也就是那种长篇的、典雅的、精致的、结构非常复杂的风格。但是它也能体现周邦彦的一部分特点，就是语言非常精致，结构非常精巧。即使是一个篇幅很小的小令，它的结构也非常精巧。

我们再来讲另外一位重要的词家，就是李清照。李清照是一名伟大的女词人。在中国文学史上一个女性作家可以被称为“伟大”两个字，好像前面还没有过。按照郭沫若先生的看法，蔡文姬可以算，但是蔡文姬的那几篇作品到底是真的还是假的？蔡文姬留下来的那些骚体的、五言的诗作，还有《胡笳十八拍》，都有伪作的可能性。

在中国文学史上，我们可以看到很多用女性的口吻写的诗，表达女性的情感。就像我们刚刚读的柳永，他也是表达一种女性的情感。但是那种女性的情感，都是男性对女性的揣摩，也就是说，诗中的女性，都是男性所看到的女性、所理解的女性，以及所想象的女性。所以，我们在讨论那些古典诗词表现了女性的什么什么的时候，你千万不要忘记这一层，这里表现的其实是男人所理解的女人。当然，也有一些女诗人的作品留下来，唐诗里面我们知道有不少女诗人的作品，但是从文学的成就或者说地位来说，这些女诗人都偏低。在文学史上，能够和第一流的大作家并驾齐驱的，能够指责苏东坡、指责柳永，觉得他们都还不够，能有这种胆气，能把话说到这个份上，那么也就是李清照一个人了。李清照在写《词论》的时候，实际上把她那个时代最有名的男性词人，都一个一个地给贬低了一下，说“贬低”这个词好像不是特合适，就说是都批评了一下吧。李清照对自己的词的成就看得很高的。我们至少可以这样说，李清照的词作在宋词里面是第一流的，至少是可以跟那些大词人并驾齐驱的。这是在中国文学史上没有过的，这是我们要强调的。因此李清照所描写的那种女性的情感，是她自己的一种生活感受和体会，并且她对女性情感体会的细致程度，恐怕是一般的男性词人所不能够达到的。她描写的女性感情比男性所描写的更真实、更细致、更活泼、更动人。

但是，我们还是要回过头来强调一句话，即使李清照是一个很了不起的才女，她仍然生活在男性主导的时代。因此，女性所理解的女性、所描摹的女性、女性理想中的女性，仍然是受到当时男性主导的文化的制约的。所以我们在读李清照词的时候，这两点都是应当注意到的。

因此，我们在李清照的词里面，大体上可以看到两种形象：一个是少女，一个是少妇。少女是活泼可爱的，少女之所以是活泼可爱的，是因为男人要求她们是活泼可爱的。少妇是情意缱绻的，是永远在怀念自己的丈夫的。她之所以永远在怀念自己的丈夫，是因为男人要求她们怀念自己的丈夫。这种形象其实就是一个文化制约的结果。当然你说人家李清照又没有怀念别的男人，人家就是在怀念赵明诚，难道不可以吗？当然这也可以，我们可以认为李清照确实没有怀念别的男人。但是无论你怀念也罢，不怀念也罢，最终所提供给我们的成果，最终所描述出来的这样的一个女性形象，仍然是男性社会所要求的现象。关于李清照的问题有很多。我有一本书，大家可以看一下，这是关于李清照的写得比较好的一本书，就是美国的艾朗诺写的《才女之累：李清照及其接受史》，这是我们系里面两个女博士翻译的，夏丽丽和赵惠俊。

李清照最有名的词，我们大概比较熟悉的，就是那首《如梦令》，“昨夜雨疏风骤，浓睡不消残酒，试问卷帘人，却道海棠依旧。知否，知否，应是绿肥红瘦。”当然，这首词中所表现出来的身份是不太清楚的，你可以说是一个少女的形象，也可以说是一个妇人的形象。但是从前后的内涵联系来看，更多的是一个惜春的妇人形象，就是从一个女子的角度在那里叹息春光。我们可以说这是写得很轻灵的一首词，体现出一种女性的敏感。但是，这首词也可以理解为是传统的男性创作。我这句话的意思是说，一个男性也完全可以写成这个样子。因为写一个女子的惜春，是一个传统的主题。如果你说有什么李清照的个性特征的话，我们只能说有一种很聪慧、很轻灵的东西在里面。但这个女子惜春的主题，仍然是一个传统的主题。女子的惜春包含着一种什么意味呢？包含着春天和女人的青春在时光中消逝，这样的一种伤感性。还有那首《醉花阴》也很出名，“莫道不消魂，帘卷西风，人比黄花瘦。”李清照很喜欢用“瘦”字。

《一剪梅》：女性的轻灵

一剪梅

宋·李清照

红藕香残玉簟[1]秋，轻解罗裳，独上兰舟。云中谁寄锦书来？雁字回时，月满西楼。　花自飘零水自流。一种相思，两处闲愁。此情无计可消除。才下眉头，却上心头。

这首也很有名。我比较喜欢李清照词的一种特点，就是说它的句子在表达情感的时候非常轻灵，相比而言，这种轻灵在男性词人的作品中出现得比较少。我们把这首词读一下。每个句子都有一种非常活泼的感觉。你也可以说这种词其实也还是传统主题的，但是李清照写起来就比男性的词要轻灵很多。在我看来，这种很灵性的东西是李清照词里面最可珍贵的。从主题来说，其实包括“昨夜雨疏风骤，浓睡不消残酒”这种主题都是传统主题，这首《一剪梅》也是传统主题。它体现出李清照词的那种特征——敏感和轻灵，那种女性气质的东西，一般男性作者很难写得这么活泼，这么灵动。

相反地，像李清照的那首《声声慢》“寻寻觅觅，冷冷清清，凄凄惨惨戚戚”，小孩子也在背，他们的课本里有这篇东西，我说这首其实写得不好，太过于追求一种特殊的修辞。当诗人太过于专注于一种特殊的修辞的时候，情感表达的注意力实际上是转移掉了，在词汇上面所花的心思太多，精巧性太过。我不知道大家懂不懂这个意思。那首《声声慢》也能体现出李清照对语言的这种追

1　红藕，红莲。玉簟，竹席的美称。

求，但是不如这首“雁字回时，月满西楼”“才下眉头，却上心头”。我最喜欢李清照的就是这个地方。

《暗香·旧时月色》：什么是清空的词风

暗香

宋·姜夔

旧时月色，算几番照我，梅边吹笛？唤起玉人，不管清寒与攀摘。何逊而今渐老，都忘却，春风词笔[1]。但怪得，竹外疏花，香冷入瑶席。　江国，正寂寂。叹寄与路遥，夜雪初积。翠尊易泣，红萼无言耿相忆。长记曾携手处，千树压西湖寒碧[2]。又片片，吹尽也，几时见得？

最后我们讲一个姜夔。他代表着宋词的一个非常重要的流派，这个流派的特点就是格律特别严格。姜夔这类词人，本身就是音乐家。一般词人作词是填词。所谓填词，因为词本来就是一个乐曲的名称，按照这个乐曲来填词，所以作词叫作填词。那么姜夔呢，他是可以自己来作曲的，就是自己来拟定一个曲调，然后自己来填词，就是所谓“自度曲”。姜夔有非常有名的一组词，一共是两首:《暗香》《疏影》，就是所谓的“自度曲”。

1　词笔，指有韵和无韵的文字，亦指赋诗作文的才能。

2　寒碧，给人以清冷感觉的碧色，指代清冷的湖水。

关于《暗香》《疏影》这两首词，还有一个非常有名的典故。姜夔自己也作了注："辛亥之冬，予载雪诣石湖。止既月，授简索句，且征新声，作此两曲。石湖把玩不已，使工妓隶习之，音节谐婉，乃名之曰《暗香》《疏影》。"

"辛亥之冬"就是南宋光宗的绍熙二年。"予载雪诣石湖"，当时范成大住在石湖，范成大是一个地位很高的官员，当然我们一般在文学史上读到他的时候，是把他当作一个诗人。姜夔是一个什么样的文人呢？他有点儿像那种清客的身份，没有做过官，也没有什么社会地位，但是有非常高的文学艺术修养，特别是音乐方面的修养。因此就以这样的才华，游走于当时的高官巨宦之间。因为宋代是一个文化非常昌明、对文学艺术非常尊重的时代，姜夔这种清客的身份和我们在《红楼梦》读到的贾政身边的清客的身份，当然会有很大的区别。范成大自己本身就是一个很有成就的诗人，姜夔跟范成大的关系也非常亲密，这一年的冬天，姜夔到石湖去。石湖这个地方在苏州郊外，它是连着太湖的一个小湖，水很浅，水面也不大，水岸比较曲折，水面上的水生植物很多，是一个蛮漂亮的地方。湖的一面是一座很小的山，那边有个山庄，就是很有名的范成大的石湖山庄。

"止既月"，住了有一个月，这个做客的时间是挺长的，这两人也是心思比较相投的。"授简索句"，从字面的意思看就是给我纸要我写东西。因为范成大很欣赏他，就让他写一些新的作品。"且征新声"，不是要他一般的填词，而是要"自度曲"，就是自己来做一个曲子，然后自己来填词。"作此两曲"，这两首就是《暗香》《疏影》。"暗香"和"疏影"的名字，大家知道，就是出自林逋的那句很有名的咏梅诗《山园小梅》："疏影横斜水清浅，暗香浮动月黄昏"。姜夔就是把林逋的这两句诗的意境做成两个曲子。然后“石湖把玩不已，使工妓隶习之”，“工妓”就是乐工和妓女。大家注意一下，这里的“妓”是专指歌女而言的，就是宋代的士大夫家庭里面蓄养的歌女。当然，有一点是非常暧昧的，通常这样家里蓄养的歌伎，常常是成为主人的妾，有时候身份是明确的，有时候是身份不明的。就是说当主人需要的时候，她们也为主人提供性服务。这种情形在古代是很暧昧的一种状态。“音节谐婉”，这两首曲子唱起来的音调非常和谐委婉，“乃名之曰《暗香》《疏影》”。我们今天就是选了其中的一首。

姜夔还有一首诗叫《过垂虹》：“自作新词韵最娇，小红低唱我吹箫。曲终过尽松陵路，回首烟波十四桥。”垂虹是一座桥，从字面就可以看得出来，是一种很高的弯曲的拱桥。“自作新词韵最娇”，自己写的新词，“娇”在这里就是柔美的意思。“小红低唱我吹箫”，小红唱着姜夔自己作的词，姜夔自己则吹箫伴奏。然后“曲终过尽松陵路，回首烟波十四桥”。这也是一首很有名的诗。因为姜夔有一个在石湖山庄应范成大之邀请而作词的记录，然后又写了这样的一首诗，那么关于这个“小红”是谁，就产生了一个故事。据笔记的记载，姜夔做了《暗香》《疏影》之后，范成大就把一个歌女，也就是自己的妾，送给了姜夔。这是古代文人之间的风雅之事。当然现在的女同胞听到这个以后就会非常愤怒。又不是一个瓷做的小和尚，想送谁就送谁，是吧？这是活生生的一个人，是吧？但是在古代的文人看来，这是一个非常风雅的事情，也是一个非常骄傲的事情。

这个“小红”到底是不是范成大所送的妾，需要比较专门的考证才能确定。我们只是知道有这样的一种故事，是跟《暗香》《疏影》这两首词相联系的一个故事。在这个故事里面，可以体会出像姜夔这样的文人和范成大这样的大官员之间的文艺交往，以及那个时代文人的生活氛围。

我刚刚说到姜夔词的一个特点，就是说它的音乐性特别强。当然我们现在也不太能够有依据说这种音乐性特别好的诗词到底是什么样子的，为什么呢？因为这个乐谱都已经失传了。姜夔倒是有一个乐谱传下来了，但是古代乐谱的记谱符号，没有一种普遍公认的标准。所以古代的谱到了后代大多是没有办法辨识的，就不知道这个谱所要标示的音乐是什么样的音乐。尽管后人在努力破解它，但是破解出来的结果能不能被大家认可，还是问题。

关于姜夔词的风格，一般评价为“清空”。“清空”这两个字也不太好讲，中国古代的文艺批评术语啊，内涵往往不是非常清晰，它是一种感性的概念。我在《中国文学史》里面，对“清空”这个词做过一些解释，所谓“清空”，就是它记述的内容跟日常生活常常有比较大的距离，所表达的感情往往也是一种比较脱俗的感情。词是一种抒情形式，但是这个抒情形式往往有一个事件，词大抵是围绕着一个事件来抒情。而姜夔词中的事件往往有一种缥缈之感，带有一种朦胧的感觉，不很能够确认是不是一个真实的事件。词中表达的感情，往往又不是很强烈的。这样的几种因素组合起来就形成了一种所谓“清空”。但是，我这样解释也还是比较勉强的，还是需要你们自己去体会。这其实跟姜夔的身份也有关系，其实不管像范成大这样的人对他多么敬重，但是姜夔在这样的生活里面，内心的某种受伤害的感觉，那种屈辱感，还是难以避免的，是吧？终究是一个依傍于权贵的一种生活方式。在这样的生活方式中，他格外需要标榜什么呢？标榜一种超越世俗的、清雅的、空灵的生活情调。说到底，人缺什么就会向往什么。文学是对心灵伤害的一种弥补。“清空”的文学是对不“清空”的生活的补偿。

我们来读这首词。这是一首咏梅的曲子，它命名为《暗香》

《疏影》也意味着什么呢？就是说他在吸取林逋那首《山园小梅》的韵味和格调。这里面出现了一个对往事的回忆，这种往事的回忆是一种真实的生活经历呢，还是一种朦胧的幻想？或者说，更大的可能是一种生活经历的影子。我们有一个生活经历，当这个经历成为回忆的时候，其中的很多很多东西已经被过滤掉了。比如说某位同学有一个回忆，他曾经跟一个女生关系比较好。这个经历成为回忆的时候，会过滤掉很多内容。比如当时在一起为了一些琐事争吵，女朋友叫他送礼物，他不舍得送，这类东西全部过滤掉了，剩下的是那个故事的最美好的过程，比如说在窗口女同学朝他看了一眼之类的。把这个回忆写到诗里面的时候，又过滤掉了很多内容，过滤成了淡淡的、若有若无的、看得见抓不着的一个影子。这就是事件到回忆、回忆到文学这样的一个过程。我这样说，是想要大家理解这首词中的故事是一个什么样的故事。

“旧时月色，算几番照我，梅边吹笛？唤起玉人，不管清寒与攀摘。”往年，曾经有多少次月光照着我，当梅花盛开的时候，吹响了笛声。唤起那位美妙的女子，尽管天气很冷，但还是跟她一起去摘梅花。我们现在来体会这个情况，事件是虚无缥缈的，环境是很清冷的。这种清冷的环境，有一种跟世俗生活隔远的情调。“玉人”在这里当然就是对那位女子的代称了。当然，关于“摘梅花”还有很多其他的东西可以说，但是姜夔只要这个细节就可以了。因为这首词是往事、女子、梅花这些要素的结合，就是说整个的往事，在依稀的回忆中，就过滤成为月下吹笛折梅的一个影子。你要把这个往事画成画的话，你是不能把那个女子画得眉目清晰的，明白了吗？她只是一个依稀的影子，淡淡的几笔画出一个身影来。至于那个吹笛子的人，眉目可以稍微清晰一点儿。在这个地方我们就可以体会到姜夔所谓“清空”的这种调子。

然后回到现在："何逊而今渐老，都忘却，春风词笔。"何逊是南朝梁代的一个非常著名的诗人。何逊在做扬州法曹的时候，官署里面有一树梅花，他为此作了一首咏早梅的诗。这里只是借何逊曾经咏梅的故事来自拟，也就是姜夔在这里把自己比作何逊。姜夔对自己的评价还是蛮高的，借了古代一个很有名的诗人来自拟。"何逊而今渐老"，其实就是说我如今已经渐渐老了。"都忘却，春风词笔"，"都"是一个副词，全然、完全的意思；"春风词笔"就是描写春光的美好的词笔。委婉地表达自己能力不够了，才华大不如前了。这里一方面是随着时间变化的自我感慨，另一方面跟主人有关系，就是在范成大面前表示一种谦虚。我虽然有过美好的往事，可是我的文笔已经大不如以前了，我也老了。

"但怪得，竹外疏花，香冷入瑶席。""但"，只是。"怪"在这里就是吃惊、惊讶的意思。梅香从竹林外面吹过来的时候，香气令人一惊。所谓"清空"，像"清寒""冷"这类词都是姜夔喜欢用的。为什么他喜欢呢？这些词使整个情调处于一种比较安静的状态，就是冷色调。他一开始先是忆往，然后回到现在。往事依稀还记得，但是现在我已经老了，我已经没有能力描摹当年的那种情景了，但是梅花香传进来的时候还是让我一惊，为什么让我一惊呢？它让我想起往事。在这边有个勾连。让我一惊的不完全是花香本身，当然这个梅花香本身也能使人警醒，同时它也引起了回忆。

"江国，正寂寂，叹寄与路遥，夜雪初积。""江国"就是指南方的水乡。面对一片沉寂的水乡，感叹想要把梅花寄给她，但是路太远了，何况又是遍地的雪。似乎这首词所回忆的人，在跟他相隔的地方。那么当初这个玉人是一个什么样的人呢？为什么相识呢？怎么就一起去摘梅花呢？这些都没有写。所以说，这首词里没有非常显著而清楚的人物事迹，就是一个生命回忆和一个幻想性的描写。我们不能肯定说姜夔写这首词的时候根本就没有一个现实的“玉人”，我们不能肯定这个；但是我们也不能肯定说姜夔写这首词的时候，他心里真的有一个现实的女人，曾经跟他一起摘梅花，如今隔得很远，要寄一枝梅花给她也寄不到。这只是诗词的一种写法，追求的是生命中的那种空渺。

什么叫生命中的空渺呢？就是我们所经历过的那些人物，那些事件，那些一笑一颦，在经过长期的时光过滤之后，留下来的依稀痕迹以及这种痕迹中所泛起的生命感受。我在非常费力地讲这首词，我告诉你，一般人大概不讲这首词，因为它就是一个虚无缥缈的。

“翠尊易泣，红萼无言耿相忆。”“翠”是绿色，“翠尊”可以理解为就是绿玉的酒杯。端起绿玉杯，看着无语的梅花，“耿相忆”在这里是指唤起了一种清晰的回忆。

“长记曾携手处，千树压，西湖寒碧。”总是记得我们曾经一起拉着手，在西湖畔看梅花。“千树压，西湖寒碧”，我们知道自古以来西湖边就种植了很多的梅花，所谓“千树压”就是说一连片的无数梅树正在开放，因为梅花是开在天气很冷的时候，所以是“西湖寒碧”。“千树压，西湖寒碧”这一句是历来很受赞赏的，就是他描写的一种意境，是可以唤醒你的画面。在整体的冷色调中，有着梅花的艳丽的色彩。这就是这首词本身的一个特点，整个色调是冷的，整个情绪似乎是非常安静的，回忆是虚无缥缈的，但是在这种冷色调的、缥缈的回忆中，又有非常热烈的感情。这就是“千树压，西湖寒碧”这个意境所要表达的一种情绪。

“又片片，吹尽也，几时见得？”这首词的另一个特点就是回忆和当下是交错跳跃，一会儿在回忆，一会儿在当下。“千树压，西湖寒碧”是个回忆，“又片片，吹尽也”是什么？是当下。这个景象我们曾经携手观梅，但是梅花如今又落尽了。“几时见得”是一句很缥缈的话，梅花又落尽了，什么时候梅花再开，才能见得。但是它同时也说的是：相隔如此之久了，曾经我们一起在西湖观梅，曾经“千树压，西湖寒碧”，什么时候我还能见到你？

和其他的词人相比，姜夔词的结构要更精巧、更细致、更讲究。南宋有一大批词人都是属于姜夔这一派的，比如张炎、王沂孙，等等。词如果往这样的方向发展下去的话，一方面当然可以说词好像越写越精致了，但同时它离一般的读者的欣赏能力就越来越远了，词越写越不容易懂了。所以它可能真的是一把双刃剑。所以词写到这个境界以后，散曲就起来了，以一种很粗豪的、很野蛮的、很直截了当、很神气活现的腔调站出来了，用另外一种腔调来说话了。所以这个东西也还是看个人喜好吧，我不愿意简单地说好和不好，我们只是说词有各种各样的格调，姜夔也是一个具有创造性的词人，是一个非常有特色的词人。

这首《暗香》我尽量把它讲清楚了。这个有点儿辛苦。再回顾一下，把它的层次梳理一遍：

“旧时月色，算几番照我，梅边吹笛？”这是勾起回忆。

“唤起玉人，不管清寒与攀摘。”这是往事。

“何逊而今渐老，都忘却，春风词笔。”这是当下。

“但怪得，竹外疏花，香冷入瑶席。”这是当下而又勾起往事。

“江国，正寂寂，”这是当下。

“叹寄与路遥，夜雪初积。”这是一个在回忆中的当下。

“翠尊易泣，红萼无言耿相忆。”这是从当下向往事过渡。

“长记曾携手处，千树压，西湖寒碧。”这又是往事。

“又片片，吹尽也，”这是当下。

“几时见得？”是当下和往事在一起。